大江健三郎
文集

おおえ
けんざぶろう

私と魯迅と中国

我与鲁迅和中国

[日] 大江健三郎／著

许金龙 等／译

人民文学出版社

图书在版编目（CIP）数据

我与鲁迅和中国/（日）大江健三郎著；许金龙等译.—北京：人民文学出版
社，2023
（大江健三郎文集）
ISBN 978-7-02-018001-1

Ⅰ.①我… Ⅱ.①大…②许… Ⅲ.①演讲—日本—现代—选集
Ⅳ.①I313.65

中国国家版本馆 CIP 数据核字（2023）第 080551 号

责任编辑　陈　旻
装帧设计　李思安
责任印制　张　娜

出版发行　人民文学出版社
社　　址　北京市朝内大街 166 号
邮政编码　100705

印　　刷　三河市鑫金马印装有限公司
经　　销　全国新华书店等

字　　数　228 千字
开　　本　880 毫米×1230 毫米　1/32
印　　张　9.25　插页 3
印　　数　1—5000
版　　次　2023 年 5 月北京第 1 版
印　　次　2023 年 5 月第 1 次印刷

书　　号　978-7-02-018001-1
定　　价　52.00 元

如有印装质量问题，请与本社图书销售中心调换。电话：010-65233595

"大江健三郎文集"编委会名单

（按姓氏拼音排列）

代 总 序

大江健三郎——从民本主义出发的人文主义作家

许金龙

在中国翻译并出版"大江健三郎文集",是我多年以来的夙愿,也是大江先生与我之间的一个工作安排:"中文版大江文集的编目就委托许先生了,编目出来之后让我看看是否有需要调整的地方。至于中文版随笔·文论和书简全集,则因为过于庞杂,选材和收集工作都不容易,待中文版小说文集的翻译出版工作结束以后,由我亲自完成编目,再连同原作经由酒井先生一并交由许先生安排翻译和出版……"

秉承大江先生的这个嘱托,二〇一三年八月中旬,我带着与人民文学出版社外国文学编辑室负责人陈旻先生共同商量好的编目草案来到东京,想要请大江先生拨冗审阅这个编目草案是否妥当。及至到达东京,并接到大江先生经由其版权代理人酒井建美先生转发来的接待日程传真后,我才得知由于在六月里频频参加反对重启核电站的群众集会和示威游行,大江先生因操劳过度引发多种症状而病倒,自六月以来直至整个七月间都在家里调养,夫人和长子光的身体也是多有不适。即便如此,大江先生还在为参加将从九月初开始的新一波反核电集会和示威游行做一些准备。

在位于成城的大江宅邸里见了面后,大江先生告诉我:考虑到上了年岁和健康以及需要照顾老伴和长子光等问题,早在此前一年,已

经终止了在《朝日新闻》上写了整整六年的随笔专栏《定义集》,在二
〇一三年这一年里,除了已经出版由这六年间的七十二篇随笔辑成
的《定义集》之外,还要在两个月后的十月里出版耗费两年时间创作
的长篇小说《晚年样式集》(*In Late Style*),目前正紧张地进行最后的
修改和润色,而这部小说"估计会是自己的'最后一部长篇小说'"。
对于我们提出的小说全集编目,大江先生表示自己对《伪证之时》等
早期作品并不是很满意,建议从编目中删去。

在准备第一批十三卷本小说(另加一部随笔集)的出版时,本应
由大江先生亲自为小说全集撰写的总序却一直没有着落,最终从其
版权代理人酒井先生和坂井春美女士处转来大江先生的一句话:就
请许先生代为撰写即可。我当然不敢如此僭越,久拖之下却又别无
他法,在陈旻先生的屡屡催促之下,只得硬着头皮,斗胆为中国读者
来写这篇挂一漏万、破绽百出的文章,是为代总序。

在这套大型翻译丛书即将出版之际,我想要表达发自内心的深深
谢意,也希望亲爱的读者朋友们与我一同记住并感谢为了这套丛书的
问世而辛勤劳作和热忱关爱的所有人,譬如大家所敬重和热爱的大江
健三郎先生,对我们翻译团队给予了极大的信任和支持;譬如大江先
生的版权代理商酒井著作权事务所,为落实这套丛书的中文翻译版权
而体现出良好的专业素养和极大的耐心;譬如大江先生的好友铁凝女
士(大江先生总是称其为"铁凝先生"),为解决丛书在翻译和出版过程
中不时出现的问题而不时"抛头露面",始终在为丛书的翻译和出版保
驾护航;譬如同为大江先生好友的莫言先生,甚至为挑选这套丛书的
出版社而再三斟酌,最终指出"只有人民文学出版社才是最合适的选
择";譬如亦为大江先生好友的陈众议教授,亲自为组建丛书编委会提
出最佳人选,并组织各语种编委解决因原作中的大量互文引出的困
难;譬如翻译团队的所有成员,无一不在兢兢业业地辛勤劳作;譬如这

套丛书的责编陈旻先生,以其值得尊重的专业素养,极为耐心和负责且高质量地编辑着所有译文;又譬如我目前所在的浙江越秀外国语学院,为使我安心主编这套丛书而提供了良好的工作环境并协助成立"大江健三郎文学研究中心"……当然,由于篇幅所限,我不能把这个"譬如"一直延展下去,惟有在心底默默感谢为了这套丛书曾付出和正在付出以及将要付出辛勤劳作的所有朋友、同僚。感谢你们!

另外,为使以下代序正文在阅读时较为流畅,故略去相关人物的敬称,祈请所涉各位大家见谅。

一、从民本主义出发

1.古义人:一个日本婴儿的乳名及其隐喻

日本四国岛松山地区的大濑村是座依山傍水的小山村,建于峡谷中一块纺锤形盆地。这座小村庄位于内子町之东,石锤山西南,为重峦叠嶂所围拥。小山村只有一条东西走向的街道,与从村边流淌而下的小田川大致平行。由于河流的上游和下游分别为群山所遮掩,盆地里的小村庄看似被山峦和森林完全封闭,状呈口小腹大的瓮形。一九三五年一月三十一日,一个小生命就在这个村子里的大江家呱呱坠地,曾外祖父随即为襁褓中的婴儿取了"古义人"这个含有深意的乳名。

所谓"古义人"之"古义",缘起于日本江户中期古学派大儒伊藤仁斋(一六二七年八月——一七〇五年四月)的居所兼授学之所"古义堂"。在位于京都堀川岸边的那所小院里,伊藤仁斋写出了其后成为伊藤仁斋学系重要典籍的《论语古义》《孟子古义》和《语孟字义》等论著,继而与其子伊藤东涯共同创建了名震后世的堀川学派,陆续拥有弟子多达三千余人。这位古学派大儒(或曰堀川派创始人)肯定不会想到,《孟子古义》等典籍及其奥义,会经由自己学系的后人,传给乳名为古义人的婴儿——五十九年后获得诺贝尔文学奖的大江健三郎,并被其内化为自己的道德观和伦理观,成为静静流淌于其文学作品底里的一股强韧底流,而"古义人"这个儿时乳名,则不时以"义""义兄"和"古义"以及"古义人"等人物命名,不断出现在《万延元年的 Football》(1967)、《致令人眷念之年的信》(1987)、《燃烧的绿树》(三部曲)(1993—1995)和"奇怪的二人配"六部曲(2000—2013)等诸多小说作品中。譬如长篇小说《别了,我的书!》开首第一句便开门见山地表示:"虽说已经步入老年,可长江古义人还是因暴力原因身负重伤后第一次住进了医院。"为了更清晰地暗示读者,作者大江特意在日文原版正文第一行为"長江古義人"这几个日文汉字加了旁注"ちょうこうこぎと"。这里的"ちょうこう"是固有名词,指涉中国的"长江",而"こぎと",则是"古义人"之音读,在日语中与"古義堂"谐音,作者借此清晰地告诉读者,文本内外的古义人经由曾外祖父和古义堂所接受的民本思想,其源头在于长江所象征的中国。关于"古义人"这个名字的缘起,大江本人曾在《大江健三郎口述自传》里作如此回忆:

> 古义人的名字中,就融汇了这个学派的宗师伊藤仁斋的古学思想。我从阿婆那里只听说,曾外祖父曾在下游的大洲藩教过学问。他处于汉学者的最基层,值得一提的是,他好像属于伊藤仁斋的谱系,因为父亲也很珍惜《论语古义》以及《孟子古义》等书,我也不由得喜欢上了"古义"这个词语,此后便有了"奇怪的二人配"这三部曲①中的 Kogi②,也就是

---

① 在写作《大江健三郎口述自传》时,大江已发表同以长江古义人为主人公的《被偷换的孩子》《愁容童子》和《别了,我的书!》这三部长篇小说,后三部长篇小说《优美的安娜贝尔·李 寒彻颤栗早逝去》《水死》和《晚年样式集》尚未创作和发表,故此处有"三部曲"之说。

② Kogi 为"古义"的日语读音。

古义这么一个与身为作者的我多有重复的人物的名字。①

"古义"这个字词所承载的民本思想,与其后接受的日本战后民主主义思想以及经大江本人丰富和完善过后的人文主义思想一道,浑然形成大江健三郎之宏大博深且独具特色的文艺思想——勇敢战斗的人文主义和果敢前行的悲观主义。

2.由莫言引发的思考和回溯

大江的曾外祖父与孟子学说结下的不解之缘,要从其家族所从事的造纸业说起。大江的故乡大濑村所在地区的经济主要依靠农业和林业支撑,历史上曾是全国木蜡的主要产地,这里还生产利用森林中的黄瑞香树皮制作的纸浆,用以生产优质和纸。日本学者黑古一夫教授曾多次前往此地做田野调查,他认为"江户时代的大江家以武士身份采购山中特产,到了明治仍然继承祖业从事造纸业"②。其实,大江家作为批发商除了收购山中的柿干等山货外,从江户时代传承下来的造纸业才是其主业,自山民手中收集黄瑞香树皮并在河水中浸泡过后,将从中撕下的真皮加工为特殊纸浆,再向内阁造币局提供这种特殊纸浆以供其制造纸币。当时,日本全国一共只有几家作坊能够生产这种特殊纸浆原料。战后,由于货币用纸发生了变化,便不再使用这种纸浆原料。

为了更好地经营祖传产业,大江的曾外祖父年轻时曾前往大阪(或是京都),在古学派大儒伊藤仁斋学系开办的学堂里研习儒学,更准确地说,是研习孟子的相关学说,尤其是其中的民本思想和易姓

---

① 大江健三郎著,许金龙译《大江健三郎口述自传》,贵州人民出版社,二〇一九年三月,第10页。

② 黑古一夫著,翁家慧译《大江健三郎传说》,中国广播电视出版社,二〇〇八年三月,第22页。

革命思想。二〇〇八年二月二十一日下午,在东京都郊外小田急沿线的成城宅邸里,大江对来自中国的老朋友莫言这样解释曾外祖父专程学习儒学的原委:

> 曾外祖父年轻时曾在大阪的新兴商人间开办的私塾里学习孟子的相关学说。在当时的日本,普遍认为孔子的《论语》有利于天皇制,因而比较欢迎《论语》,同时认为孟子学说中含有反天皇制的因素,便对孟子及其学说持反对态度。不过也有个例外,那就是江户时期的儒学家伊藤仁斋对孟子持肯定态度,认为后世诸家大多根据其时的统治阶层利益来阐释儒学,比如对朱子学也是如此,这就越来越背离了儒学的真义,所以需要回到原典中去寻找古义,想要以此为据,用以构建自己的思想体系,他还写了一本题为《孟子古义》的研究类专著。相较于宣扬孔子及其《论语》的私塾古义堂所授教材《论语古义》,曾外祖父选择了《孟子古义》的学术观点,并将这些观点传给了儿时的我。早在孩童时代,我就觉得《孟子古义》中的"古义"是个好词,就接受了其中的"古义"这个词语。①

在被莫言的同行者问及"你的曾外祖父是个商人,为什么要去学习儒学?"时,大江则这样对他的老朋友莫言解释道:

> 当时的日本商人都认为,经商是为得利,而若想得利,首先便要有义。若是不能义字当头,即便获利,也不会长久。本着这个义利观,曾外祖父就专程前去学习儒学中的"义",却不料被儒学的博大精深所深深震撼,更是与《孟子古义》中有关易姓革命的理论产生共鸣,在学习结束后,就带着据说是伊藤仁斋手书的"義"字挂轴回到家乡,却不再经商,而是在村里挂上那个"義"字挂轴,就在那挂轴下教授村里人学习儒学。再往后,就去邻近的大洲藩教授儒学去了。

---

① 根据二〇〇八年二月二十一日下午大江健三郎与莫言对谈现场所录文字整理而成。

莫言的访问引出大江对自身家学渊源的关注和回溯,那次访谈结束后,或许是认为自己未能更为透彻地向莫言阐释古学派的义利观,两年后的二〇一〇年三月,大江在刊于《朝日新闻》的专栏文章里,如此引用了三宅石庵①在怀德堂发表的讲义:

> 所谓利,是人的合理之判断,无外乎"正义"——义——的认识论之延长。实际上,商人绝不应考虑利用彼等职业追求利益,而应考虑从"义"这种道德原理出发之伦理性活动。义在客观世界中被转为行动之际,利无须努力追求亦不为欲望所乱便会"自然"呈现。"利者,纵然不使刻意相求,利亦将如影随形也。"②

这显然是日本近世儒学教育家对《易经》中"利者,义之和也"的解读,典出于《易经》"为乾之四德"中"元者,善之长也。亨者,嘉之会也。利者,义之和也。贞者,事之干也"。孟子在《孟子·梁惠王上》中亦曰:"王!何必曰利?亦有仁义而已矣。王曰'何以利吾国?'大夫曰'何以利吾家?'士庶人曰'何以利吾身?'上下交征利而国危矣。"我们也可以将孟子向梁惠王所作谏言,理解为孟子学说在《易经》义利观的基础上所做的寓言式诠释。

3.大江对"古义"的再阐释

与莫言的访问时隔大约一年半后的二〇〇九年十月六日,在台北举办的第二届"大江健三郎文学学术研讨会"上,大江对莫言、朱天文、陈众议、小森阳一、许金龙、彭小妍等中日两国作家和学者更为详尽地讲述了曾外祖父学习儒学的背景:

---

① 三宅石庵(1665—1730),日本江户中期的儒学家,曾任怀德堂第一任堂主。
② 大江健三郎著,许金龙译《定义集》,贵州人民出版社,二〇一九年三月,第280页。

……我在孩童时代有个名为"古义人"的乳名。我的曾外祖父是中国哲学的研究者。……伊藤仁斋作为研究日本近世的中国哲学的学者而广为人知,他运用中国古典的正统解读法,写了"古义"(系列)的论著,准确地说,是《论语古义》和《孟子古义》等论著。

江户时代,有着基于近世的领导人和政治家的中国哲学意识形态。日本一直存在来自中国朱子的朱子学传统,及至日本近世,就出现了两个不同于朱子学的、对于古典的理解。其一,是作为学者而出现的著名的荻生徂徕这个人物,他主张把中国哲学真正视作古老的文本,遵循文本的本义进行解读。他的这种解读就成了武士和知识阶层的哲学,当德川幕府封建体制崩溃、发生明治维新、发生叫作明治维新的革命之际,就成了赋予日本知识分子力量的思想来源之一。……不过在这同一时期,另有一个对民众传授中国哲学的人,传授与政府的、权力方的解读相悖的中国哲学的人,此人就是伊藤仁斋。我的曾外祖父学习了这种中国哲学,便在自己的房间里挂起从先生那里得到的字幅,那上面有了不起的大人物手书的"義"字。曾外祖父将其悬挂起来,就在那下面教授我们那里的人学习中国哲学。曾外祖父说,这么大的字幅,是伊藤仁斋亲手所书。

这里需要介绍一下大江所说的、在日本以天皇为中心的意识形态之下,孔子与孟子学说在日本社会受容与传承的际遇迥然相异——"普遍认为孔子的《论语》有利于天皇制,因而比较欢迎《论语》,同时认为孟子学说中含有反天皇制的因素,便对孟子及其学说持反对态度"。以此观照孔孟学说东传日本的历史,孔子学说在圣德太子时期便奠定了儒家正统的地位,演变为天皇制伦理的法理基础和伦理基础,而孟子学说,则由于民贵君轻的基本政治伦理天然违背了天皇制自上而下的尊卑观,从而成为东传日本之儒教之异端。这种尊孔抑孟的主流意识形态,直至伊藤仁斋的出现,才得到反思和受到批判。

4.不受历代天皇欢迎的孟子及其学说

《论语》早在三世纪后半叶便开始传往日本,公元二八五年,"百济博士王仁由于阿直歧的推荐,率治工、酿酒人、吴服师赴日,并献《论语》十卷、《千字文》一卷,这就是汉文字流入日本之始。其后继体天皇时(513—516)百济五经①博士段杨尔、高丽五经博士高安茂、南梁人司马达赴日,又钦明天皇时(554)五经博士王柳贵、易博士王道良等赴日,这可以说是以儒教为中心之学术文化流入日本之始"②。如果说这大约三百年间的儒学传入是时断时续的涓涓细流,那么到了七世纪,即中国的隋唐时期、日本的推古天皇时期,这涓涓细流就成了奔腾于日本本土文化这个河床中的汹涌洪流,广泛而持久地滋润着干涸的本土文化。在这个时期,有史可考的日本第一位女天皇炊屋姬,也就是推古天皇,为了抗衡把持朝政的权臣苏我马子,故而册封自己的侄儿、已故用明天皇的儿子厩户皇子为皇太子,这位皇太子便是后世盛传的圣德太子。其对内实施了一系列改革,对外则不断派遣遣隋使和遣唐使,如饥似渴地吸收和消化来自中国的先进文化,这其中就包括从中国大量引入的儒学和佛教文化。圣德太子更是学以致用,很快便基于儒佛文化亲自拟就并于六〇四年颁布旨在对官吏进行道德训诫的《十七条宪法》,试图以此为基础建立以天皇为核心的中央集权体制。该《宪法》除去第二条之"笃信三宝"和第十条之"绝忿弃嗔"取自佛教经典外,其余各条尽皆出自儒学经典和子史典籍。北京大学哲学系的朱谦之老先生曾对此做过清晰的梳理:

---

① 五经为《诗经》《尚书》《礼记》《周易》和《春秋》这五部典籍,是我国保存至今的最为古老的文献,也是我国古代儒家的主要经典。

② 朱谦之著《日本的朱子学》,人民出版社,二〇〇〇年十二月,第4页。

第一条"以和为贵"本《礼记·儒行》及《论语》"礼之用和为贵"；"上和下睦"本《左传》成公十六年"上下和睦"与《孝经》"民用和睦，上下无怨"。第三条"君则天之，臣则地之"本《左传》宣公四年"君天也"与《管子》；"天覆地载"本《礼记·中庸》"天之所复，地之所载"；"四时顺行"本《易·豫卦》"天地以顺动，故日月不过而四时不忒"；"上行下靡"本《说苑》。第四条"上不礼而下不齐"本《韩诗外传》及《论语》"道之以德，齐之以礼，有耻且格"。第五条"有财之讼，如石投水，泛者之讼，似水投石"，本《文选》李潇远《运命论》"其言如以石投水，莫之逆也"。第六条"无忠于君，无仁于民"本《礼记·礼运》"君仁臣忠"；"惩恶劝善"本《左传》成公十四年。第七条"人各有任，掌宜不滥，其贤哲任官"，本《尚书·咸有一德》之"任官惟贤材"；"克念作圣"本《尚书·说命篇》。第八条"公事靡盬"本《诗经·唐风·鸨羽》，《鹿鸣之什·四牡》之"王事靡盬"。第九条"信是义本"本《论语》"信近于义"。第十条"彼是则我非"本《庄子》；"如环无端"本《史记·田单传》。第十二条"国靡二君，民无二主"，本《礼记·坊记》"天无二日，土无二主"及《孟子》。第十五条"背私向公，是臣之道矣"，本《韩非子·五蠹》篇"自环者谓之私，背私谓之公"，与《左传》文公六年"以私害公非忠也"；"千载以难待一圣"本《文选·三国名臣传序》。第十六条"使民以时，古之良典"本《论语·学而》篇"节用而爱人，使民以时"。①

由此可见，无论在形式上还是内容上，《论语》和"五经"都对《十七条宪法》带来巨大影响，从而为建立以天皇为核心的中央集权体制做了前期准备。当然，我们在这里需要关注的是，这部宪法引入《论语》者有四，而引入《孟子》者则为一。也就是说，在大规模引入中国儒学的初期阶段，或许是对于孟子有关易姓革命的民本思想不甚了解，圣德太子还是对孟子表示出了敬意，尽管在《宪法》中的参

---

① 朱谦之著《日本的朱子学》，人民出版社，二〇〇〇年十二月，第5—6页。

考和引用大大少于孔子的《论语》。

圣德太子去世后,孝德天皇在大化二年(646)颁布《改新之诏》,史称大化改新,提出"公民公地",将皇族和大贵族的土地收归天皇所有,"确立天皇的最高土地所有权及以天皇为中心的中央集权制。儒学的天命观及与之相联的符瑞思想成为革新的重要理论基点"①,由此正式成立中央集权国家,并将大和之国名更改为日本国。随着神话传说故事《古事记》(712)和编年体史书《日本书纪》(720)的问世,日本历代天皇越发强调皇权天授、万世一系,及至明治维新后由伊藤博文起草并实施的《大日本帝国宪法》,更是借助日本传统中对天皇的尊崇,以法律形式确认天皇秉承皇祖皇宗"天壤无穷之宏谟"的神意,继承"国家统治大权"的上谕,其权力神圣不可侵犯,从而被赋予国家元首和统治权的总揽者之地位②,集统治权、军权和神权于一身。于是,"民为贵,社稷次之,君为轻",强调主权在民、人民福祉才是政治活动之最大目的等孟子的政治主张,便不可避免地与日本历代统治阶层的利益发生了猛烈碰撞。至于孟子所提"贼仁者谓之贼,贼义者谓之残。贼残之人,谓之一夫。闻诛一夫纣矣,未闻弑君也"③等易姓革命的政治主张,更是为日本历代统治阶层所不容,不但代表皇室利益的公家不容,即便是代表幕府利益的武家也决不能接受。于是,在孔子自被奈良朝奉为"文宣王"(768)并享有王者至尊的一千余年间,孟子非但不能享受亚圣的荣光,就连其著述《孟子》也不得输入日本,致使坊间四处流传,不可将《孟子》由唐土带回

---

① 刘宗贤、蔡德贵著《当代东方儒学》,人民出版社,二〇〇三年十二月,第155页。
② 请参阅收录于《日本国宪法》之《大日本帝国宪法》,讲谈社学术文库2201,第61—77页。
③ 引自伊藤仁斋著《孟子古义》第34—35页之《孟子·梁惠王下·2》相关内容。

日本,否则将会在回航途中遭遇海难……这大概就是大江健三郎对莫言所说的"普遍认为孔子的《论语》有利于天皇制,因而比较欢迎《论语》,同时认为孟子学说中含有反天皇制的因素,便对孟子及其学说持反对态度"的历史背景和政治背景了吧。

5.以民意代天意的民本思想

这种尊孔抑孟的现象到了幕府时代也没有任何改变,"作为军事独裁政权的幕府政权一直提倡武士道及尚武精神,而儒家的伦理道德思想在武士道形成过程中成为一个重要的思想来源,统治者及其思想家们利用儒学阐释武士道,汲取了儒学忠、勇、信、礼、义、廉、耻等道德观念,依其统治利益所需改造儒学,冀以充实武士道"①。尤其到了德川幕府时期,"出于加强思想统治,维护并发展幕府政治、经济制度的需要,在国家意识形态方面,由佛儒并用转向独尊儒家思想学说,把儒学定为官学,同时强行禁止'异学'。……倡'大义名分',把纲常伦理绝对化的程朱理学作为占统治地位的主导思想"②。这里有两点需要注意:一是"依其统治利益所需改造儒学,冀以充实武士道";二是"把纲常伦理绝对化的程朱理学作为占统治地位的主导思想"。前者是说幕府根据其统治利益所需而任意"改造"儒学,用以"充实武士道";后者则表明被幕府选中的、可供其"改造"的儒学或曰官学,便是"把纲常伦理绝对化的程朱理学"了。由此可见,经过种种"改造"的这种所谓儒学,就只能是遭到严重篡改的"儒学",为统治阶层的伦理纲常保驾护航的"儒学"了。这种儒学,便是大江口中的"来自中国朱子的朱子学",也就是被权力中心所指定的官学。为了

---

① 刘宗贤、蔡德贵著《当代东方儒学》,人民出版社,二〇〇三年十二月,第156页。

② 同上,第167页。

对抗这种官学,"及至日本近世,就出现了两个不同于朱子学的、对于古典的理解。……有一个对民众教授中国哲学的人,教授与政府的、权力方的解读相悖的中国哲学的人,此人就是伊藤仁斋"①。

　　大江在这里提及的伊藤仁斋是江户时期古学派中具有代表性的重要学者,而伊藤仁斋所在的"古学派是日本儒学的重要派别,也是官学朱子学的反对派。古学派学者认为只有古代儒学才具有真义,汉唐以后的儒学全是伪说。他们尊信三皇、五帝、周公、孔子,以古典经典为依据,冀望从古典中寻找作用于社会的智慧源泉,重新构建不同于朱子学、阳明学的思想体系,实际是希望以复古的名义打破当时朱子学的一统天下。古学派的先导者是山鹿素行,另外两个著名人物分别是堀川学派的伊藤仁斋、萱园学派的荻生徂徕。他们在思想意识形态上具有共同的特点,政治上代表被闲置的贵族及中小地主阶级等在野民间势力"②。这里说的是在德川时代中期,占全国人口百分之八十多的农民附属于大小藩主,而这大大小小的藩主又附属于大名,各大名则附属于"大将军"德川幕府。随着德川幕藩制在政治方面和经济方面开始出现危机,其封建体制开始瓦解,近代思想也便从中逐渐萌发并发展起来,就这个意义而言,与朱子学对抗的古义学的出现和发展,也就是历史的必然了。尤其在享保年间,日本全国的农村经济因商业高利资本的侵入而衰落之际,风起云涌的农民暴动在震撼德川幕府封建统治基础的同时,也给维护封建等级制度和伦理纲常的朱子学带来沉重打击。正是在这种背景下,"初奉宋儒,……及年三十七八始出己见"的伊藤仁斋叛出朱子学,转而在《论语》和《孟子》等古典中寻找真义,认同孟子"天视民视,天听民

① 根据"大江健三郎文学学术研讨会"台北会议录音整理而成的资料。
② 刘宗贤、蔡德贵著《当代东方儒学》,人民出版社,二〇〇三年十二月,第164页。

听",即以民代天、以民意代天意的民本思想,主张以仁义为王道,所以仁者之上位,虽说是天授,其实更是人归。对于失去民心民意、引发天怒人怨的残暴之君,则认为其已被以民意为象征的天道所抛弃,从而可以对其放伐。

6.以革命颠覆不义的理想主义呼声

在详细阐释孟子的放伐理论时,伊藤仁斋更是在《孟子古义》里缜密地为孟子如此辩护道:

> 孟子论征伐。每必引汤武明之。及其疑于弑君者。乃曰闻诛一夫纣矣。未闻弑君也。盖明汤武之举。仁之至。义之尽。而非弑也。……何者。道也者。天下之公共。人心之所同然。众心之所归。道之所存也。传曰。桀放于南巢。自悔不杀汤于南台。纣诛于牧野。悔不杀文王于羑里。夫天下非一汤武也。向使桀纣自悛其恶。则汤武不必征诛。若其恶如故。则天下皆为汤武。不在彼则在此。不在此必在彼。纵令彼能于南巢牧野之前。得杀汤武。然不改其恶。则天下必复有如汤武者。出而诛之。虽十杀百戮。而卒无益。故汤武之放伐。天下放伐之也。非汤武放伐之也。天下之公共。而人心之所同然。于是可见矣。孟子之言,岂非万世不易之定论乎。宋儒以汤武放伐为权变。非也。天下之同然之谓道。一时之从宜之谓权。汤武放伐即道也。不可谓之权也。①

在当时看来,伊藤的宣言是何等的大胆。如果说在中国的历史上,易姓革命早已屡见不鲜,素有改朝换代之说的话,那么在日本这个所谓天皇万世一系的国度里,伊藤仁斋的以上话语可谓大逆不道了。所谓弑君,用日语表述便是"下克上",明显包括"犯上作乱"和"以下犯上"等道德和伦理层面的指责,但是伊藤仁斋在纣王被杀这

---

① 伊藤仁斋著《孟子古义》卷一,第35页。

件事上,却全然不做这种语义上的认可,倒是完全依孟子所言,认为武王伐纣是诛杀贼仁贼义之独夫而非弑君,可作为正义行为予以认可和鼓励,因为"夫天下非一汤武也。向使桀纣自悛其恶。则汤武不必征诛。若其恶如故。则天下皆为汤武",更是强调汤武放伐是天下之同然的"道也",而不是宋儒(或曰维护幕府等级制度的朱子学)所批评的从宜之"权变"。

伊藤仁斋笔下的"道",其后被暴动之乡的年轻商人所接受、所宣传、所传承,并取其宗师伊藤仁斋居所兼私塾的古义堂之"古义"二字,为自己的曾外孙命名为"古义人"。这个乳名为"古义人"的孩子多年后在作品里借小说人物之口讲述了这个乳名的背景:"宴会将近结束时,大黄突然说起古义人这个名字的由来。当然,这是以笛卡尔的西欧思想为原点的,然而并不仅仅如此。在与大阪——当时的大阪——有着贸易往来关系的这块土地上,不少人曾前往商人们学习儒学的学校怀德堂。古义人的名字中,就融汇了这个学派的宗师伊藤仁斋的古学思想。"①至于伊藤仁斋在上文中提及汤武放伐时所认定并高度评价的"道",时隔大约四百年之后,大江在《万延元年的 Football》里做出了这样的回应:

> 关于武装暴动的原因,那位与我有书信往来的老教员乡土史家,既未否定,亦未积极肯定我母亲的意见。他具有科学态度,强调在万延元年前后,不仅本领地内,即使整个爱媛县内也发生了各类武装暴动,这些力量和方向综合在一起的矢量指向维新。他认为本藩惟一的特殊之处,就是万延元年前十余年,藩主担任寺院和神社的临时执行官,使本藩的经济发生了倾斜。此后,本藩向领地城镇人口征收所谓"万人讲"日钱,

---

① 大江健三郎著,许金龙译《被偷换的孩子》,译林出版社,二○○八年十月,第109页。

向农民征收预付米,接着是"追加预付米"。乡土史家在信末引用了一节他收集的资料:"夫阴穷则阳复,阳穷则阴生,天地循环,万物流转。人乃万物之灵长,若治政失宜,民穷之时,岂不生变乎!"这革命启蒙主义中有一股力量。①

在这里,大江借小说人物之口说出"人乃万物之灵长,若治政失宜,民穷之时,岂不生变乎!"其以革命颠覆不义的理想主义呼声,显然来自《孟子·梁惠王下》的相关内容及其在日本的传承者伊藤仁斋的影响。不仅如此,大江还把以上经其改写的话语定义为"革命的启蒙主义",而且特意指出其中蕴藏着"一股力量"。更具体地说,这既是对孟子"贼仁者谓之贼,贼义者谓之残。贼残之人,谓之一夫。闻诛一夫纣矣,未闻弑君也"等易姓革命主张的认同,也是在借伊藤仁斋对此所做的解读而赋予故乡暴动历史以正当性和合理性,让所有暴动者及其同情者据此获得伦理上的支撑——"夫天下非一汤武也。向使桀纣自悛其恶。则汤武不必征诛。若其恶如故。则天下皆为汤武"。显然,故乡的历史暴动史实与先祖传播的孟子有关"民本"和"革命"思想融汇在了一起,森林中的农民暴动叙事所体现的朴素村落政治观和斗争史,恰恰是"民本"古义与"革命"的现代左翼思潮相结合的表现,更是大江在未来的人生中接受战后民主主义思想的伦理基础。

二、暴动之乡的森林之子

1.大濑村的暴动历史

作为大江文学的重要构成部分,大江的革命想象不仅萌发于曾

---

① 大江健三郎著,邱雅芬译《万延元年的Football》,人民文学出版社,二〇二一年四月,第88页。

外祖父《孟子古义》之家学影响,无疑也受到故乡暴动历史世代口耳相传的浸染,将边缘与中心的权力抗衡内化为一种本土化的体悟。大江的"古义人"乳名和其接受孟子民本思想以及易姓革命思想的土壤,恰恰是故乡大濑村这块历史上暴动频发的土地,正如大江在北京的一次讲演中所言:

> 而我,则在边缘地区传承了不断深化的自立思想和文化的血脉。对于来自封建权力以及后来的明治政府中央权力的压制,地方民众举行了暴动,也就是民众起义。从孩童时代起,我就被民众的这种暴动或曰起义所深深吸引。……我曾写了边缘的地方民众的共同体追求独立、抵抗中央权力的长篇小说《万延元年的 Football》。这部小说的原型,就是我出生于斯的边缘地方所出现的抵抗。明治维新前后曾两度爆发起义(第二次起义针对的是由中央权力安排在地方官厅的权力者并取得了胜利),但在正式的历史记载中却没有任何记录,只能通过民众间的口头传承来传续这一切。……与中心进行对抗的边缘这种主题,如同喷涌而出的地下水一般,不断出现在此后我的几乎所有长篇小说之中。①

那么,作为大江革命想象的原型,故乡大濑村的革命暴动,是如何在德川幕府和其后的明治政府中央权力及其各级官吏等代理人的压制下被频频触发的呢? 这些革命原型又与大江自身的文学建构有着何种关联?

当然,由于官方长年以来的持续遮蔽或改写,我们已经很难从官方记载中查阅并还原当年的暴动起因以及过程等完整信息了。大江本人在其作品以及讲述中所提供的信息亦缺乏完整性和系统性,更

---

① 大江健三郎著,许金龙译《北京讲演二〇〇〇》,《中华读书报》,二〇〇〇年十月十八日。

由于其小说的虚构性,小说叙事的史料价值也有待考鉴。与此同时,
通过口耳相传的民间文学形式以及亲身参与了暴动文化之传播的老
人们,亦随岁月流逝而日渐减少,其所提供的信息亦有模糊不清之
处。所幸笔者在当地做田野调查时,曾获得一份非公开出版的方志。
结合当地老人的回忆以及大江本人的讲述或文字记叙,得以大致瞥
见当地暴动的肇因和状貌。这份由内子町志编撰委员会编写的《新
编内子町志》第七节之《农民暴动》这个章节里有一个题为"大洲藩
农民暴动(骚動)"的列表 2-7:

年　号	公元	暴动名称
寛保元年	1741	久万山騷動
延享四年	1747	御藏騷動
寛延三年	1750	内子騷動
宝曆十一年	1761	麻生騷動
明和七年	1770	藏川騷動
明和八年	1771	麻生騷動
寛政元年	1789	柳沢騷動
文化六年	1809	阿藏騷動
文化七年	1810	横峰騷動
文化十三年	1816	大洲紙騷動
文化十三年	1816	村前騷動
文政十一年	1828	菅田騷動
天保八年	1837	柳沢騷動
天保八年	1837	横峰騷動
文久二年	1862	小薮騷動
文久三年	1863	宇和川騷動
慶応二年	1866	奥福騷動
明治四年	1871	廃藩置県騷動

明治四年	1871	郡中骚動
明治四年	1871	臼杵骚動

　　　　　　　　　　——以上为发生于大洲藩或与藩相关联的暴动。其
　　　　　　　　　　资料来源于影浦勉「伊予農民騒動史話」「愛媛
　　　　　　　　　　鼎史」『大洲市誌』和「高橋文書」。①

　　这份列表清晰标注了大濑村所在的大洲藩地区,自一七四一年
至一八七一年这约一百三十年间,发生被官方蔑称为"骚动"的暴动
共计二十次。也就是说,暴动平均每六年半便会爆发一次。这里需
要说明的是,图表所列远不及实际曾经发生的暴动次数,譬如一七八
八年肇始于大江家所在小山村的大濑暴动,就未能列入其中。在这
片范围有限的区域内,如此高频度(有的地方甚至重复数次)发生暴
动的原因不一而足,不过其主因不外乎来自各级官府的压榨、商人投
机、官商勾结、粮食歉收、物价(尤其是粮食价格)高涨等等,这一点
从大米和大豆在一八六一年至一八七〇年这十年间的涨幅便可略见
一斑(2-8):

年　号	公元	大米	大豆
文久元年	1861	205 錢	218 錢
二年	1862	250 錢	272 錢
三年	1863	290 錢	260 錢
元治元年	1864	400 錢	364 錢
慶应元年	1865	650 錢	540 錢
二年	1866	2000 錢	1140 錢
三年	1867	1800 錢	869 錢
明治元年	1868	6000 錢	5700 錢

---

①　内子町志编撰委员会著《新编　内子町志》,一九九六年十月,第161页。

二年	1869	12000 銭	10000 銭
三年	1870	14500 銭	21000 銭

——以上为一石粮食之价格。其资料由知清吉冈文
书所作。①

正如大江自述的"明治维新前后曾两度爆发起义（第二次起义
针对的是由中央权力安排在地方官厅的权力者并取得了胜利）"②，
即列表2-7分别发生于一八六六年的奥福暴动③和一八七一年的废
藩置县暴动。从列表2-8可以看出,在大江经常提及的这两场暴动
前后短短十年时间内,大米价格从一八六一年的二百零五钱猛涨至
一八七〇年的一万四千五百钱,同期的大豆价格则从二百一十八钱
猛涨至二万一千钱,前者涨至七十点七倍,后者更是狂涨至九十六点
三倍。按照这个势头,未能列入的一八七一年(即发生废藩置县暴
动之年)的涨幅估计越发让人心惊肉跳。至于物价何以如此疯涨的
主要原因大致如下:首先是江户末期农民阶层开始分化,大量贫困农
民为借钱度日而将农地转手他人,只能依靠佃耕勉强糊口;其二则是
巧取豪夺了大量土地的地主和富商与藩府加强勾结,通过向藩府提
供金钱而获得更多特权,转而利用这些特权变本加厉地盘剥贫困农
民;再就是大厦将倾的德川幕府在政治上开始出现崩溃迹象,在经济
方面则出现全国性物价高涨,尤其是猛涨的大米价格更使得贫困农
民和底层民众的生活越发艰难;第四,雪上加霜的是,在庆应二年

---

① 内子町志编撰委员会合著《新编 内子町志》,一九九六年十月,第 190 页。
② 大江健三郎著,许金龙译《北京讲演二〇〇〇》,《中华读书报》,二〇〇〇年十
月十八日。
③ 一八六六年七月十五日发生在包括大江健三郎故乡大瀬村在内的奥筋地区
的、规模达万余人的农民暴动。因暴动领导人名为福五郎(亦有福太郎、福二
郎、福次郎之说),当地人便取奥筋中的奥以及福五郎中的福,将该暴动称之为
奥福暴动。

（1866），遭遇了前所未有的大歉收，与藩府素有勾结的投机商人乘机将大米价格猛涨。正如大江在作品里所总结的那样："人乃万物之灵长，若治政失宜，民穷之时，岂不生变乎！"于是，这一年的七月十五日，大江家所在的大濑村便爆发了名为"奥福骚动"的大暴动，前后历时三天，至十七日时共计波及三十余村庄，参与者多达一万余人。

这次暴动的经纬大致如下：该年七月某日，大濑村村民福五郎（亦有福太郎、福二郎、福次郎之说）因家中无粮，向村吏提出借用村中存米，随即遭拒，却发现村吏将米借给来村里出差的医生成田玄长，便与村吏发生激烈争执。福五郎由此痛恨贪图暴利的商人，决定发动村民一同上访，同村的神职人员立花丰丸于是承担其参谋，以福五郎之名撰写檄文并广泛散发于周围数十村庄，呼吁大家奋起暴动，不予合作之村庄则予烧毁！早已对为富不仁的富商心怀怨恨的数十村庄的农民纷纷加入暴动队伍。七月十五日晚间，赞成福五郎主张的大濑村村民捣毁村里的酒铺，在福五郎号令下开往内子镇，中途参加者络绎不绝，至十六日暴动队伍已达三千余人，当天在内子镇打砸店铺约四十间，继而在五十崎打砸店铺约二十间。及至十七日，共有三十个村庄、一万余人参加暴动。大洲藩府急遣信使往江户幕府报警，同时不断派人游说福五郎等三四位暴动头领，至当日晚间，福五郎等人被说服，继而解散暴动队伍。在参加暴动的农民相继回村后，三位暴动头领遭到抓捕，其中大濑村的福五郎以及同村的立花丰丸其后死于狱中……

诸如此类的暴动景象，通过世代的传述，在民间文学的传承下，从历历在目的口头讲述，化为跃然纸上的文学形象。这些暴动记忆和历史人物原型，促动大江以大濑为革命对峙的中心向压迫性体制发出挑战，而将暴动革命历史传承给大江的媒介，正是阿婆这位民间文学的讲述者,暴动革命故事则作为元文本化入大江对于村庄暴动的文学虚构之中。

2.阿婆的暴动故事元文本

为儿时大江栩栩如生地讲述奥福其人和奥福暴动这段历史的人,是大江家里名为毛笔的阿婆。多年后,《读卖新闻》记者尾崎真理子采访时曾提及大江面对阿婆栩栩如生的讲述而心神荡漾的过往:"那个'奥福'物语故事,当然也是极为有趣,非同寻常。据说您每当倾听这个故事时,心口就扑通扑通地跳。由于听到的只是一个个片段,便反而刺激了您的想象。"①于是大江便这样对记者回忆了当年的情景:

> 是啊,那都是故事的一个个片段。阿婆讲述的话语呀,如果按照歌剧来说的话,那就是剧中最精彩的那部分演出,所说的全都是非常有趣的场面。再继续听下去的话,就会发现其中有一个很大的主轴,而形成那根大轴的主流,则是我们那地方于江户时代后半期曾两度发生的暴动,也就是"内子骚动"(1750)和"奥福骚动"(1866)。尤其是第一场暴动,竟成为一切故事的背景。在庞大的奥福暴动物语故事中,阿婆将所有细小的有趣场面全都统一起来了。

> 奥福是农民暴动的领导者,他试图颠覆官方的整个权力体系,针对诸如刚才说到的,其权力乃至我们村子的那些权势者。说是先将村里的穷苦人组织起来凝为强大的力量,然后开进下游的镇子里去,再把那里的人们也团结到自己这一方来,以便聚合成更强大的力量。那场暴动的领导者奥福,尽管遭到了滑稽的失败,却仍不失为一个富有魅力的人。我就在不断思考奥福这个人的人格的过程中,度过了自己的少年时代。②

---

① 大江健三郎著,许金龙译《大江健三郎口述自传》,贵州人民出版社,二〇一九年三月,第8页。
② 同上,第8—9页。

……

是祖母和母亲讲述给我并滋养了我的成长的乡村民间传说。在写作《万延元年的 Football》时,我的关心主要集中在那些叙述一百年前发生的两次农民暴动的故事。

祖母在孩提时代,和实际参与这些事件的人们生活在同样的社会环境里,所以,她所讲述的民间故事,常常会添加进她当年亲自见过的那些人的逸闻趣事。祖母有独特的叙事才能,她能像讲述以往那些口耳相传的民间故事那样讲述自己的全部人生经历。这是新创造的民间传说,这一地区流传的古老传说也因为和新传说的联结而被重新创造。

她是把这些传说放到叙述者(祖母)和听故事的人(我)共同置身其间的村落地形学结构里,一一指认了具体位置同时进行讲述的。这使得祖母的叙述充满了真实感,此外,也重新逐处确认了村落地形的传说/神话意义。①

病迹学(Pathographie)研究成果表明,儿时的生长环境对于成人后的价值取向和审美取向都将产生重要影响,这对于川端康成和三岛由纪夫来说如此,对于大江健三郎来说也并不例外。在“心口扑通扑通地跳”着倾听阿婆讲述奥福故事的过程中,少儿大江的情感却在不知不觉间开始倾向遭到压榨的暴动者一方,从而产生了与弱势群体共情的义愤,以至于“在不断思考奥福这个人的人格的过程中,度过了自己的少年时代”。然而,这种感情倾向却面临一个无法回避的尴尬,那就是在日本这个国度里,被称为“骚动”的农民暴动明显带有被官方蔑视的语感,而暴动本身更是被认为是“下克上”的大不敬,亦即中文语感中的“以下犯上”和“犯上作乱”之负面语义。这显然是儿时大江的情感所不愿接受的,正是在这种情感冲突的背

---

① 大江健三郎著,王中忱译《在小说的神话宇宙中探寻自我》,引自《我在暧昧的日本》,南海出版公司,二〇〇五年十一月,第7—8页。

景下,经由曾外祖父传承的易姓革命思想和民本思想才开始具有意义,才能为暴动之乡的这个小童提供了伦理上的支撑,用以抗拒"下克上"所带来的道德和伦理层面的负面指责,从而"在不断思考奥福这个人的人格的过程中,度过了自己的少年时代"之际,顺理成章地"在边缘地区传承了不断深化的自立思想和文化的血脉",将《孟子古义》中的易姓革命思想和民本思想内化为自己的道德观和伦理观,为其于日本战败后接受战后民主主义作了道德、伦理和理论上的前期准备。

另一方面,由于阿婆"在孩提时代,和实际参与这些事件的人们生活在同样的社会环境里,所以,她所讲述的民间故事,常常会添加进她当年亲自见过的那些人的逸闻趣事",而且阿婆"给我讲述(奥福)故事中的人物。故事情节只是一些片段,所以能够激发我勾连故事的能力。奥福是本地农民起义的故事中一个无法无天而且非常可爱的人物,用我后来遇到的语言来说是一个 trickster①"②,故而在引发少儿大江倾听兴趣的同时,还培养了其进行再创作的能力。

如果说,经由曾外祖父传承的《孟子古义》中的易姓革命思想和民本思想,从道德和伦理上支撑少儿大江"在边缘地区传承了不断深化的自立思想和文化的血脉"的话,那么,熟稔戏剧演出的阿婆用"独特的叙事才能"对儿时大江讲述当地暴动故事,在培养其勾连故事之能力的同时,亦为大江进行了一场文学启蒙,使得"从孩童时代起,我就被民众的这种暴动或曰起义所深深吸引。……我曾写了边缘的地方民众的共同体追求独立、抵抗中央权力的长篇小说《万延元年的 Football》。这部小说的原型,就是我出生于斯的边缘地方所

---

① 意为神话和民间传说中的精灵、既有社会秩序的破坏者。
② 大江健三郎著,王成译《我的小说家修炼法》,中央编译出版社,二〇一九年十一月,第6页。

出现的抵抗",而且"与中心进行对抗的边缘这种主题,如同喷涌而出的地下水一般,不断出现在此后我的几乎所有长篇小说之中"！由此可见,从发表于一九六七年的《万延元年的 Football》到晚近创作的长篇小说《优美的安娜贝尔·李 寒彻颤栗早逝去》(2007)以及《晚年样式集》(2013),随处可见的有关历史暴动叙事,既是大江的儿时记忆,也是其文学母题,还是其抗拒权力中心、用以构建根据地/乌托邦的重要依据。当然,这种叙事策略也使得其文学中的历史维度具有越来越开阔的空间。

3."我在文学作品中构建的根据地/乌托邦确实源自毛泽东"

仍然是在大江文学的历史叙事空间里,早在大江的少年时代,曾有两个于日本战败后从中国遣返回故乡大濑村的退伍老兵帮助大江家修缮房屋,在小憩期间,这两个退伍老兵盘膝而坐,聊起侵华期间所执行的杀光、烧光和抢光之三光政策,让少年大江第一次知道"皇军"在中国期间犯下的累累战争罪行,在其为之深感愧疚和惊恐不安的同时,也对战争时期的军国主义教育之虚伪有了更为深刻的认识。这两位老兵还说起在中国战场攻打八路军根据地时狼狈情状,他们告诉在一旁倾听的少年:八路军的根据地大多建在地势险要之处。由于八路军与中国老百姓是鱼水之情,所以攻打根据地的日军部队尚未到达目的地,就有发现日军行踪的老百姓向八路军通风报信,于是八路军便在根据地设好埋伏,待日军进入伏击圈后就枪炮大作,打得日军如何丢盔弃甲、如何死伤狼藉、如何狼狈逃窜……

村里这两个退伍老兵的无心之言,却在少年大江的内心掀起巨浪:如果本地历史上多次举行暴动的农民也像八路军那样,在家乡深山老林里的险要处构建根据地的话,那么家乡的历史会如何演变？日本的历史是否会是另一种模样？带着这个久久萦绕于心的思考,大江在东京大学仔细且系统地研读了《毛泽东选集》四卷本,尤其关注第一卷里《中国的红色政权为什么能够存在?》。这篇文章是毛泽东于一九二八年十月五日所作,在第六章《军事根据地问题》中第一次提及"根据地"并做了如下阐释:

> 边界党还有一个任务,就是大小五井和九陇两个军事根据地的巩固。……这两个地形优越的地方,特别是既有民众拥护、地形又极险要的大小五井,不但在边界此时是重要的军事根据地,就是在湘鄂赣三省暴动发展的将来,亦将仍然是重要的军事根据地。巩固此根据地的方法:第一,修筑完备的工事;第二,储备充足的粮食;第三,建设较好的红军医院。把这三件事切实做好,是边界党应该努力的。①

所谓"根据地"是军事术语,而且从以上引文中可以发现其历史并不悠久,是军事对峙中处于弱势的红军为更好地保护己方有生力量而于险峻之处据险而守,同时争取时间和空间发展和壮大己方力量。中国第一次国内革命战争时期由红军创建的根据地如此,抗日战争时期由八路军所建的根据地也是如此,同时辅以游击战、麻雀战、坚壁清野、储存粮食、建立伤兵医院以及灵活运用"敌进我退、敌驻我扰、敌疲我打、敌退我追"等游击战术,与强敌进行周旋。

在东京大学就读期间学习了《毛泽东选集》中有关根据地的相关论述后,大江开始将这些论述与家乡的暴动史乃至日本的近代史联系起来加以思考。当然,历史不可复制,故而大江开始考虑在自己的文学作品中构建根据地,构建以中国革命模式复制的根据地。于是,"暴动"和"根据地"字样开始频繁出现在大江的小说文本里。譬如在不足十万字的小长篇《两百年的孩子》中译本里,如果用电脑检

---

① 毛泽东著《毛泽东选集》(第一卷),人民出版社,一九九一年六月第二版,第53—54页。

索"暴动"/"一揆",可以发现共有二十二处。对"逃散"进行检索,则有五十三处。两者相加,总共七十五处。这里所说的"逃散",是指在日本的中世和近世,农民为反抗领主的横征暴敛而集体逃亡他乡。这种逃亡有两个特征,一是数个、数十个村庄集体逃亡;二是这种有时多达数千人、数万人的逃亡,往往伴随着与领主武装的战斗。同样使用电脑检索的方法对《两百年的孩子》进行检索,还可以发现含有"根城"和"根据地"的表述各有二十处,一共四十处。这里所说的"根城",在日语中主要有两个语义,其一为主将所在城池或城堡;其二则是暴动民众的据守之地,或是盗贼的巢穴。"根据地"的语义为"军队等队伍为修整、修养或补给而设立的据点",在大江的文学词典里,这个单词显然源于中国第一次国内革命战争时期创建的根据地,抗日战争期间用以抵御侵华日军、争取抗战胜利的根据地;当然,这也是大江赖以在小说中构建根据地/乌托邦的原型。

二〇〇六年八月,笔者曾在东京对大江做过一次采访,现摘录其中涉及"根据地"的内容引用如下:

许金龙:您于一九七九年发表了长篇小说《同时代的游戏》,相较于中国传统文化中桃花源式的那种逃避现实的理想,这部作品中的乌托邦则明显侧重于通过现世的革命和建设达到理想之境。从这个文本的隐结构中可以发现,您在构建森林中这个乌托邦的过程中,不时以中国革命和建设为参照系,对以毛泽东为首的老一辈革命家所进行的艰苦卓绝的长征、建立根据地并通过游击战反击政府军的围剿、发展生产以提高物质生活水平等给予了肯定,也对江青等"四人帮"在"文化大革命"中祸国殃民的举止表示了谴责,同时也在思索中国在革命和建设过程中遇到的一些问题以及解决方法,试图从中探索出一条由此通往理想国的具有普遍意义的通途。当然,您在自己的文学世界里建立根据地的尝试,《同时代的游戏》显然不是第一次,也不会是最后一次。其实,早在《万延元年的 Football》中,甚至更早的《揪芽打仔》等作品中,就已经出现了"根据地"的雏形。我想知道的是,您在文本中构建的根据地/乌托邦是否是以毛泽东最初创建的根据地为原型的? 当然,您在大学时代学习过毛泽东的著作,那些著作里有不少关于根据地的描述,您是从那里接触到根据地的吗?

大　江:正如你所指出的那样,我在文学作品中构建的根据地/乌托邦确实源自毛泽东的根据地。而且,我也确实在毛泽东的著作中接触过根据地,记得是在《毛泽东选集》第一卷的前半部分。

许金龙:是在《中国的红色政权为什么能够存在?》那篇文章里?

大　江:是的,应该是在这篇文章里。围绕根据地的建立和发展,毛泽东在文章里做了很好的阐述。不过,我最早知道根据地还是在十来岁的时候。战败后,一些日本兵分别被吸收到国民党军队和共产党的八路军里。参加了八路军的日本人就暗自庆幸,觉得能够在中国的内战中存活下来,而参加国民党军队的日本人却很沮丧,担心难以活着回日本。他们之所以这么想,是因为在侵华战争中,他们分别与八路军和国民党军队打过仗,说是国民党军队没有根据地,很容易被打败,而八路军则有根据地,一旦战局不利,就进入根据地坚守,周围的老百姓又为他们提供给养和情报,日本军队很难攻打进去。后来在大学里学习了毛泽东著作后,我就在想,我的故乡的农民也曾举行过几次暴动,最终却没能坚持下来,归根结底,就是没能像毛泽东那样建立稳固的根据地。可是日本的暴动者为什么不在山区建立根据地呢? 如果建立了根据地,情况又将如何? 这是我一直在思考的问题,并且在作品中表现了出来。[1]

在以上引文中提及的长篇小说《同时代的游戏》第五章所叙述的故事发生在明治初年,村庄＝国家＝小宇宙这个共同体决心独立

---

[1]　大江健三郎与许金龙对谈:《大江健三郎将访中国,深受鲁迅及毛泽东影响》,《环球时报》,二〇〇六年九月一日。

于"大日本帝国",准备抗击帝国陆军的讨伐。长期以来,人们根据共同体的创始者破坏人通过梦境传达的指示,利用山里的特产木腊与海外进行贸易的盈余做了大量的战争准备,构筑起巨大的堤堰,蓄水淹没自己的村庄,并在堤坝上用沥青写上"不顺国神,不逞日人"的标语,以示与天皇治下的"大日本帝国"决裂的决心,同时进行坚壁清野,在山上的森林里储存粮食,建起野战医院,把壮年男女武装起来组织成游击队,还建立兵工厂以制造武器……除此以外,有人还考虑以各种语言致信各国,呼吁世界上被压迫的民族团结起来,说是"尤其是致中国的信,真想面交很快就将与大日本帝国军队开始全面战争的中国共产党军队"①。

在这些准备工作大致就绪后,政府派遣的"大日本帝国陆军混成第一中队"也临近了。这支武装到牙齿的正规军常年在这一带镇压农民暴动,现在受命前来攻打这个共同体,以将其纳入天皇统治下的"大日本帝国"势力范围。由于这一带山高林密,又是连日滂沱大雨,部队便艰难地沿着略微平坦一些的河滩溯流而上。在村庄这个共同体派出的侦察人员发现"皇军"已临近时,水库里的水也蓄到了最高水位,于是,村庄=国家=小宇宙的人们点燃预先埋置的炸药炸开堤堰,开始了长达五十天之久的、抗击"大日本帝国"陆军的游击战。

呼啸而下的洪水瞬间便吞噬了混成第一中队的所有官兵及其携带的军马。政府第一次派遣来的军队遭到了全军覆没的彻底失败。于是,其后又派遣了由一位作战经验丰富的大尉率领的中队前来攻打。共同体由此正式开始了抗击"皇军"的游击战争。

---

① 大江健三郎著,李正伦等译《同时代的游戏》,作家出版社,一九九六年四月,第232页。

当大尉率领的部队占领村庄时,却发现这是座空无一人的村庄,甚至看不到一条狗。也就是说,共同体实行了最为彻底的坚壁清野。部队在这个被废弃的村子里,连洁净的水都找不到一口,便派出小部队寻找水源,却被游击队打了埋伏。于是,被缴了枪械后释放回来的士兵报告说,游击队就在这山中的森林里。到了夜间,共同体放出的老狼以及野狗让士兵们感到惊恐,而游击队设置的、可以切割下双腿的陷阱,更是让士兵们不敢轻易进入山林。

不久,大尉便开始了他的第一次搜山清剿,部队排成横列,每隔五米站上一个士兵。而游击队方面则在转移非战斗人员的同时,由青壮村民组成若干三人战斗小组,利用有利地形埋伏下来,相机射击某一个搜山士兵,然后再将其两侧的士兵引诱过来一并射杀,使得"皇军"遭受巨大伤亡,不得不铩羽而归。

大尉指挥的第二次大规模战斗,是吸取前次横向搜山失败的教训,命令士兵纵向攻入森林深处,以破解"堪称游击战之基础的原始森林的神秘力量",并伺机破坏密林里的兵工厂,却被共同体的孩子们以迷路游戏的方式引入迷魂阵……当"皇军"士兵们被诱入伏击圈后,"游击队员从藏身之处用西洋弓射出的箭没有声音,突如其来的袭击防不胜防。森林里的大树很高,日光像雾一般从枝叶的缝隙泻下,难以计数的蝉发出震耳的蝉鸣,弓箭的声音根本听不到。埋伏者瞄准出现在树枝所限的狭窄空间处的敌人,箭无虚发。在惟蝉鸣可闻的巨大静默里,大日本帝国军队的士兵中有十二人中箭身亡,另有十二人身受重伤。没有一个士兵发现新设置的兵工厂"[①]。

由于游击队控制了水源,大尉怀疑水源被施放了毒药,不敢再使

[①] 大江健三郎著,李正伦等译《同时代的游戏》,作家出版社,一九九六年四月,第253—254页。

用那里的泉水,转而组织运输队从山外连同粮食一同运往驻地,从而加重了运输队的负担,致使行动迟缓,被游击队在途中趁天黑夜暗之机混入运输队,"结果是担任护卫的士官和两个士兵扔下运粮队逃跑了。于是,大量粮食就被运进了密林里游击队的帐篷"①。

在大尉审问游击队的俘虏时,这些俘虏提供的信息更是让大尉心智混乱。第一个俘虏状似老实地交代说:"这个抵抗战争是从整个中国以及藏在长白山山脉的朝鲜反日游击战传过来,组织了共同战线,甚至不久就有援军到达,实际上自己就是负责和海外联系的负责人……"②在他的话语中,不时还"夹杂着一些他瞎编乱造的中国话和朝鲜话"③。第二个俘虏的交代更是玄乎,说是把森林里新发现的矿物质送到德国加以精炼,以其为原料,即将研制出新型炸弹,如果炸弹中的化学物质出事,"半个森林就可能一扫而光"④……

在屡屡失败的压力下,大尉决定用最狠毒的手段镇压这些"为了反抗大日本帝国而钻进森林"⑤的顽固山民,那就是运来大量汽油,准备火烧森林,"漆黑之夜充血的眼珠上,也许映现出了他们追赶着躲避大火而东奔西跑的半裸的女人们,也许映现出他们自己正在强奸或杀人的自我影像。直到此刻为止毫无趣事可言的战争,使他们的意识浓缩为一个观念——战争就是血腥欲望的爆发,他们今天晚上得出了这个结论,并且决定今后一定照此实行。不久之后,在转战于中国和南洋各地时,他们的这个血腥欲望果然就得到满足了"⑥。

---

① 大江健三郎著,李正伦等译《同时代的游戏》,作家出版社,一九九六年四月,第260页。
② 同上,第263页。
③ 同上,第263页。
④ 同上,第264页。
⑤ 同上,第266页。
⑥ 同上,第271页。

面对火烧森林的严峻局面,共同体在疏散了儿童后便集体投降了,其中大约一半人口得到的却是大尉的如下话语:"你们是真正地对大日本帝国发动叛乱、掀起内战的人,你们犯下的叛国罪行必须受到应得的处罚,我以军事法庭的名义宣布你们的死刑!"在进行了五十天的抵抗之后,共同体中的大约一半村民被血腥屠杀了,死在大日本帝国的淫威之下……幸运的是,共同体的半数儿童却随着徐福式的大汉逃离了杀戮,踏上寻找希望的远方。

4.“我在小说里想要表现的确实不是绝望”!

从以上梗概的隐结构中不难看出,对于《同时代的游戏》第五章中关于创建根据地和开展游击战的内容,中国的读者都会比较熟悉,准确地说,应是“似曾相识”。在《毛泽东选集》第一卷之《中国的红色政权为什么能够存在?》、第六章《军事根据地问题》中,毛泽东早在一九二八年就曾准确地指出:“巩固此根据地的方法:第一,修筑完备的工事;第二,储备充足的粮食;第三,建设较好的红军医院。”①大江在《同时代的游戏》中修筑水淹敌军的水库,正是第一条所说的工事,而且还是大型工事。而预先储备粮食以及抢夺敌军运粮队,则是第二条的完美体现。对于设立野战医院以及转送难以救治的伤员这一措施,我们完全可以理解为是对第三条“建设较好的红军医院”的模仿和再现。至于文本中更为具体的彻底疏散人口、切断敌军水源、深夜放狼以及野狗骚扰敌人、引诱敌军深入密林以便相机袭击等内容,恐怕中国的中学生都可以将其精准地概括为“坚壁清野”“诱敌深入”“敌进我退,敌驻我扰,敌疲我打”……这些战术是战争中弱

---

① 毛泽东著《毛泽东选集》(第一卷),人民出版社,一九九一年六月第二版,第53—54页。

势一方因地制宜地抗击强势一方的战术,在中国战争史上最早提出以上战术的是朱德,而根据国内战争的严峻局面对此予以总结并将其上升到理论和战略高度的则是毛泽东。尤其在抗日战争期间,八路军和新四军依据这个战略战术不断发展壮大,创建、依托根据地展开游击战,最终为赢得抗日战争做出了自己的贡献。

另一方面,从《同时代的游戏》这个文本中有关"尤其是致中国的信,真想面交很快就将与大日本帝国军队开始全面战争的中国共产党军队""这个抵抗战争是从整个中国以及藏在长白山山脉的朝鲜反日游击战传过来,组织了共同战线"等等表述,清楚地表明其作者大江健三郎非常了解中国共产党领导的八路军、新四军所进行的抗日战争及其战略、战术,这个了解既有少年时代的记忆,也有大学时代对毛泽东相关军事理论的学习,恐怕还与大江于一九六○年夏天对中国进行为时一月有余的访问时所接受的相关影响有关。由此可见,大江在写作《同时代的游戏》这部小说前,曾充分接受中国有关根据地和游击战的影响,因而当其考虑在政治和文化意义上的边缘之地,也就是故乡的森林里构建根据地/乌托邦时,大量引入了中国式游击战的因素也就不足为奇了。

由此我们可以确定,作者大江健三郎在构建位于边缘的森林中这个根据地/乌托邦的过程中,确实在以中国革命和建设的模式为参照系,对以毛泽东为首的老一辈革命家所进行的艰苦卓绝的长征、建立根据地并通过游击战反击政府军围剿、发展生产以提高物质生活水平等给予了充分肯定,同时也在思索中国在革命和建设过程中遇到的一些问题及其解决方法,希望从中探索出一条由此通往理想国的具有普遍意义的通途,并试图在自己文本里设计出一个更具普遍性的乌托邦。

在此后出版的《致令人眷念之年的信》《两百年的孩子》《愁容童

子》《别了,我的书!》以及《水死》和《晚年样式集》等长篇小说中,大
江对权力中心改写乃至遮蔽边缘地区弱势群体之历史的做法进行了
无情的嘲讽,借助森林中口耳相传的神话/传说和历史复制乃至放大
遭到政府遮蔽的山村和森林里的历史,把那座神话/传说的王国进一
步拓展为森林中的根据地/乌托邦——超越时空的"村庄＝国家＝小
宇宙",清晰地提出了文化人类学意义上的边缘与中心的概念,使其
"得以植根于我所置身的边缘的日本乃至更为边缘的土地,同时开
拓出一条到达和表现普遍性的道路"①。这种从边缘和历史出发的
叙事策略显然与"马克思主义批评理论一直在努力使文学批评具有
历史维度"的主张高度契合,因为这种主张"认为需要返回历史,把
历史当作重要的出发点来理解文化生产、批评概念、意识形态、政治
和社会的范畴"②。就这个意义而言,大江在小说文本中频频引入暴
动历史以展开边缘叙事也就不难理解了。这里还有一个需要关注的
地方,那是从这一时期开始,大江在表述森林中那些神话/传说和
历史时,清醒地意识到在日本这个封建意识和保守势力占据强势的
国度里,包括森林中那些山民在内的弱势者的历史,一直被强势者所
改写、遮蔽甚或抹杀。譬如发生在大江故乡的几次农民暴动,就完全
没有被记载在官方的任何文件中。为了抗衡强势者/官方所书写的
不真实历史,大江以《同时代的游戏》和其后的《M/T与森林中的奇
异故事》《致令人眷念之年的信》和《优美的安娜贝尔·李　寒彻颤
栗早逝去》等晚近小说为载体,从"根据地"民众的记忆而非官方记
载中,把故乡的神话/传说乃至当地历史中一些具有重大意义的部分

① 大江健三郎著,许金龙译《我在暧昧的日本》,引自《我在暧昧的日本》,南海出
　　版公司,二○○五年十一月,第96页。
② 张京媛著《新历史主义与文学批评·前言》,《新历史主义与文学批评》,北京
　　大学出版社,一九九七年,第2—3页。

剥离、复制乃至放大出来,试图以此在某种程度上还原历史真实,回归历史原貌,进而抗衡官方书写或改写的不真实历史。

我们还需要注意的是,这种根据地/乌托邦叙事在大江的文学作品中也是在"与时俱进"——最初近似于中国国内革命战争时期和抗日战争时期的军事根据地,譬如《同时代的游戏》里的根据地和游击战;当其长篇小说《愁容童子》中的边缘性特征被中心文化逐步解构之后,在故乡森林里建立根据地的基本条件便不复存在,于是在《别了,我的书!》中,大江就通过因特网建立新型根据地,将根据地建立在边缘地区那些拥有暴动历史记忆的边缘人物的内心里,同时吸收和团结共同传承历史记忆的年轻人;及至在《水死》中,大江更是将抨击的矛头直接指向国家权力的象征:以修改历史教科书的形式强奸一代代青少年的日本文部科学省高级官员……

儿时的暴动记忆就这样在大江健三郎的诸多小说中不断变形,作者据此在绝望中发出呼喊,试图由此探索出一条通往希望的小径,正如大江在一次接受采访时所说的那样,"我在小说里想要表现的确实不是绝望"①!

三、一九六〇年的访华:由民本主义向人文主义嬗变

一九六〇年初夏时节,这个世界正处于躁动和不安之中——在亚洲的韩国,推翻李承晚政权的学生运动轰轰烈烈;在非洲,被西方大国长期殖民的诸多国家正全力争取民族独立,以摆脱殖民统治;在南美洲的古巴,反美浪潮一浪高过一浪;在拉美地区,同样正在兴起

---

① 大江健三郎与许金龙对谈:《我在小说里想要表现的确实不是绝望》,《作家》,二〇二〇年八月号,第54页。

争取民族独立的群众运动;在苏联,则因美国 U2 间谍飞机事件而怒火冲天;也是在这个时期,东西方首脑会谈正式决裂。六十年代冷战背景下的左翼反文化(counter culture)运动,更是使得全球青年先后掀起运动狂潮。众所周知,当时的日本更不是桃花源,反对《日美协作与安全保障条约》的全国性群众运动如火如荼,年轻学生们在这场运动风潮中纷纷走上街头。

　　一九六〇年,大江健三郎年届二十五岁,在校期间曾参加被称为"安保斗争"前哨战的"砂川斗争"。这里所说的"砂川斗争",是指一九五五年以农民、工会会员和学生为主体的日本民众反对美军扩建军事基地的群众斗争,也是日本社会在战后迎来的第一场大规模反战运动。在此后的一九六〇年一月十九日,日本政府与美国正式签署经修改的《日美协作与安全保障条约》(简称为《日美安全保障新条约》),以取代日美两国政府于一九五一年与《旧金山和约》一同签署的《日美安全保障条约》。在国会审议过程中,有人对条约中"为了维持远东地区的和平安全"之"远东"的范围表示质疑时,时任外相的藤山爱一郎表示这个范围"以日本为中心,菲律宾以北,中国大陆一部分,苏联的太平洋沿海部分"。藤山对《日美安全保障新条约》之"范围"的解释,几乎立刻就引发人们对战前和战争期间的所谓"大东亚共荣圈"的痛苦记忆,不禁怀疑日本政府是否试图再次侵略包括"中国大陆一部分"的亚洲诸国。不同于砂川斗争时期以学生为主体的抗议活动,这时不仅学生对政府的意图产生怀疑,就连绝大部分民众也都对此产生了怀疑,从而相继投身到反对缔结《日美安全保障新条约》的群众运动中来。大江健三郎此时刚刚从东京大学毕业,在文坛上已经小有名声,却从不曾淡忘将人文主义传授给自己的渡边一夫教授所引用的丹麦语法学家克利斯托夫·尼罗普之名言"不抗议(战争)的人,则是同谋",当然也必然地出现在了这数百万的示威群众之中。

二〇〇六年九月,在访问中国社会科学院的主题演讲中回忆当年这场大规模抗议活动时,大江表示"当时我认为,日本在亚洲的孤立,意味着我们这些日本年轻人的未来空间将越来越狭窄,所以,我参加了游行抗议活动。正是在这个过程中,我和另一名作家被作为年轻团员吸收到反对修改安保条约的文学代表团里"①。这里所说的文学代表团,是以野间宏为团长的日本第三次访华文学代表团。在这个大动荡的历史时期,在反对签署《日美安全保障新条约》的大规模游行示威活动中,青年作家大江健三郎开始了他的第一次出国之旅,与"另一名作家"开高健一同对尚未与日本恢复外交关系的中国进行了为期三十八天的访问。大江参加的这个访华团全称为"访问中国之日本文学家代表团",团长为野间宏(作家),团员计有龟井胜一郎(文艺评论家)、松冈洋子(社会评论家)、竹内实(随团翻译)、开高健(青年作家)、大江健三郎(青年作家),另有担任代表团秘书长的白土吾夫(时任日中文化交流协会事务局主任)。访问结束后,白土吾夫公布了一行七人计三十八日访华之旅的大致日程。这里需要说明的是,应该是顾虑到复杂的日本国内情势,出于安全考虑,这个日程并未列入当时被视为敏感的内容,譬如六月一日,日本文学代表团在广州参观毛泽东于一九二四年创办的农民运动讲习所;六月十六日,周恩来总理突然出现在代表团所在的王府井全聚德烤鸭店,对从东京大学毕业不久的大江健三郎进行慰问;六月十七日,代表团全体成员怀着悲痛心情,为悼念六月十五日晚间在国会大厦被警察殴打致死的东京大学女生桦美智子,前往人民英雄纪念碑

---

① 大江健三郎著,李薇译《北京讲演二〇〇六》,引自《大江健三郎文学研究》,百花文艺出版社,二〇〇八年七月,第1页。

敬献花圈并由团长野间宏致悼词……

就在日本文学代表团访华期间,反对岸介信政府签署《日美安全保障新条约》的日本民众在东京连日举行大规模示威抗议,六月五日,多达六百五十万示威者参加抗议活动;六月十日,为阻止美国总统艾森豪威尔于九月十九日访日,示威群众在羽田机场团团包围为艾森豪威尔如期访日打前站的总统秘书James Hagerty,致使其最终被美军直升机救出;六月十五日,五百八十万示威群众参加反对《日美安全保障新条约》签字和阻止美国总统访日的活动;当天晚间,七千余名示威学生冲入国会,与三千名防暴警察发生激烈冲突,东京大学女生桦美智子被殴打致死,示威群众与政府之间的矛盾进一步激化;六月十六日,焦头烂额的岸信介政府请求艾森豪威尔延期访日,最终被迫取消访日安排。在条约即将生效的当天夜晚,三十三万示威群众再次包围国会,试图阻止条约生效。然而,声势浩大的日本安保斗争终究未能阻止条约自动生效,却也迫使岸信介内阁于六月二十三日下台,艾森豪威尔总统则终止访日。这里需要重点提请注意的是,随着岸介信内阁的倒台,其准备修改于一九四七年生效的《日本国宪法》第九条的计划也随之束之高阁,为日本战后持续维护和平宪法、走和平发展道路打下了良好基础。正因为如此,大江才能在半个多世纪后自豪地表示:"在战后这七十年间,日本人拥有和平宪法,不进行战争,在亚洲内部坚定地走和平发展的道路,也就是说,在战后这七十年里,我们一直在维护这部民主主义与和平主义的宪法。其中最大的一个要素,就是有必要深刻反省日本如何存在于亚洲内部,包括反省那场战争,然后是面向和平……在战后这七十年里,日本没有发动战争,关于这一点,日本人即便得到积极评价也是可以理解的。"①"反省"是上述话语的关

---

① 大江健三郎与许金龙对谈:《我在小说里想要表现的确实不是绝望》,《作家》,二〇二〇年八月号,第54页。

键词,也是大江从人文主义者渡边一夫那里继承、坚守并内化了的道德和伦理——"保持具有人性的反省……因为我们已经决定将这种反省置于正面而去思考"①。当然,和平宪法第九条能维系至今日,也是有赖于大江等当年参加反对签署《日美安全保障新条约》的这一批抗议者以及后来者,尤其是民众组织"九条会"长年间的不懈努力。

就在这如火如荼的抗议活动中,青年作家大江健三郎受邀参加以老一辈作家野间宏为团长的日本文学代表团,前往中国进行为期一月有余的访问,以获得中国对这场大规模群众抗议运动的支持。在羽田机场与新婚刚刚三个来月的妻子由佳里以及作家安部公房等朋友话别时,大江特地叮嘱妻子:为了使八十年代少一个因对日本绝望而跳楼自杀的青年,因此不要生孩子。时隔三十八天后,还是在羽田机场,刚刚结束中国之旅回到日本的大江却对前来机场迎接的妻子说:还是生一个孩子吧,未来还是有希望的。那么,这一个来月的中国之旅到底发生了什么,竟使得大江的态度发生如此之大的变化?而且,发生变化的仅仅是对待生孩子的态度吗? 我们不妨回顾一下大江访华的大致经过。

在这一个多月的访问中,代表团一行先后访问了广州、北京、上海和苏州等地,与中国各界进行了广泛接触和交流,参观了工厂、机关、人民公社、学校、幼儿园、展览馆等,并多次参加声援日本人民反对《日美安全保障新条约》的集会和游行。在此期间,大江应邀为《世界文学》杂志撰写了特邀文章《新的希望之声》,表示日本人民已经回到了亚洲的怀抱,并代表日本人民发誓永远不背叛中国人民的深情厚谊。此外,他还在一篇题为《北京的青年们》的通信稿中表

① 大江健三郎著《解读日本当代的人文主义者渡边一夫》,岩波书店,一九八四年,第79—80页。

示,较之于以人民大会堂为首的十大建筑,万里长城建设者的子孙们话语中的幽默和眼睛中的光亮,更让他对人民共和国寄以希望。大江发现,无论是历史博物馆讲解员的眼睛,钢铁厂青年女工的眼睛,郊区青年农民的眼睛,还是光裸着小脚在雨后的铺石路面上吧嗒吧嗒行走着的少年的眼睛,全都无一例外地清澈明亮,而共和国青年的这种生动眼光,大江在日本那些处于"监禁状态"的青年眼中却从不曾看到过。这个发现让大江体验到一种全新的震撼和感动,一如他在同年十月出版的写真集里所表述的那样:"我在这次中国之行中得到的最为重要的印象,是了解到在我们东洋的一个地区,那些确实怀有希望的年轻人在面向明天而生活着。我不认为他们中国年轻人的希望就会原样成为日本人的希望。我同样不认为他们中国年轻人的明天会原样与日本人的明天相连接。不过,在东洋的这个地区,那些怀有希望的年轻人面向明天的姿态却给我带来了重要的力量。"①

当然,更让大江为之震撼和感动的,是中国人民在真诚和无私地支持日本人民反对修改《日美安全保障新条约》。六月中上旬,东京连日来爆发了数百万人参加的大规模示威活动,而在上海和北京,大江一行则先后参加了一百二十万人和一百万人规模的示威游行,以声援日本国内的抗议活动。或许是出于保护大江健三郎这个青年作家的考虑吧,白土吾夫的日程记录里没有列入周恩来总理得知东京大学女生桦美智子于十五日夜晚被警察殴打致死的消息后,于十六日放下手中工作特地前来慰问大江健三郎事宜——这一天,周恩来总理及其随从人员赶到王府井全聚德烤鸭店的二层,就桦美智子在国会大厦被警察殴打至死、另有千余示威者被逮捕一事,向正在与赵

① 大江健三郎著,许金龙译「中国の若い人たち、子供たち」,『写真　中国の顔』,現代教養文庫,一九六〇年十月,第 146 页。

树理等人同桌就餐、尚不知情的大江健三郎表示慰问。四十六年后，在回忆当时的情形时，大江这样说道：

> 在门口迎接我们一行的周总理特别对走在最后的我说：我对于你们学校学生的不幸表示哀悼。总理是用法语讲这句话的。他甚至知道我是学习法国文学专业的。我感到非常震撼，激动得面对着闻名遐迩的烤鸭连一口都没咽下。
>
> 当时，我想起了鲁迅的文章。这是指一九二六年发生的三·一八事件。由于中国政府没有采取强硬态度对抗日本干涉中国内政，北京的学生和市民组织了游行示威，在国务院门前与军队发生冲突，遭到开枪镇压，四十七名死者中包括刘和珍等鲁迅在北京女子师范大学教授的两名学生。……我回忆着抄自《华盖集续编》中的一段话，看着周总理，我感慨万分，眼前这位人物是和鲁迅经历了同一个时代的人啊，就是他在主动向我打招呼……鲁迅是这样讲的：
>
> "我目睹中国女子的办事，是始于去年的，虽然是少数，但看那干练坚决，百折不回的气概，曾经屡次为之感叹。至于这一回在弹雨中互相救助，虽殒身不恤的事实，则更足为中国女子的勇毅，虽遭阴谋秘计，压抑至数千年，而终于没有消亡的明证了。倘要寻求这一次死伤者对于将来的意义，意义就在此罢。
>
> "苟活者在淡红色的血色中，会依稀看见微茫的希望；真的猛士，将更奋然而前行。……"
>
> 那天晚上，我的脑子里不断出现鲁迅的文章，没有一点儿食欲。我当时特别希望把见到周总理的感想尽快告诉日本的年轻人。我想，即便像我这种鲁迅所说的"碌碌无为"的人，也应当做点儿什么，无论怎样，我要继续学习鲁迅的著作。[1]

---

[1] 大江健三郎著、李薇译《北京讲演二〇〇六》，引自《大江健三郎文学研究》，百花文艺出版社，二〇〇八年七月，第2—3页。

在大江的头脑里,血泊中的桦美智子与血泊中的刘和珍叠加在了一起,化为"虽殒身不恤"的女子英雄。中国人民的真诚支持,周恩来总理的亲切慰问,陈毅副总理的会见,尤其是其后第五天(即六月二十一日)晚间,毛泽东主席于上海接见日本文学代表团时所表示的"像日本这样伟大的民族,是不可能长期接受外国人统治的。日本的独立与自由是大有希望的。胜利是一步一步取得的,大众的自觉性也是一步一步提高的"①等勉励,给了日本文学代表团中最年轻的大江以极大的震撼和感动。多年后,大江曾对笔者表示:早在大学时代,自己就已熟读《毛泽东选集》四卷本,对其中的《湖南农民运动考察报告》《星星之火,可以燎原》《实践论》和《矛盾论》尤为熟悉,所以毛主席在会谈中的不少话语刚刚被翻译出来,自己便随即知道这些话语出自《毛泽东选集》哪一卷的哪一篇文章。会见结束后,毛主席等中国领导人站在门口,与日本朋友一一握手话别。当时,从东京大学毕业不久的青年作家大江照例排在日本代表团的队尾,终于轮到大江上前告别时,毛主席一手握住大江的手,用另一只手指点着大江说道:你年轻,你贫穷,你革命,将来你一定会成为伟大的革命家。这段话语其实是毛主席在会见期间对日本客人所说内容的一部分,大意是一个成功的革命家必须具备几个条件:一是要贫穷,穷则思变,才会参加革命;二是要年轻,否则很可能在革命成功之前就已经牺牲;三是要有革命意志,否则就不会参加革命。多年后当大江获得诺贝尔文学奖并接受德国一家媒体采访之际回想起了毛主席的这段话语,便对这家媒体不乏幽默地表示:毛泽东主席曾于一九六〇年预言自己将会成为伟大的革命家,现在看来,毛主席只说对了一半——自己虽

---

① 白土吾夫著「中国訪問日本文学代表団の三十八日の旅」,『写真 中国の顔』,現代教養文庫,一九六〇年十月,第178页。

未能成为伟大的革命家,却也成了伟大的小说家。在二○○八年八月接受另一次采访时,大江对采访者回忆道:与毛主席握手时,感到毛主席的手掌非常大,非常绵软,非常温暖,这种感觉已经连同毛主席当时所说的话语一道,早已固化在自己的头脑里,在每年临近六月二十一日的时候,就会提前嘱咐妻子订购茉莉花,因为日本原本没有这个物种,是从中国移植到日本来的,所以并不多见。及至到了二十一日这一天,自己就会停下所有工作,面对那盆订购来的茉莉花,缅怀一九六○年六月二十一日夜晚聆听毛泽东主席和周恩来总理教诲时的情景。讲述这段话语的这一天恰巧也是六月二十一日,大江便对采访者指着花盆中绿叶掩映的小小白色花蕾如此说道:

> 今天,我妻子买来三盆白色的茉莉花(把"茉莉花"念成了"毛莉好"),是从中国移植来的,就摆在客厅的中央。花开得非常可爱,经常传来阵阵幽香。我想起自己二十五岁的时候,中国领导人在上海接见了我。我记得自己在见到毛主席和周总理之前,前方有一条狭长的走廊,走廊两旁开满了洁白的花。花的浓郁幽香从两侧沁入鼻腔(用左、右手的食指分别指向两个鼻孔),我们就沿着茉莉花曲曲折折地向前深入。走廊的尽头就是毛泽东主席、周恩来总理、陈毅副总理,还有当时的上海市负责人柯庆施。在我的记忆中,毛泽东主席、周恩来总理、陈毅副总理,还有茉莉花,都是紧紧联系在一起的。这就是亚洲伟大的人物给我留下的最美好的记忆。我和帕慕克见面时,经常对他说:"帕慕克,你记着,我是毛泽东主席的一位朋友!"(大笑起来)其实也不能算朋友,但我见过他!①

鲁迅的启示,周恩来总理的慰问,毛泽东主席的勉励,不可避免地为大江的人生观带来重大影响。这种影响首先显现在回国时在羽

---

① 大江健三郎与许若文对谈:《卡创作了一个灵魂,并思索着诗歌……》,《当代作家评论》,二○○九年第一期,第95页。

田机场对新婚妻子由佳里所说的那番话语——"还是生一个孩子吧,未来还是有希望的"。这种对未来抱持希望的积极变化当然也反映在了其后的创作态度中。相较于初期作品中在"铁屋子"里发出的"含着大希望的恐怖的悲声",在相继发表于《文学界》一九六一年一月号和二月号的中篇小说《十七岁少年》和《政治少年之死》中,大江简直就是在呐喊了。这两部短篇小说为姐妹篇,前者叙述了一个十七岁少年为摆脱孤独和焦躁,受雇于右翼分子,成为所谓"纯粹而勇敢的少年爱国者"。后者仍然以独白的口吻,叙述这个十七岁的主人公在忠君的迷幻中,"为了天皇而刺杀"了反对封建天皇制的"委员长"。这两部无情抨击封建天皇制之虚幻、右翼团体之虚伪的姐妹篇一经发表,随即受到右翼团体的威胁。在右翼的巨大压力下,刊载该作品的《文学界》没有征得大江本人同意,便在该刊三月号上发表谢罪声明。从此,《政治少年之死》在日本被禁止刊行,直至二〇一八年七月被收入讲谈社版"大江健三郎全小说"之前的这半个多世纪里,未能被收录在大江的任何作品集里。对于标榜言论自由和出版自由的日本这个所谓的民主国家,这个事实本身不能不说是个绝妙讽刺。当然,这两篇作品的创作对于大江本人来说也是一个历史性转折,此后,作为一名知识分子,大江总是有意识或下意识地站在边缘角度,开始用审视甚至批判的目光注视着权力和中心,越来越靠近鲁迅所坚持的批判立场。

　　这次访问中国给大江带来的另一个重大影响,就是亲眼看到了革命获得成功的中国,并了解到中国革命的全过程。这已经不是此前空泛的革命想象,而是一个实实在在的成功范例,是中国自古以来的以民为本的最佳实践范例,是使得亿万民众得以摆脱战乱、贫困和屈辱,逐步走向富裕与和平的最佳实践范例。无疑,这是人道主义(由于人道主义和人文主义同出法语"humanism"之词源,我们当然可以认为这也是人文主义)在中国这片辽阔土地上获得的巨大成功。这个范例之所以成功,在很大程度上取决于在革命初期,毛泽东等革命家在实践中摸索和总结出"以农村包围城市,最终夺取全国胜利"的革命道路。中国革命的这个成功经验给了青年作家大江健三郎以极大启示,在思考故乡的暴动历史时便有了一个很好的参照系,同时开始考虑将这个策略移入自己的文学创作之中。也是在这一时期,在中国宏大革命愿景的反衬下,大江开始觉察自己"陷入了作为作家的危机,因为,我在自己写作的小说里看不到积极的意义……自己未能在作品中融入积极的意义并向社会推介。我意识到了这个问题,开始怀疑将自己人生的时光倾注到作家这个职业中是否值得"①。也就是说,为了迎合高度商业化的新闻界,刚刚踏足文坛的青年作家大江不得不接二连三地创作"有趣的小说"而非具有"积极的意义"的小说。倘若不如此,就可能像诸多崭露头角不久便被高度商业化的媒体短期使用后无情抛弃的新作家那样退出文坛。然而,无论是少年时代接受的战后民主主义教育,还是大学时代学习的欧洲人文主义,尤其是这次访问中国、亲眼看见人文主义在中国获得巨大成功后引发的诸多思考,都让大江开始怀疑是否值得用自己的整个人生来迎合新闻界的商业价值取向而不断写作以往那种"有趣的小说"。答案当然是否定的,因为这些"有趣的小说"对于深陷艰难困境的人类个体乃至群体完全不具备人文主义价值!大江由此开始有意识地把故乡的山林作为根据地/乌托邦,借《万延元年的Footabll》中的农村暴动叙事抗衡官方话语体系中的"明治维新百年纪念活动";尤其在《两百年的孩子》里,运用转换时空的科幻手法,

---

① 大江健三郎著,许金龙译《作为〈广岛札记〉的作者》,引自《广岛札记》,翁家慧等译,中国广播电视出版社,二○○九年,第1页。

让自己三个孩子的分身往来于以往、现在和未来,让他们目睹历史上的暴动,并经历未来日本复活国家主义之际,孩子们在故乡的山林中找到具有共产主义特征的、彼此友爱的乌托邦。这个故事的梗概大致如下:

三个小主人公决定在暑假结束前,再进行最后一次冒险,而这次冒险的目的地,则是八十年后的当地山林。当他们来到未来之后感到震惊的是,原本茂密的大森林由于人为原因而开始颓败,在他们无意中闯入一座超大型建筑物附近时,却因未携带所谓输入个人详细信息的 ID 卡,而被戒备森严的保安队关在屋子里,其后送交县知事进行讯问。这时他们才知道,县知事正在这里举办一个大型集会,奇怪的是,出席集会的那些动作整齐划一、鱼贯而入的少男少女们穿戴的却是迷彩服和贝雷帽。后来他们在农场/据地询问千年老树遭焚毁之事时了解到一个让他们不寒而栗的事实:在所谓"国民再出发"的口号下,未来的日本政府"掀起了精神纯化运动"的国家宗教,利用被修改的宪法烧毁国家宗教之外的所有教会、寺院和神社,以取消人们原先无论是基督教、佛教还是神道教的宗教信仰,试图从精神上对国民进行高度控制。作为具体措施,则强制性地要求人们必须随身携带输入个人详细信息的 ID 卡。同样可怕的是,政府动员了全国百分之九十的青少年参加了这场运动,并让这些少男少女头戴贝雷帽、身穿迷彩服,组建为一支规模庞大、组织严密的准军事组织……

显而易见,大江是在借助专门为孩子们创作的这部小说教导他们和她们如何与过往的历史进行对话,如何了解历史事件在其发生之时意味着什么,如何理解该历史事件对于当下甚或未来具有怎样的意义。

或许是担心在这部小说里对孩子们提出的预警不够充分,还不足以引起孩子们的足够重视和警觉,大江在其后第三年出版的长篇小说《别了,我的书!》里,更是借用与其在文本内的分身"长江"之日语发音相谐的"征候"来表征自己的工作:"我要做的工作,是在某些事件发生之前,就收集其细微的前兆。在那些前兆堆积的前方,一条无可挽救的、不可返回的、通往毁灭方向的道路延伸而去。……我所要写作的'征候',则要以全世界为对象,预先摸索出它前进的方向和道路。"①而且,这位由民本主义出发的人文主义作家为了让大多数孩子们都能阅读到这些"征候",特意提出要把记载这些"'征候'的书架调到适当的高度,以便十三四岁的孩子谁都能打开箱子阅读其中资料。因为,惟有他们才是我所期待的阅读者,而且,有关'征候'的我的想法,也都是试图唤起他们颠覆记录于其中的所有毁灭的标志的想法"②。大江将自己的人文主义课程对孩子们阐释得非常清晰且浅显易懂:他要将通往"无可挽救的、不可返回的、通往毁灭方向的道路"之"征候"和"预兆"告知孩子们,以期让他们产生"想法",去颠覆"其中的所有毁灭的标志",以便"创造出明亮、生动、确实体现出人的尊严的未来",而非"充满黑暗、恐怖和非人性的未来"③!我们可以将这段话语视作大江对孩子/新人的热切期许,还可以将其视为大江及其文学的人文主义核心价值观。

当然,未来也不是全无希望。还是在那片森林里,在两百年前农民举行暴动的旧址上,从南美以及亚洲各国来到此地的劳动者们以农场为基础,重新建立起了"颙根据地"。在这个根据地里,"由于成

---

① 大江健三郎著,许金龙译《别了,我的书!》,译林出版社,二〇〇八年十月,第318页。
② 同上。
③ 大江健三郎著,许金龙译《走的人多了,也便成了路!》,引自《大江健三郎文学研究》,百花文艺出版社,二〇〇八年七月,第21—22页。

年人在农场和食品加工厂里忙于工作,孩子们便依据'竭根据地'从创始之初便传承下来的志愿工作制度过着集体生活。有趣的是,这里的语言是混有日语和父母祖国语言的各种话语,而孩子们则只使用自己的语言……"①

　　或许有人会认为故事并不能代表现实,更不可能是未来的真实再现,对于二〇六四年那个未来所显现出来的可怕前景,我们大可不必在意。遗憾的是,东京大学学者小森阳一教授肯定不会同意这样的看法。在讨论《两百年的孩子》这个故事里未来的可怕前景时,小森教授表示,大江在作品里描绘的可怕未来,实际上现在已经开始出现——日本政要不顾曾遭受侵略战争伤害的亚洲各国人民反对,接连参拜供奉着甲级战犯的靖国神社;日本政府强行通过所谓国旗国歌法,要求学校的教职员工和所有学生在开学和毕业仪式上起立,在国歌声中向国旗致礼,而不愿向那面曾侵略过亚洲诸国的国旗敬礼者,轻则影响升职,重则被开除公职,在右翼政客石原慎太郎任东京都知事期间,这种处分更是严厉,据小森教授说,他的几个朋友已经因此而被开除公职;就在前几年,日本数十位国会议员在美国报纸上刊载大幅广告,说是不存在慰安妇问题,还恬不知耻地说什么那些慰安妇是自愿卖淫者,其收入有时甚至超过日本军队里的将军;更让人忧虑的是,日本保守派正在竭力修改和平宪法,尤其是这部宪法中的第九条有关日本永久性放弃战争、不成立海陆空三军的条款,试图为全方位复活国家主义清除最大的障碍。日本筑波大学学者黑古一夫教授的观点与小森教授相近,他认为日本的政治主导权始终掌握在保守派手中,他们期望从根本上改变日本战后开始实施的民主主义,复活战前的价值观……

---

① 　大江健三郎著,许金龙译《两百年的孩子》,百花文艺出版社,二〇〇七年九月,第254页。

综上所述,大江所描述未来社会的阴暗前景,就不是毫无根据的空穴来风了,而是基于对现实的忧虑甚或预警。为了大多数人的希望,大江通过《两百年的孩子》这个故事,以艺术手法为人们展示了以往(被官方遮蔽了的暴动史)、现在(日本当下试图修改和平宪法的政治现状甚或准备违宪参战)和未来(日本几十年后极可能出现全面复活国家主义的阴暗前景),并借法国诗人、哲学家和评论家保尔·瓦莱里之口,向我们表明了历史、当下和未来的关系。尽管未来的前景是黯淡的,但是这位老作家也明确地告诉人们,情况并没有糟糕到绝望的地步,那里毕竟还有一群心地善良的人在农场/根据地里坚持自己的操守,抵制来自官方的高压,烧毁严重侵犯人权的 ID 卡,以各种方式不让孩子们参加那个准军事组织,等等。至于如何在了解历史的基础上创造美好的未来,不妨以大江在北大附中结束演讲时的一段话语来提供一种参考:

> 你们是年轻的中国人,较之于过去,较之于当下的现在,你们在未来将要生活得更为长久。我回到东京后打算对其进行讲演的那些年轻的日本人,也是属于同一个未来的人们。与我这样的老人不同,你们必须一直朝向未来生活下去。假如那个未来充满黑暗、恐怖和非人性,那么,在那个未来世界里必须承受最大苦难的,只能是年轻的你们。因此,你们必须在当下的现在创造出明亮、生动、确实体现出人的尊严的未来,而非前面说到的那个充满黑暗、恐怖和非人性的未来。我憧憬着这一切,确信这个憧憬将得以实现。为了把这个憧憬和确信告诉北京的年轻人以及东京的年轻人,便把这尊老迈之躯运到北京来了。之所以这么做,是因为已然七十一岁的日本小说家,要把自己现在仍然坚信鲁迅那些话语的心情传达给你们。①

---

① 大江健三郎著,许金龙译《走的人多了,也便成了路!》,引自《大江健三郎文学研究》,百花文艺出版社,二〇〇八年七月,第21—22页。

对于这段话语中出现的通往"充满黑暗、恐怖和非人性的未来"之可能性,大江无疑是悲观的,却决不是绝望的,更是在鼓励中国和日本的孩子们"必须在当下的现在创造出明亮、生动、确实体现出人的尊严的未来",坚定不移地憧憬着孩子们通过自己的努力,将免于陷入"充满黑暗、恐怖和非人性的未来",并且借助鲁迅的话语引导孩子们"希望是本无所谓有,无所谓无的。这正如地上的路;其实地上本没有路,走的人多了,也便成了路"。由此可见,大江既是果敢前行的悲观主义者,更是勇敢战斗的、由民本主义升华的人文主义者。

四(上)、源自鲁迅的"始自于绝望的希望"

1.初识鲁迅

在论及大江文学中的世界文学影响时,学界一直关注来自拉伯雷及其鸿篇巨制《巨人传》、但丁及其不朽长诗《神曲》(全三卷)、布莱克及其神秘长诗《四天神》和《弥尔顿》、萨特及其存在主义代表作《自由之路》、巴赫金及其狂欢化和大众笑文化系统之论著、艾略特及其长诗《荒原》和《四个四重奏》、奥登及其短诗《美术馆》、本雅明及其论著《论历史哲学纲要》等作家、诗人和学者以及他们的作品之影响,却很少有人注意到鲁迅和他的文艺思想在大江文学生涯中的存在和重要意义。其实,早在少年时期、学生时代乃至成为著名作家之后,大江都一直在阅读着鲁迅,解读着鲁迅,以鲁迅的文学之光逆行于精神困境和现实阴霾中。

正如大江在晚年间(二〇〇九年一月十七日)对铁凝和莫言追忆其所传家学时所言:"我的妈妈早年间是热衷于中国文学的文学少女……"①大江的母亲,彼时的日本女青年小石非常熟悉并热爱中

---

① 大江健三郎、莫言、铁凝著,许金龙译《中日作家鼎谈》,《当代作家评论》,二〇〇九年第五期,第52页。

国现代文学。在一九三四年的春日里,小石偕同对中国古代文化颇有造诣的丈夫大江好太郎由上海北上,前往北京大学聆听了胡适用英语发表的演讲。在北京小住期间,这对夫妇投宿于王府井一家小旅店,大江的父亲大江好太郎与老板娘的丈夫聊起了自己甚为喜爱的《孔乙己》,由此得知了茴香豆的"茴"字竟然有四种写法。在人生的最后一天,大江好太郎将这四种写法连同对"中国大作家鲁迅"的敬仰之情,一同播散在自己的三儿子大江健三郎稚嫩和好奇的内心底里,使其随着岁月的流逝在爱子的内心不断萌发和成长。

二〇〇八年二月二十一日下午,仍然是在位于小田急沿线的成城别墅区的大江宅邸,大江对来访的老友莫言讲述家世时曾如此提及自己邂逅鲁迅的缘起:

> ……那是一九四四年十一月的一个冬日,是父亲在世的最后一天,恰逢一个传统节气,当时自己家里的经济条件还算不错,不少孩子依循旧俗到家里来讨点儿小钱,父亲坐在火盆旁喝酒,把零钱放在手边,邻居的孩子用草绳裹着的棒子在屋里叭叭叭地跳上一圈以示驱鬼,父亲就给几个小钱以作酬谢。冬日里天气很冷,自己陪坐在父亲身边,没人来的时候就陪父亲聊天。父亲便说起中国有个叫作鲁迅的大作家非常了不起。自己由此知道,父母曾于整整十年前的一九三四年经由上海去了北京,住在东安市场附近,小旅店老板娘的丈夫与父亲闲聊时得知眼前这位日本人喜欢阅读鲁迅作品,还曾读过《孔乙己》,便告知作品里的茴香豆的茴字有四种写法,并把这四种写法教给了父亲。父亲在世的这最后一天很长一段时间里,自己一直在倾听父亲讲述鲁迅及其小说《孔乙己》。父亲介绍了鲁迅这位"中国大作家"及其小说《孔乙己》之后,也说起了"茴香豆"的"茴"字的四种写法,边说边随手用火钩在火盆的余烬上一一写下四个不同的"茴"字,使得第一次听说鲁迅和《孔乙己》的自己兴奋不已,"觉得鲁迅这个大作家了不起,《孔乙己》这部小说了不起,知道这一切以及茴香豆的茴字有四种写法的父亲也很了不起,遗憾的

是自己现在只记得其中三种写法,却无论如何也记不得那第四种写法了"。母亲后来告诉自己,父亲当晚回房睡觉时,说是以前认为老大老二有出息,现在想来是看错了,以后健三郎肯定会有大出息,自己讲到鲁迅的时候,健三郎眼睛都是直的,都放出光来,这孩子对学问抱有强烈的欲望,其他几个孩子却没这种感觉,这孩子将来不会是普通人……

从以上这些文字可以看出,一九三五年一月三十一日出生的健三郎是在将近十岁时第一次听说鲁迅及其作品的,当时的情景连同对父亲的追忆一同深深地印在自己的记忆里,为其后阅读和理解鲁迅创造了条件。根据大江的口述,当年在上海小住期间,大江好太郎和小石夫妇购买了由鲁迅等人于一九三四年九月十六日刊发的《译文》杂志创刊号,那是一本专门翻译介绍和评论外国优秀文学作品的杂志,由鲁迅本人和茅盾等优秀翻译家承担翻译任务。在后来的漫长岁月里,那本杂志就成了母亲爱不释手的书刊之一。再后来,这本创刊号就成了其爱子大江健三郎的珍藏。

大江夫妇还在上海一家旧货铺各为自己选购了一只红皮箱。一大一小这两只红皮箱陪伴他们走完了其后的生涯,最终进入他们的爱子大江健三郎晚年创作的长篇小说《水死》,成为该小说具有隐喻意味的重要道具。

在中国旅行期间,这对夫妇正孕育着一个小小的生命,那就是在他们回到日本后不久便呱呱坠地的大江健三郎。诞下健三郎之后,母亲小石"一直没能从产后的疲弱中恢复过来",于这一年的年底前往东京的医院住院治疗,其间收到正在东京读大学的同村好友赠送的、同年一月出版的《鲁迅选集》(岩波文库版,佐藤春夫、增田涉译)。七十多年后,大江面对北大附中初一年级和高一年级近千名新生回忆儿时情景时曾这样说道:"母亲是一个没什么学问的人,可是她的一个从孩童时代起就很要好的朋友却前往东京的学校里学习,母亲以此作为自己的骄傲。此人还是女大学生那阵子,对刚刚被介绍到日本来的中国文学比较关注,并对母亲说起这些情况。我出生那一年的年底,母亲一直没能从产后的疲弱中恢复过来,那位朋友便将刚刚出版的岩波文库本赠送给她,母亲好像尤其喜欢其中的《故乡》。"①十二年后的春天,当健三郎由小学升入初中之际,作为贺礼,从母亲那里得到在战争期间被作为"敌国文学"而深藏于箱底的这部《鲁迅选集》,由此开始了对鲁迅文学从不曾间断的、伴随自己其后全部生涯的阅读和再阅读,并将这种阅读感悟内化为自己的价值取向,不断显现于从处女作《奇妙的工作》(1957)直至最后一部长篇小说《晚年样式集》(2013)等诸多作品之中。

2."我从十二岁开始阅读鲁迅作品"

一般读者阅读大江文学,初时可能会感到大江的小说天马行空、时空交错,从而很难将其统合起来。如果坚持读下去,最好多读几本大江小说,就会发现这其中有一个似曾相识的共性,那就是作者始终立足于边缘,不懈地对权力和中心提出质疑甚或挑战,为处于边缘的民众大声呐喊。换句话说,特别是对于熟悉中国现代文学的读者而言,在阅读大江小说或是解读大江文本之际,经常会隐约感觉到鲁迅的在场。二○○六年八月里的一天,笔者陪同中国社科院外文所所长陈众议教授前往位于东京郊外的大江宅邸,协调其将于翌月访华的日程安排。处理完工作后,出于研究者的职业习惯,笔者便对大江提出了自己的困惑:在您的小说文本中总能隐约感觉到鲁迅的在场,最初阅读鲁迅作品时您大概多大岁数? 您阅读的第一批鲁迅作品都

---

① 大江健三郎著,许金龙译《走的人多了,也便成了路!》,引自《大江健三郎文学研究》,百花文艺出版社,二○○八年七月,第14页。

有哪些？哪些作品让您欢悦？哪些作品让您难受？哪些作品让您长久铭记？您是从哪里得到那些鲁迅作品的？……

大江坐在专属于他的单人沙发上，照例安静地低着头在笔记本上记录下所有问题，然后抬起头来回答说：自己从不曾想过这个问题，也从不曾有人提过这个问题，在记录的过程中，自己已经在回忆并且思考这些问题了。现在有的问题可以回答，有的问题则因为年代久远，记忆已经模糊不清，需要进一步调查过后，待去北京访问期间再一并作答。现在可以回答的问题如下：自己确实读过鲁迅作品，而且早在少年时代就开始阅读，至于具体是几岁开始阅读鲁迅作品，还需要进一步回忆。第一批阅读的鲁迅作品有《孔乙己》《故乡》《药》《社戏》《狂人日记》……

为了更好地梳理当时情景，这里需要用对谈的形式还原这次谈话的经过和大致内容：①

许金龙：我知道您在儿时就从母亲那里接受了鲁迅、郁达夫等中国作家的影响，这从您的一些作品和谈话里可以感觉出来。我还注意到您在一九五五年写了一首题为《杀狗之歌》的自由体诗，也就是被您称为"像诗一样的东西"的习作，这首自由体短诗只有几行，全文是这样的：

为了杀掉足以咬死你的大狗

你首先要摸弄自己的睾丸

再让你想杀死的狗嗅那手掌

在狗上当之际，乘机打杀

* 发出含着大希望的恐怖的悲声

狗（Ａ）

---

① 大江健三郎与许金龙对谈：《大江健三郎将访中国，深受鲁迅及毛泽东影响》，《环球时报》，二〇〇六年九月一日。

抑或你（B）

死去

或者你们结婚（C）

＊……鲁迅《野草》①

您在这里引用了《呐喊》中《白光》的这样一句话：发出"含着大希望的恐怖的悲声"。从您的这处引用可以看出，您在很年轻（或者很小）的时候就接触了鲁迅文学，我想知道的是，您最初阅读鲁迅作品是在什么时候？您又是在哪里接触到这些作品的？

大　江：现在回想起来，应该是在很小的时候开始阅读的。一下子说不清当时的具体年龄了，大概是在十二岁左右吧。《孔乙己》中有一段文字给我留下了非常深刻的印象，就是"我从十二岁起，便在镇口的咸亨酒店里当伙计"。这里所说的镇子，就是经常出现在鲁迅小说中的鲁镇。记得读到这段文字时，我就在想："啊，我们村子里成立了新制中学，真是太好了！否则，刚满十二岁的自己就去不了学校，而要去某一处的酒店当小伙计了。"②这一年是一九四七年，读的那本书是由佐藤春夫、增田涉翻译的《鲁迅选集》。当时读得并不是很懂，就这么半读半猜地读了下来。是的，我是从十二岁开始阅读鲁迅作品的。

关于这本书的来历还有一个故事。我是一九三五年一月出生的，母亲生下我以后，她的身体一直到年底都难以恢复。母亲当时有一个儿时的朋友在东京读大学，这个喜欢中国文学的朋友便送了母亲一本书，就是刚刚被介绍到日本来的鲁迅的作品，记得是岩波文库本。母亲好像尤其喜欢其中的《故乡》。两年后，也就是一九三七年，这一年的七月发生了卢沟桥事件，十二月发生了日本军队进行大屠杀的南京事件，于是即

---

① 诗文中米花注为大江本人所注。或是出于笔误等原因，作者将典出于《白光》的"含着大希望的恐怖的悲声"，误认为典出于《野草》。
② 大江健三郎小学毕业前，因家中贫困，母亲无力将其送到镇上的中学里继续读书，便在邻近的镇子找了一家店铺，打算等大江小学毕业后就送其去做不领工资的实习小伙计。

55

便在我们那个小村子，好像也不再能谈论中国文学的话题了。母亲就把那册岩波文库本《鲁迅选集》藏在了小箱子里，直到战争结束后，我作为第一届根据民主主义原则建立的新制中学的学生入学时，母亲才从箱子里取出来作为贺礼送给我。

许金龙：您当时阅读了哪些作品？还记得阅读那些作品时的感受吗？

大　江：有《孔乙己》《药》《狂人日记》《一件小事》《头发的故事》《故乡》《阿Q正传》《白光》《鸭的喜剧》和《社戏》等作品。其中，《孔乙己》中那个知识分子给我留下了非常深刻的印象，孔乙己这个名字也是我最初记住的中国人名字之一。要说印象最为深刻的作品，应该是《药》。在那之前，我叔叔曾从我父亲这里拿了一点儿本钱，在中国的东北做过小生意，把中国的小件商品贩到日本来，再把日本的小件商品贩到中国去。有一次他来到我们家，灌装了一些中国样式的香肠，悬挂在房梁上，还为我们做了中国样式的馒头，饭后还剩下几个馒头就放在厨房里。晚饭过后就问起我正在读的书，听说我正在阅读鲁迅先生的《药》后，他就吓唬我说：你刚才吃下去的就是馒头，作品里那个沾了血的馒头和厨房里那几个馒头一模一样。听了这话后，我的心猛然抽紧了，感到阵阵绞痛（用双手用力做拧毛巾状）。这是我有生以来第一次感受到这种内心的绞痛，不停地呕吐着，把晚饭时吃下去的东西全给吐了出来。

当时我很喜欢《孔乙己》，这是因为我认为咸亨酒店那个小伙计和我的个性有很多相似之处。《社戏》中的风俗和那几个少年也很让我着迷，几个孩子看完社戏回来的途中肚子饿了，便停船上岸偷摘蚕豆用河水煮熟后吃了。这里的情节充满童趣，当时我也处在这个年龄段，就很自然地喜欢上这其中的描述。当然，《白光》中的那个老读书人的命运也让我难以淡忘……

许金龙：鲁迅在日本留学期间，曾接触尼采、克尔凯郭尔、叔本华以及易普生等所谓"神思宗之至新者"的思想，尤其通过尼采和克尔凯郭尔这两位存在主义先驱,鲁迅发现了尼采提出的"近世文明之伪与偏",以及克尔凯郭尔主张的"发挥个性,为至高之道德",其后就在这种影响下写出了《野草》等作品。当然,法国的现代存在主义与这种思想也是相通的。我想了解的是,您在阅读和接受鲁迅影响的同时,是否把其中与存在主义相通的某些要素也一并吸收了过来,然后在大学里自然也是必然地选择了萨特和存在主义?

大　江:我不知道鲁迅先生在日本留学期间曾接触克尔凯郭尔等人的思想。你刚才说到我在阅读鲁迅作品的同时,把其中与存在主义相通的某些要素也一同吸收过来,并在此基础上选择了萨特和存在主义,关于这种说法,我从不曾听人说起过,当然,我本人也从未做过这样的联想。但是,这是一个很有意思的提法。现在细想起来,鲁迅确实和克尔凯郭尔并肩站在黑暗的、深不见底的绝望之海上寻找着希望……

许金龙:您可能没有注意到,其实在鲁迅和克尔凯郭尔这两位先驱者的身后,还有一位戴着用黑色玳瑁镜框制成的圆形眼镜的日本老人,正与这两位先驱者一同站在黑暗的、深不见底的绝望之海上寻找着希望……

大　江:(大笑)……

许金龙:说到绝望与希望这一话题,我想起了您于去年十月出版的《别了,我的书!》。这是《被偷换的孩子》三部曲中的第三部长篇小说。在这部小说的红色封腰上,我注意到您用白色醒目标示出的"始自于绝望的希望"这几个大字。如果我没有说错的话,这是您对鲁迅的"绝望之为虚妄,正与希望相同"在当下所做的最新解读。当然,在您对这句话的解读中,希望的成分显然更多一些,更愿意在绝望中主动而积极地寻找希望。

大　江:(大笑)是的,这句话确实源自鲁迅先生的"绝望之为虚妄,正与希望相同",不过,在解读的同时,我融进了自己的一些看法。我非常喜欢《故乡》结尾处的那句话——"希望是本无所谓有,无所谓无的。这正如地上的路;其实地上本没有路,走的人多了,也便成了路"。我的希望,就是未来,就是新人,也就是孩子们。这次访问中国,我将在北京大学附属中学发表演讲,还要与孩子们一起座谈。此前我曾在世界各地做过无数演讲,可在北京面对孩子们将要做的这场演讲,会是这无数演讲中最重要的一场演讲。

许金龙:从一九五五年到二〇〇五年,这期间经历了整整五十年,跨越了您的整个创作生涯。从您在一九五五年那个习作中所做的引用,到二〇〇五年《别了,我的书!》腰封上所标示的"始自于绝望的希望",是否可以认为,您对鲁迅的阅读和吸收贯穿于您这五十年间的创作生涯?另外,您目前还在阅读鲁迅吗?还是儿时那个版本吗?

大 江:我对鲁迅的阅读从不曾间断,这种阅读确实贯穿了我的创作生涯。不过,儿时阅读的那个版本因各种原因早已不在了,现在读的是筑摩书房的《鲁迅文集》,是竹内好翻译的。(说完,急急前往书房抱回一大摞白色封套的鲁迅译本,将其放在客厅书架上让我们观看)……①

由此可见,从少年时代因战后义务教育法的实施感到庆幸而与《孔乙己》中的"小伙计"产生共情,到青年时期面对日本社会复杂现实的绝望而借助《白光》发出了诗学的"悲声",鲁迅文学对于大江的整个创作生涯而言,已然语境化于大江所处的社会现实,且内化到了其"暗境逆行"的文学基调中。

3.大江文学起始点上的鲁迅

前面引文中的《杀狗之歌》里的米花注是大江本人打上去的,其实,这段话源出于《鲁迅全集》第一卷《呐喊》中的《白光》一文,说的是一个屡试不中的老读书人在迷幻中奔着城外的白光而去,"游丝

---

① 许金龙著《大江健三郎与中国》,《传记文学》,二〇二〇年第八期,第47—49页。

似的在西关门前的黎明中,战战兢兢地叫喊"出的无奈、绝望却又"含着大希望的恐怖的悲声"①。这就直观地说明,鲁迅的影响历史性地出现在了大江文学的起始点上,始自于少年时期对鲁迅的阅读和理解,使得大江此后在东京大学就读期间,不自觉地接受了鲁迅文学中包括与存在主义同质的一些因素,从而在其接触萨特学说之后,几乎立即便自然(很可能也是必然)地接受了来自存在主义的影响。当然,在谈到这种融汇时,必须注意到一个不可忽视的重要因素——鲁迅在绝望中寻找希望的有关探索与萨特的自由选择,其实都与人道主义传统有着密不可分的内在联系,因为这两者共有一个源头——丹麦宗教哲学家、存在主义哲学创始人索伦·克尔凯郭尔及其学说:人是哲学研究的对象,不单单是客观存在,要从个人的"存在"出发,把个人的存在和客观存在联系起来。

用短诗所引"含着大希望的恐怖的悲声"来表现大江当时的心境是比较贴切的。这首《杀狗之歌》的创作背景是这样的:在二次世界大战的最后阶段,少年大江所在村庄的所有狗都被集中在山谷中的洼地上屠宰,用剥下的狗皮制成皮衣和皮帽,用以装备侵占中国东北的关东军,使其得以度过当地的严寒。待杀的狗中就有大江家那条狗,大江带着弟弟眼看着整日跟随自己的爱犬被无情打杀却无力解救,只是下意识地把手指放在口里咬着,一直咬出了鲜血还浑然不觉。最让少年大江气愤的是,那个杀狗人面对狂吠不止的狗并不正面打杀,而是先把手伸到裤子里摸弄一下睾丸,再将那手掌伸到将要打杀的那只狗的鼻子前,于是狗立即安静下来,只是一味地嗅着那手掌上的睾丸气味。此时,杀狗人便乘机抡起藏在身后的木棒砸向狗

---

① 鲁迅著《白光》,《鲁迅全集》第一卷,《呐喊》,人民文学出版社,二〇一九年十二月,第575页。

的脑袋,一只又一只的狗就这样倒在了血泊之中:

> 我最初受到的负面冲击,就发生在战争临近结束的时候。有一天,一个杀狗的人来到我们村,把狗集中起来带到河对岸的空场去,我的狗也被带走了。那个人从早到晚一整天都在打狗杀狗,剥下皮再晒干,然后拿那些狗皮到满洲去卖,也就是现在的中国东北。当时,那里正在打仗,这些狗皮其实是为侵略那里的日本军人做外套用的,所以才要杀狗。那件事给我童年的心灵留下了巨大的创伤。①

引发大江这段儿时记忆的,据说是大江从朋友石井晴一处听说,东大附属医院里用于试验的百来条狗每到傍晚时分便一起狂吠。也是在这一时期,日本政府为扩建军事基地而强征东京郊外的砂川町农田,并动用警察镇压当地农民的反抗。于是,大批学生和工会人员为声援农民而前往示威,这其中也包括血气方刚的大江和他的同学们。在谈到那时的情景时,大江曾在一篇文章中写道:我出生在日本,这是一件多么不幸的事啊! 这种阴郁的声音在我的身体内部开始发出任性而微小的余音。当时我刚刚进入大学,并参加了示威活动。显然,儿时的痛苦记忆与现实生活中的无奈和徒劳感,使得大江对医院里那些等待被宰杀的狗产生了某种程度的共情,觉得自己和同学们乃至日本的青年人何尝不是围墙中等待被宰杀的狗?! 四十五年后的二〇〇〇年九月,面对中国社会科学院的数百名学者,已是诺贝尔文学奖获得者的大江健三郎这样回忆当时的情形:

> 在那段学习以萨特为中心的法国文学并开始创作小说的大学生活里,对我来说,鲁迅是一个巨大的存在。通过将鲁迅与萨特进行对比,我对于世界文学中的亚洲文学充满了信心。于是,鲁迅成了我的一种高明

---

① 大江健三郎与莫言对谈,庄焰译《二十一世纪的对话——大江健三郎 VS 莫言》,引自《我在暧昧的日本》,南海出版公司,二〇〇五年十一月,第22页。

而巧妙的手段,借助这个手段,包括我本人在内的日本文学者得以相对化并被作为批评的对象。将鲁迅视为批评标准的做法,现在依然存在于我的生活之中。①

如果说,萨特让这位学习法国文学专业的大学生感同身受地体验到了墙壁、禁闭、徒劳和恶心的话,那么,作为其参照系的鲁迅则让大江在发出"恐怖的悲声"的同时,还让他"含着大希望"。那么,这是一种什么样的希望呢? 我们不妨来看看鲁迅在文本中的表述:

"假如一间铁屋子,是绝无窗户而万难破毁的,里面有许多熟睡的人们,不久都要闷死了,然而是从昏睡入死灭,并不感到就死的悲哀。现在你大嚷起来,惊起了较为清醒的几个人,使这不幸的少数者来受无可挽救的临终的苦楚,你倒以为对得起他们么?"

"然而几个人既然起来,你不能说决没有毁坏这铁屋的希望。"

是的,我虽然自有我的确信,然而说到希望,却是不能抹杀的,因为希望是在于将来⋯⋯②

尽管由于认识上的局限,大江当时发出的这种"含着大希望的恐怖的悲声"还很微弱、无力和被动,却历史性地使得鲁迅与萨特作为东西方文学的一对坐标同时进入大江文学的起始点,并由此贯穿了这位作家的整个创作生涯,在不同创作时期发挥着不同程度的影响,最终在其长篇小说六部曲里达到高潮。

写下这首《杀狗之歌》半个多世纪后的二〇〇九年十月,大江在台北的"大江健三郎文学学术研讨会"上做小组点评时,如此回忆了自己从青年至老年的不同时期对"含着大希望的恐怖的悲声"这段

---

① 大江健三郎著,许金龙译《北京讲演二〇〇〇》,《中华读书报》,二〇〇〇年十月十八日。
② 鲁迅著《呐喊自序》,《鲁迅全集》第一卷,《呐喊》,人民文学出版社,二〇一九年十二月,第440页。

话语的不同解读：

> ……许金龙先生的论文非常深刻而且正确地表述了我少年时期是如何接触鲁迅的,这令我感到非常怀念。同时,也使我重又回忆自己、审视自己一直都在阅读的鲁迅文学。其实,在很长一段时间内,我并没有真正读懂自己持续阅读的鲁迅文学。……后来才发现,实际上自己在年轻时并没有读懂鲁迅。在《呐喊》这部作品中,鲁迅表示要在绝望中寻找希望,发出"含着大希望的恐怖的悲声"。我认为这是鲁迅思想中最难以理解的部分。绝望中蕴含着希望,这一点我非常理解。但是,所谓"恐怖的悲声"却是在我十几岁到三十五岁这段时期所无法理解的。此后,患有智力障碍的孩子出生了。三十岁、四十岁、五十岁的时候,我在自己的人生道路上、在绝望中寻找着希望并发出了"恐怖的悲声"。六十岁以后,直到现在七十多岁,我才得以理解,在恐怖的绝望的呐喊中蕴含着巨大的希望。这是非常重要的。年轻时,我就在鲁迅作品中读到发出"含着大希望的恐怖的悲声"。随着年龄的增长,而后我发现,这两件事其实是一样的。十五六岁的时候,我非常真实地发出了"含着大希望的恐怖的悲声",却并不是抱有很大的希望。到了现在这个年纪才发现,其实这种悲声本身就蕴含着巨大的希望。刚才,许先生在论文中对我作品的评价是:《优美的安娜贝尔·李　寒彻颤栗早逝去》表达了最深沉的恐惧,却也表现出了最大的希望。其实,这也是我正在思考的问题。①

尽管年少时初识"含着大希望的恐怖的悲声"却难解其中奥义,基于儿时痛苦记忆且糅合鲁迅深奥话语的《杀狗之歌》毕竟写了出来,为其后改写为剧本《野兽们的叫声》做了前期准备。一九五六年九月,由《杀狗之歌》改编而成的这个独幕话剧《野兽们的叫声》获东京大学学生戏剧剧本奖。一九五七年五月,也就是写下《杀狗之歌》

---

① 大江健三郎著,许金龙试译,根据"大江健三郎文学学术研讨会"台北会议录音整理而成的资料。

两年后,剧本《野兽们的叫声》再次被大江改写为短篇小说《奇妙的工作》,投稿于校报《东京大学新闻》并获该年度的五月祭奖,其后被推荐为芥川文学奖候补作品。这部短篇小说一经发表,便连同其作者大江健三郎一同引起广泛关注,多年后,大江这样回忆当时的情景:《奇妙的工作》在校报上发表是一个契机,文艺报刊因此而向我约稿,我就这样开始了自己的创作生涯。

在鲁迅和萨特这对东西方存在主义作家的共同影响下,在传授人文主义精神的导师渡边一夫教授的引导下,二十二岁的大江健三郎于一九五七年正式登上文坛,"作为渡边的人文主义的弟子,我希望通过自己身为小说家的工作,使那些用语言进行表达的人及其接受者,从个人的以及时代的痛苦中得以平复,并医治他们各自心灵上的创伤"。

4.“鲁迅先生说,决不绝望!”

写下这篇"处女作"五十二年后的二〇〇九年一月,大江面对北京大学数百名学生回忆创作这部小说的背景时表示:

作为一名二十二岁的东京的学生,我却已经开始写小说了。我在东京大学的报纸上发表了一篇短篇小说,叫作《奇妙的工作》。

在这篇小说里,我把自己描写成一个生活在痛苦中的年轻人——从外地来到东京,学习法语,将来却没有一点希望能找到一个固定的工作。而且,我一直都在看母亲教我的小说家鲁迅的短篇小说,所以,在鲁迅作品的直接影响下,我虚构了这个青年的内心世界。有一个男子,一直努力地做学问,想要通过国家考试谋个好职位,结果一再落榜,绝望之余,把最后的希望都寄托在挖掘宝藏上。晚上一直不停地挖着屋子里地面上发光的地方。最后,出城到了城外,想要到山坡上去挖那块发光的地方。听到这里,想必很多人都知道我所讲的这个故事了,那就是鲁迅短篇集《呐喊》里《白光》中的一段。他想要走到城外去,但已是深夜,城门紧锁,男子为了叫人来开门,就用"含着大希望的恐怖的悲声"在那里叫喊。我在自己的小说中构思的这个青年,他的内心里也像是要立刻发出"含着大希望的恐怖的悲声"。我觉得写小说的自己就是那样的一个青年。如今,再次重读那个短篇小说,我觉得我描写的那个青年就是在战争结束还不到十三年,战后的日本社会没有什么明确的希望的时候,想要对自己的未来抱有希望的这么一个形象。①

一个农村出身的青年,从偏远山村来到东京学习法语,却难以在这个大都市里找到一份固定工作,便将自己毕业即失业的黯淡前景投射于《白光》中屡试不中的读书人陈士成,用自己的作品发出"含着大希望的恐怖的悲声",直至整整五十年后的二〇〇九年才发现,其实"在恐怖的绝望的呐喊中蕴含着巨大的希望",在这个"巨大的希望"支撑下,大江逐渐走入了鲁迅思想的深邃之处。这篇小说的发表给初出茅庐的大江带来了喜悦和希望——"我觉得自己已经成了一个真正的小说家,并决心今后要靠写小说为生。在此之前,我还要靠打工、作家教以维持在东京的生活"②。然而,当自己兴冲冲地赶回四国那座大森林中,"把登有这篇小说的报纸拿给母亲看"时,却使得母亲万分失望:

> 你说要去东京上大学的时候,我叫你好好读读鲁迅老师《故乡》里最后那段话。你还把它抄在笔记本上了。我隐约觉得你要走文学的道路,再也不会回到这座森林里来了。但我还是希望你能成为像鲁迅老师那样的小说家,能写出像《故乡》结尾那样美丽的文章来。你这算是怎么回事?怎么连一片希望的碎片都没有?③

---

① 大江健三郎著,翁家慧译《真正的小说是写给我们的亲密的信》,《文汇报》,二〇〇九年一月二十二日。
② 同上。
③ 同上。

接着,这位母亲情真意切地谆谆教诲自己的儿子:

> 我没上过东京的大学,也没什么学问,只是一个住在森林里的老太婆。但是,鲁迅老师的小说,我都会全部反复地去读。你也不给我写信,现在我也没有朋友。所以,鲁迅老师的小说,就像是最重要的朋友从远方写来的信,每天晚上我都反复地读。你要是看了《野草》,就知道里头有篇小说叫《希望》吧。①

当天晚间,无颜继续留在母亲身边的大江带着母亲交给自己的、收录了《希望》的一本书,搭乘开往东京的夜班列车,借着微弱的脚灯开始阅读《野草》,就像母亲所要求的那样,当作"最重要的朋友从远方写来的信"阅读起来,在感叹"《野草》中的文章真是精彩极了"②的同时,刚刚萌发的自信却化为了齑粉……

当然,来自母亲的影响只能是大江接受鲁迅的契机和基础。对于一个着迷于萨特的法国文学专业的学生来说,鲁迅在《野草》等作品中显现出来的早期存在主义思想,那种"我只觉得'黑暗与虚无'乃是'实有',却偏要向这些作绝望的抗战"③的思想,恐怕也是吸引大江的一个重要原因。尤其是《过客》里极具哲理的文字,竟与大江心目中其时的日本社会景象惊人一致,而鲁迅思想体系中源自尼采和克尔凯郭尔这两位存在主义前驱者的阴郁、悲凉的因素,与萨特的存在主义中有关他人是地狱等思想亦比较相近,这就使得大江必然地将鲁迅和萨特作为一对参照系,并进而"对于世界文学中的亚洲文学充满了信心"④。当

---

① 大江健三郎著,翁家慧译《真正的小说是写给我们的亲密的信》,《文汇报》,二〇〇九年一月二十二日。
② 同上。
③ 鲁迅著《致许广平》,《鲁迅全集》第十一卷,人民文学出版社,二〇一九年十二月,第467页。
④ 大江健三郎著,许金龙译《北京讲演二〇〇〇》,《中华读书报》,二〇〇〇年十月十八日。

然,对于大江来说,鲁迅无疑是早于萨特的先在。只是囿于认识的局限,学生时代的大江对鲁迅面向"黑暗和虚无"而展开的"绝望的抗战"等思想理解得并不很透彻,这就使得《奇妙的工作》和《死者的奢华》等早期作品中多见禁闭、徒劳、无奈、恶心、孤独等元素,即便在《人羊》等同期作品中有少许反抗,这种反抗也显得被动、消极和软弱无力。当然,这种状况终究还是开始了变化——《揪芽打仔》原稿中的小主人公"我"最终死于村民的残酷追杀之下,这个结局却让大江想起了母亲的批评——"怎么连一片希望的碎片都没有?"于是将这个结尾改为开放性结局,让"我"在森林里暂时逃脱村民们的追杀,在山林中跌跌撞撞地向着不知方向的前方继续跑去。这处改写,在给这篇小说留下绝望中的希望之际,也为大江此后的创作奠定了方向。一如晚年间的大江在参观鲁迅博物馆后回忆当年情形时所言:

> ……在我的老年生活还要继续的这段时间里,我想我还是会和鲁迅的文章在一起。从鲁迅博物馆回来的路上,我再次认识到了这一点。至少我现在能够理解,为什么母亲会对年轻的我所使用便宜的、廉价的"绝望""恐惧"等词语表现出失望,却没有简单地给我指出希望的线索,反倒让我去读《野草》里的《希望》。隔着五十年的光阴,我终于明白了母亲的苦心。

> ……我想起了鲁迅先生说的"绝望之为虚妄,正与希望相同"。身患重病,又面临异常绝望的时代现状,鲁迅先生还是说,决不绝望!而且,也决不用简单的、廉价的希望去蒙蔽自己或他人的眼睛。因为那才是虚妄。①

由此可见,尽管面对着存在主义这一源于西欧哲学的精神命题,

---

① 大江健三郎著,翁家慧译《真正的小说是写给我们的亲密的信》,《文汇报》,二〇〇九年一月二十二日。

大江仍然一直站在东亚世界的宏阔视野和历史特殊性中,思考着自己与鲁迅文学的关联。鲁迅的存在主义倾向及其牵连的世界文学/哲学脉络,也与大江对法国存在主义传统的反思存在着更为深层的纠葛。从鲁迅与大江的存在主义纽带来看,二者的文学亦可被视作西方存在主义思潮在东亚不同时期、不同政治社会语境下的文学诠释。或许鲁迅深感自己的绝望呐喊终将消声于中国后帝国时代的精神"绝地",而与之相比,感受着鲁迅对于希望性力量的投注,大江选择占据偏远的故乡村庄这片日本帝制伦理斜阳之外的"飞地",来以它的新生神话和反抗史诗刺破绝望,并以积极前行的伦理(affirmative ethics)践行着从"绝地"到"飞地"的穿越,力图重构希望的轮廓。

四(下)、发自于边缘的呐喊

1."救救孩子"与"向尚未出生的孩子们敞开心扉"

在其后的写作中,大江对于绝望和希望的思考通过另一种形式体现出来——在长篇小说《同时代的游戏》等小说里,对权力中心改写乃至遮蔽边缘地区弱势群体的历史之做法进行无情的嘲讽,借助森林中口耳相传的神话/传说和历史复制乃至放大遭到政府遮蔽的山村森林里的历史,把那座神话/传说的王国进一步拓展为森林中的根据地/乌托邦——超越时空的"村庄=国家=小宇宙",运用人类文化学意义上的边缘与中心的概念,使其"得以植根于我所置身的边缘的日本乃至更为边缘的土地,同时开拓出一条到达和表现普遍性的道路"[1]。

---

[1] 大江健三郎著,许金龙译《我在暧昧的日本》,引自《我在暧昧的日本》,南海出版公司,二〇〇五年十一月,第96页。

发表于一九七九年的《同时代的游戏》中的"五十日战争"期间，村庄＝国家＝小宇宙的民众通过坚壁清野和麻雀战等多种战法与"无名大尉"指挥的"大日本帝国皇军"进行了殊死战斗，尽管这场力量极为悬殊的五十日战争最终以失败告终，很多村民为此牺牲了生命，作者却意味深长地在战争临近结束时，让"年龄不同的孩子们组成的这个队伍，年长的背着年小的，或者牵着他们的手，虽然都是孩子，却懂得不让敌军发觉，在那位大汉的带领之下，小心翼翼地朝原生林的更深处走去"①，以致在其后由日军"无名大尉"主持的极为严酷的军事审判中没有一个孩子遭到杀戮。在这里，作者意犹未尽地进一步指出："五十日战争结束之后，人们把带领村庄＝国家＝小宇宙二分之一的孩子进入森林深处的大汉，比作带领童男童女去创建新世界的徐福。"②显然，作者大江想要借此告诉他的读者，村庄＝国家＝小宇宙的人们尽管在五十日战争中失败并遭到日本军队的屠戮，但是他们的孩子们却逃离了"大日本帝国皇军"的屠刀，跟随徐福式的人物经由森林深处前往远方构建新的世界。或许，在大江的写作预期中，他的隐含读者将会为这些得到拯救的孩子未被黑暗势力所吞噬而感到庆幸，与此同时，他和他的隐含读者在这里或许还会产生一个带有倾向性的预期，那就是逃脱被吃掉之厄运、随同徐福式的人物前往远方"创建新世界"的孩子们，一定不会再去吃人，而"没有吃过人的孩子，或者还有？"③的美好心愿，则会在这个"新世界"里得以实现。

---

①　大江健三郎著，李正伦等译《同时代的游戏》，作家出版社，一九九六年四月，第 252 页。
②　同上。
③　鲁迅著《呐喊》《狂人日记》，《鲁迅全集》第一卷，人民文学出版社，二〇〇五年十一月，第 454 页。

　　比上述尝试更为积极的,是大江在《奇怪的二人配》这三部曲中
所做的进一步尝试——比如在《被偷换的孩子》里,借助沃雷·索因
卡笔下的女族长之口喊出:"忘却死去的人们吧,连同活着的人们也
一并忘却! 只将你们的心扉,向尚未出生的孩子们敞开!"①这一小
段话语会立刻让人联想到《狂人日记》的最后一句话语——"救救孩
子……"②因为惟有孩子,尤其是尚未出生的孩子,才象征着新生,象
征着未来,象征着纯洁,这新生、未来和纯洁中就可能会有希望,就可
能会有光明,就可能不被人吃且不去吃人。再譬如《愁容童子》里那
位如愁容骑士般不知妥协也不愿妥协、接二连三遭受肉体和精神上
不同程度的伤害的主人公古义人,最终仍在深度昏迷的病床上为如
此伤害了他的这个世界祈祷和解与和平。不过,相较于约半个世纪
前在《奇妙的工作》等初期作品群里对鲁迅作品的参考,在此时的解
读中,大江更是在用辩证的方式理解和诠释绝望和希望,更愿意在当
下的绝望中主动和积极地寻找通往未来之希望的通途,最终借助
《优美的安娜贝尔·李　寒彻颤栗早逝去》到达了"群星在闪烁"和
"光辉耀眼"的至善、至福的天国。

　　2."这是我人生中最重要的讲演"

　　为了把鲁迅的相关话语以及自己的解读直接传达给孩子们,近
年来,大江在北京、东京、柏林等地与不同国别的孩子们频频进行面
对面的对话,例如二〇〇六年九月十日,在北京大学附属中学结束自
己的讲演时,他与中国的孩子们如此约定:

---

①　大江健三郎著,许金龙译《被偷换的孩子》,译林出版社,二〇〇八年十月,第
　　237页。
②　鲁迅著《呐喊》《狂人日记》,《鲁迅全集》第一卷,人民文学出版社,二〇〇五年
　　十一月,第455页。

七十年前去世的鲁迅显然是二十世纪最伟大的小说家之一。我和你们约定,回到东京以后,我会去做与今天相同的讲演。惟有北京的你们这些年轻人与东京的那些年轻人实现真正意义上的和解,并在此基础上展开友好合作之时,鲁迅的这些话语才能成为现实。请大家现在就来创造那个未来!

"我想:希望是本无所谓有,无所谓无的。这正如地上的路;其实地上本没有路,走的人多了,也便成了路。"①

在进入讲演会场前,对于这场期待已久的讲演,竟然使得大江陷入难以自抑的紧张情绪。随着讲演之日的临近,这种期待和紧张也越发明显。二○○六年九月十日清晨,在乘车前往北大附中前,大江在其下榻的国际饭店的餐厅用早餐时,其用餐量却远超平日——"夫人昨天晚间特意从东京挂来长途电话,嘱咐当天晚上要喝点儿葡萄酒以帮助入睡,今天早餐的饭量则要加倍,要鼓足气力做好今天的讲演,因为这场讲演特别重要,关乎中日两国的孩子们的未来!……"在前往北大附中的路途中,大江或是局促不安地不停搓手,或是身体左转、双手用力紧握左侧车门扶手。笔者与大江交往多年,多见其或爽朗、或开心、或沉思、或忧虑、或愤怒等表情,却从不曾目睹如此紧张局促的神态,便在一旁劝慰道:"您今天面对的听众是十三至十九岁的孩子,不必如此紧张。"大江却如此回答道:"我在这一生中做过无数场讲演,包括在诺贝尔文学奖获奖之际所做的讲演,却都没有紧张过。这次面对中国孩子们所做的讲演,是我人生中最重要的讲演,我无法控制住自己的紧张情绪……"

汽车驶入北大附中校园后,在校长康健教授的引领下,一行人向

---

① 大江健三郎著,许金龙译《走的人多了,也便成了路!》,引自《大江健三郎文学研究》,百花文艺出版社,二○○八年七月,第21—22页。

大会堂走去。这是一座刚刚落成的漂亮建筑群,划分为大会堂和教学楼等功能区。进入建筑群大门内的大厅后,康健引导大家正要往会堂入口处走去,此前因与康健寒暄已不显得紧张的大江此刻却再度紧张起来,他停下脚步窘迫地对陪同在身旁的笔者急切说道:"我还是觉得紧张,这种状态是无法面对孩子们发表讲演的,请与校长先生商量一下,可否帮我找一间空闲的房间,让我独自在那房间里待一会儿,冷静一会儿,我需要整理一下思绪……"康健听完转述后为难地表示,师生们此刻都在大会堂里等待聆听讲演,临近的教室和办公室全都锁了起来,只有学生们使用的卫生间没锁门。得知这一情况后,大江似乎松了口气,疾步走入男生使用的卫生间,虽说空无一人的卫生间里还算清洁,只是那气味确实比较刺鼻,未及人们上前劝说,便示意大家离开这里,以便让他独自待上一会儿,冷静一会儿……不记得是三分钟还是五分钟抑或更长时间,只听见门轴声响,大江快步走出门来,精神抖擞地说道:"我做好准备了,现在我们进入会场吧!"话音未落,便领先向入口处大步走去,在学生们热烈的掌声中登上讲台,丝毫不见先前的紧张、局促和不安。在介绍了自己从少儿时期以来学习鲁迅文学的体会之后,这位老作家直率地告诉学生们:

> 现在,日本与中国的关系并不好。我认为,这是由日本政治家的责任所导致的。我在想,在目前这种状态下,对于日本和中国这两国年轻人之间的未来而言,真正意义上的和解以及建立在该基础之上的合作,当然还有因此而构建出的美好前景,无论怎么说都是非常必要的。①

随后,这位老作家要求在座的中学生们与他共同背诵《故乡》最

---

① 　大江健三郎著,许金龙译《走的人多了,也便成了路!》,引自《大江健三郎文学研究》,百花文艺出版社,二〇〇八年七月,第17页。

后一段话语以结束这次讲演。于是,近千名中学生稚嫩嗓音的汉语与老作家苍老语音的日语交汇成一个富有节奏感的巨大声响在会堂里久久回响——"我想:希望是本无所谓有,无所谓无的。这正如地上的路;其实地上本没有路,走的人多了,也便成了路"。大江这是希望中国的孩子们和日本的孩子们乃至亚洲各国的孩子们,都能在鲁迅这段话语的引导下,"在当下的现在创造出明亮、生动、确实体现出人的尊严的未来,而非前面说到的那个充满黑暗、恐怖和非人性的未来",为自己更是为了未来而从绝望中踏出一条希望之路。

3."始自于绝望的希望":为着悠久的将来

当然,这种危机意识或是恐惧、绝望却又竭力寻找希望的心情,不可避免地显现在大江这一时期创作的、以孩子们为阅读对象的《两百年的孩子》《在自己的树下》《康复的家庭》《温馨的纽带》和《致新人》等一批小说和随笔中。为了使得包括小学五年级孩子在内的中、小学生都能读懂,作者一改以复杂的复式语句和复调叙述为主体的冗长叙述,转而使用极为直白和易懂的口语文体,把当下的困难和明天的希望融汇在一个个小故事里。

在《两百年的孩子》以及此后于北大附中发表的演讲中,大江对"那个充满黑暗、恐怖和非人性的未来"所表现出的恐惧和戒备并非毫无缘由,其借助《两百年的孩子》等作品为未来的孩子们预言的危机非常不幸地正在一步步成为现实——这部小说问世三年之后的二〇〇六年十二月十五日,也就是大江对北大附中的孩子们发表讲演三个月之后的二〇〇六年十二月十五日,日本政府不顾国内诸多在野党派和民众的强烈反对,强行通过《教育基本法》修正案,要在基础教育中强调战争时期曾灌输的"爱国主义",为日本中小学教育重回战前的"道德教育"和进而修改和平宪法以及制定《国民投票法》

创造有利条件。面对以上这些有可能实质性改变日本社会本质和走向的严峻局面,大江并没有在绝望中沉沦,而是预见性地通过《两百年的孩子》等作品不断向孩子们提出警示,并亲自来到北京,呼吁中日两国的孩子们从现在起就携手合作,以创造出"明亮、生动、确实体现出人的尊严的未来,而非前面说到的那个充满黑暗、恐怖和非人性的未来"①。

在大江于北大附中发表讲演四个月后的二〇〇七年一月,他在写给笔者的一封私人信函里如此讲述了自己离开北京后的工作状态:

> ……在今年,将要进入自己最后的也是最大的那部分工作,我希望这是与此前所有构想全然不同的、具有决定性的作品。目前我还没有动笔,拟于二月开始写作,为此,已从去年年末开始认真做了尝试。不过,这也是我成为作家之后感到最困难的时期。总之,必须突破第一道难关。从现在开始直至月底,乃至二月上半月这段期间,我必须每天进行这种繁忙的创作尝试。②

经过种种艰难尝试后问世的那部"与此前所有构想截然不同的、具有决定性的作品",便是大江的长篇小说《优美的安娜贝尔·李 寒彻颤栗早逝去》。这个书名取自美国著名诗人爱伦·坡的代表作《安娜贝尔·李》的诗句,那首诗说的是一个处于热恋中的纯洁少女遭到六翼天使的嫉妒,夜里从云中吹来寒风将其冻死。与大江此前创作的所有小说相比,《优美的安娜贝尔·李 寒彻颤栗早逝去》确实显现出"一种令人意外的特质",那就是历经数十年的艰苦

---

① 大江健三郎著,许金龙译《走的人多了,也便成了路!》,引自《大江健三郎文学研究》,百花文艺出版社,二〇〇八年七月,第22页。
② 许金龙著,《译者序·"我无法从头再活一遍。可是我们却能够从头活一遍"》,《优美的安娜贝尔·李 寒彻颤栗早逝去》,人民文学出版社,二〇〇九年一月,第1—2页。

跋涉后,大江健三郎这位从绝望出发的作家终于为自己、为孩子们、为所有陷于绝望中的人,更是为着"悠久的将来"寻找到了希望。

4.鲁迅始终都是一个重要的参照系

在大江的这部长篇小说中,也有一位如同安娜贝尔·李一般纯洁的美丽少女,这位被称为"永远的处女"的女主人公"樱"身世悲惨,在二战末期,除了她本人被疏散到农村而侥幸活下来,全家人都在东京大轰炸中身亡。美国军队占领日本后,她被一个美国军人收养,身穿让邻居羡慕的漂亮裙子,似乎从此过上了幸福生活,并在那个美国军人摄制的电影《安娜贝尔·李》中饰演身穿"白色宽衣"的少女安娜贝尔·李,"樱"由此被电影界所关注,很快便成为著名童星,最终活跃在以好莱坞为中心的国际影坛。完成这部作品后,大江在《致中国读者》中这样表示:

> (自己)就写出了这部稍短一些的长篇小说《优美的安娜贝尔·李寒彻颤栗早逝去》,意识到一种令人意外的特质正从中显现出来。最重要的是,我在这部小说的中心设置了一位女性。她与我大体上属于同一代人,作为少女迎来了战争的失败,在被占领时期不得不经历痛苦的生活。但是,她超越了这一切,通过不懈努力塑造出具有国际影响的电影女演员的成功人生。然而,现在她却要重新审视自己的一生。
>
> 她试图通过将一位女性为主人公的故事改编成电影来实现自己的想法。那位女性是日本一处农村(那是我至今一直不停写着的偏僻农村)从近代化进程开始之前便传承下来的大众心目中的英雄。当地农村的女人都支持这位既导演电影,本人也出演悲剧性女主人公的女演员,要帮助她实现这个计划。①

---

① 大江健三郎著,许金龙译《致中国读者》,《优美的安娜贝尔·李 寒彻颤栗早逝去》,人民文学出版社,二〇〇九年一月,第2页。

　　在这位"具有国际影响的女演员"樱正要雄心勃勃地推进自己的电影计划时,却被制片人用"卑劣"手段送进了精神病院,于是,其处于巅峰期的演员生涯至此不得不画上句号,自此沉寂了三十年之久。在这种令人绝望的状态中,樱始终抱持一个不曾破灭的希望,那就是回到日本的那片森林中去,亲自出演那里两次农民暴动中的女英雄。就在这边缘地带的故乡森林里,在以边缘人物"母亲"和"妹妹"为中心的历代农村女人的帮助下,樱振作起来回到日本,"……摄影机分开被枫叶浓烈的红色映照着的树林所围拥着的女人们进入。樱那感叹和愤怒的'述怀'高涨起来,呼应着歌谣虚词的人们如波浪般摇晃。在那声浪的高潮点上,沉默和静止突如其来。'小咏叹调'充溢其间,此时,樱的喊叫声起,作为没有声音的回音,银幕上群星在闪烁……"①

　　这里出现的"群星在闪烁"是个关键词组,使得人们立刻联想到《神曲》的《地狱篇》《炼狱篇》和《天国篇》各卷的最后一个单词"群星"。在《神曲》原著中,但丁在此处特意而且准确地使用了表示复数的 stelle 而非表示单数的 stella。《神曲》中译者田德望教授认为,"地狱是痛苦和绝望的境界,色调是阴暗的或者浓淡不匀的;炼狱是宁静和希望的境界,色调是柔和的和爽目的;天国是幸福和喜悦的境界,色调是光辉耀眼的"②。我们由此可以得知,"樱"在绝望境地里始终抱持着希望并为之不懈努力,终于在偏僻农村的森林里的女人们帮助下,从边缘地区边缘人物的记忆和传承中汲取力量,到达了"群星在闪烁"的"光辉耀眼"的"至善、至福的天国"。或者换句话

---

① 大江健三郎著,许金龙译《优美的安娜贝尔·李　寒彻颤栗早逝去》,人民文学出版社,二〇〇九年一月,第 209 页。

② 田德望著《译本序·但丁和他的〈神曲〉》,《神曲·地狱篇》,人民文学出版社,二〇〇二年十二月,第 21 页。

说,大江和他的女主人公"樱"都确信可以将鲁迅笔下的那座"绝无窗户而万难破毁的"令人绝望的铁屋子砸开,确信希望"是不能抹杀的",如同大江本人动笔写作这部小说前几个月在一次讲演时所引用的那样,"希望是附丽于存在的,有存在,便有希望,有希望,便是光明。……只要不做黑暗的附着物,为光明而灭亡,则是我们一定有悠久的将来,而且一定是光明的将来!"①其实,当大江在这个文本里为"樱"于绝望中寻找到希望的同时,就已经打破了那间"绝无窗户而万难破毁的"的铁屋子,就已经在黑暗中发现并拥有了希望和光明,尽管为了这一天的到来,从第一次正式阅读鲁迅作品算起,读者大江经历了整整六十年岁月;从发表正式意义上的处女作《奇妙的工作》算起,作家大江花费了整整五十年时间。大江在构思这部小说期间所表示的"与此前所有构想全然不同的""决定性的"等表述,指涉的无疑就是这里所说的始自于绝望的希望。如同大江于二〇〇九年一月在北京大学演讲时所说的那样,"我这一生都在思考鲁迅,也就是说,在我思索文学的时候,总会想到鲁迅……"②换而言之,在大江的整个创作生涯期间,鲁迅始终都是一个重要的参照系,根据这个参照系进行的五十年调整,使得大江文学也随之发生了相应变化,从不见希望的《奇妙的工作》等初期作品群出发,历经在绝望中寻找希望而苦心探索的《同时代的游戏》等作品群,终于借助《优美的安娜贝尔·李 寒彻颤栗早逝去》找寻到了希望,找寻到了始自于绝望的希望! 如果说,"鲁迅和克尔凯郭尔并肩站在深不见底的、黑暗的绝望之海上一同寻找

---

① 鲁迅著《华盖集续编·记谈话》,《鲁迅全集》第三卷,人民文学出版社,二〇〇五年十一月,第378页。
② 大江健三郎著,翁家慧译《真正的小说是写给我们的亲密的信》,《文汇报》,二〇〇九年一月二十二日。

着希望"①的话,大江便是从他们倒下的地方继续前行,经历了万般艰辛后,终于在远方的黑暗中发现了光亮,那便是属于大多数人的光亮,孩子们的光亮,未来的光亮,人类文明的光亮。当然,那也是人文主义的光亮。

5."鲁迅先生,请救救我!"

然而,在文本外的实际生活中,大江却又很快螺旋一般陷入绝望之中。尽管他在此前的长篇小说《优美的安娜贝尔·李　寒彻颤栗早逝去》里一时找到了希望,可那也只是深深绝望中的些微希望,黑暗的绝望之海上的些微光亮。换句话说,正是因为那绝望越深,才越发要挣扎着去寻找希望、面向希望。而这希望的最大来源,莫过于自少年时代就已私淑的鲁迅及其人文主义光亮,有如孟子所云"予未得为孔子徒也,予私淑诸人也"②一般。在这个再次陷入绝望境地的艰难时刻,大江于二〇〇九年一月十六日再次踏上中国的土地,想要从私淑的鲁迅那里汲取力量。翌日晚间,在老朋友却也是"小朋友"铁凝特地为大江挑选的孔乙己饭店里为其接风洗尘时,他对铁凝、莫言和陈众议等几位老友说道:

> 我这一生都在阅读鲁迅。十岁的时候,我从母亲那里得到《鲁迅小说选集》,对这部作品的阅读,决定了我的一生! 从十二岁开始阅读这部作品算起,我现在快要七十四岁了,在这大约六十余年间,我一直将鲁迅这个人物视为巨大的太阳。实际上我对这样伟大的作家是有着某种抵触感的。今天清晨六点钟我睁开了睡眼,直至大约七点为止,我一直

---

① 许金龙著《大江健三郎文学里的中国要素》,引自《大江健三郎文学研究》,百花文艺出版社,二〇〇八年七月,第89页。
② 《孟子译注》卷八"离娄章句下"第二十二章,杨伯峻译注,中华书局,一九六〇年,第193页。

在窗边神思恍惚地眺望着窗外的美丽景色。当时长安街上还不见车辆往来,只见火红的太阳在窗子遥远的正前方冉冉升起,周围却还是一片黑暗。这种景色在东京没有,在全日本也没有,太阳从平原上冉冉升起的这种景色。在眺望太阳的这一过程中,我情不自禁地祈祷着:鲁迅先生,请救救我! 至于是否能够得到鲁迅先生的救助,我还不知道……①

　　为了更为清晰地梳理这段情景,这里需要将视点回溯至二〇〇九年一月十六日下午。当时,大江从首都机场乘上迎候他的汽车,刚刚在后座坐下,就用急切的口吻述说起来:在接到邀请访华的函件之前自己就已经在与夫人商量,由于目前已陷入抑郁乃至悲伤的状态,无法将当前正在创作的长篇小说《水死》继续写下去,想要到北京去找许金龙和陈众议这两位老朋友,见到他们之后自己的心情就会好起来,他们还会把莫言和铁凝这两位先生请来相聚,自己的心情就会更好。到了北京后还要去鲁迅博物馆汲取力量,这样才能振作起来,继续把长篇小说《水死》写下去……当他发现陪同人员为这种意外变化而吃惊的表情后,大江放慢语速仔细讲述起来:之所以无法继续写作《水死》,是遇到了三个让自己陷入悲伤、自责和忧郁的意外变故。其一,是市民和平运动组织九条会发起人之一、日本著名文艺评论家和作家加藤周一于二〇〇八年十二月七日去世,这个噩耗带来的打击太大了! 这既是日本和平运动的一个巨大损失,也是日本文坛的一个巨大损失,同时也使得自己失去了一位可以倾心信赖和倚重的师友。其二,则是二〇〇八年十二月底,老友小泽征尔为平安夜音乐会指挥完毕后,回家途中带着现场刻录的 CD 到家里来播放给儿子大江光听,希望能够听到光的点评。谁知斜躺在沙发上久久不

---

① 大江健三郎、铁凝、莫言著,许金龙译《中日作家鼎谈》,《当代作家评论》,二〇〇九年第五期,第54页。

愿说话的光在父母催促之下,更是在父亲催促时轻轻推搡之下,竟然说出一句"つまらない"!在日语中,这个词语表示"无聊""无趣"或"毫无价值"等语义,这就使得小泽先生陷入了苦恼,他苦思冥想却仍然想不出当晚的指挥到底哪里出了什么严重问题,及至很晚之后,才在自己和妻子的苦劝之下郁闷地回家去了。当自己稍后去东京大学附属医院例行体检并带上大江光顺便体检之际,这才得知儿子的一节胸椎骨摔成了三瓣,从而回想起前些日子送客人之际,光在院子里不慎仰天摔了一跤,可能当时胸椎骨恰好顶在铺在路面的石头尖上。这种骨折相当疼痛,可是儿子是先天智障,自小就不会说表示疼痛的"いたい"而以表示无聊的"つまらない"代用之,自己作为父亲却未能及时发现这一切,因而感到非常痛心,更感到强烈内疚和自责。至于第三个意外,是因为母亲去世前曾留下一个早年在上海买下的红皮箱,里面有父亲生前与一些师友的通信,有些内容涉及当年驻守我们老家的青年军官,他们在战败前夕试图发动兵变杀死天皇以改变战争进程。就像去年年初莫言先生和许金龙先生来我家时曾对你们说过的那样,受 T.S.艾略特的长诗《荒原》中腓尼基水手死于水底这一情节的启发,我想要为同样死于水中的父亲写一篇小说,这就要参考父亲留下的那些书信内容。长年以来,由于担心书信内容被我写入小说里从而给整个家族带来伤害,母亲一直不让我使用那些材料,临终前还特意嘱咐我妹妹:要等自己死去十年之后,才能把红皮箱交给你哥哥健三郎。因为大江家族的男人都是短寿,估计你哥哥活不到十年之后,他也就看不到红皮箱里的书信了。当母亲定下的这十年之约到期时,我打开从妹妹那里得到的红皮箱之际,却发现用橡皮筋勒着的厚厚一叠信封里竟然没有一张信纸。问了妹妹后才得知,母亲在去世前的那几年间,为了保护整个家族的安全,她陆陆续续烧掉了所有信纸……换句话说,母亲烧掉了自己在《水死》

中需要参考的信函内容,因而《水死》已经无法再写下去了。在这接二连三的沉重打击之下,自己想到了鲁迅,想到要到北京来向鲁迅先生寻求力量……

带着这些悲伤、内疚、自责和抑郁访华后发表的、题为"在不明不暗的这'虚妄'中"的专栏文章里,大江是这样表达自己心境的:

> 在随后访问的鲁迅旧居所在的博物馆内,我在瞻仰整理和保存都很妥善的鲁迅藏书和一部分手稿时,紧接着前面那句的下一节文章便浮现而出——"倘使我还得偷生在不明不暗的这'虚妄'中,我就还要寻求那逝去的悲凉漂渺的青春"。我仿佛往来于自己从青春至老年在不同时期对鲁迅体验的各种切实的感受之间。而且,我还在思考有关今后并不很远的终点,我将会挨近这两个"虚妄"中的哪一方生活下去呢?①

其实,早在到达北京的翌日凌晨,大江很早就睁开了睡眼,站在国际饭店的窗前看着楼下的长安街。橙黄色街灯照耀下的长安街空空荡荡,很久才会见到一辆汽车驶来,再过很久后又会有一辆汽车驶去。在这期间,黑暗的天际却染上些微棕黄,然后便是粉色的红晕,再后来,只见太阳的顶部跃然而出,将天际的棕黄和粉色一概染成红艳艳的深红。怔怔地面对着华北大平原刚刚探出顶部的这轮朝阳,大江神思恍惚地突然出声说道:"鲁迅先生,请救救我!"当回过神来意识到自己的话语及其语义时,大江不禁打了个寒噤,浑身皮肤起了一层鸡皮疙瘩。显然,在大江此时的内心底里,已然将跃然而出的朝阳视为大鲁迅的化身,在面对已与这朝阳化为一体的大先生面前,深陷绝望的自己下意识地发出求救的呼声也就顺理成章了,尽管话语刚刚出口,随即为自己的唐突打了个寒颤,且起了一身鸡皮疙瘩……

---

① 大江健三郎著,许金龙译《定义集》,新星出版社,二〇一五年一月,第170—171页。

怀着这忐忑的心境，大江走进了此行的目的地之一、位于阜成门内的鲁迅博物馆。走进博物馆大门后，随行摄影师安排一行人在鲁迅大理石坐像前合影留念，及至大家横排成列后，原本应在坐像正前方中央位置的大江却不见了踪影，众人四处寻找时，却发现这位老作家正蹲在坐像侧壁底部默默地泪流满面。这是私淑弟子见到大先生时的激动？抑或是委屈？还是心酸？……其后在馆长孙郁以及陈众议和阎连科等人陪同下参观鲁迅书简手稿时，大江戴上手套接过从塑料封套里取出的第一份手稿默默地低头观看，很快便将手稿仔细放回封套里，却不肯接过孙郁递来的第二份手稿，默默地低垂着脑袋快步走出了手稿库。当天深夜一点三十分，大江先生向相邻而宿的笔者的房门下塞入一封信函，在内文里有这样一段文字：

> ……我要为自己在鲁迅博物馆里的"怪异"行为而道歉。在观看鲁迅信函之时（虽然得到手套，双手尽管戴上了手套），我也只是捧着信纸的两侧，并没有触碰其他地方。我认为自己没有那个资格。在观看信函时，泪水渗了出来，我担心滴落在为我从塑料封套里取出的信纸上，便只看了两页就无法再看下去了。请代我向孙郁先生表示歉意。①

其后在向陪同人员讲述当时情景时，大江表示尽管那些信函内容自己全都能背诵出来，却由于泪水完全模糊了双眼，根本无法辨识信笺上的文字，既担心抬头后会被发现泪水进而引发大家担忧，又担心在低头状态下那泪水倘若滴落在信纸上将会造成无法挽回的损失，如果继续看下去，自己一定会痛哭出声，只好狠下心来辜负孙郁先生的美意……在回饭店的汽车上，大江嘶哑着嗓音告诉陪同在身边的笔者：

---

① 许金龙著《大江健三郎与中国》，《传记文学》，二〇二〇年第八期，第65页。

请你放心,刚才我在鲁迅博物馆里已经对鲁迅先生作了保证,保证自己不再沉沦下去,我要振作起来,把《水死》继续写下去。而且,我也确实从鲁迅先生那里汲取了力量,回国后确实能够把《水死》写下去了。①

这一年(二〇〇九年)的十二月十七日,长篇小说《水死》由讲谈社出版。翌年二月五日,讲谈社印制同名小说《水死》第三版。该小说的开放式结局,在为读者留下想象空间的同时,也留下了弥足珍贵的希望、黑暗中的光亮。

6."我的头脑里目前只思考两个问题,一是孩子,另一个则是鲁迅"

从鲁迅博物馆回国后完成的长篇小说《水死》问世一年后,具体说来,是二〇一〇年十二月二日,大江夫妇邀请他们的老朋友铁凝到位于东京郊外的大江宅邸做客,围绕鲁迅的书简、保罗·塞尚的画作《大浴女》与铁凝的长篇小说《大浴女》之间的互文关系等问题进行交流。铁凝带去的礼物是让大江夫妇爱不释手的《鲁迅日文书简手稿》,两个月后,大江曾在《朝日新闻》的专栏文章里坦诚讲述了自己与铁凝和莫言等中国作家的友谊基础和铁凝的礼物:"……无论人生观还是关乎文学的信条,我与他们所共通的,是对于鲁迅的高度评价,这一切存在于他们与我亲之爱之的基础中。去年年底,我收到铁凝君从北京带来的礼品《鲁迅日文书简手稿》,那是墨迹的黑色和格线的红色美丽至极的、鲁迅亲手书写的七十三封信函的影印版。"②

---

① 许金龙著《大江健三郎与中国》,《传记文学》,二〇二〇年第八期,第65—66页。
② 大江健三郎著,许金龙译《定义集》,贵州人民出版社,二〇一九年三月,第343页。

那天的交流轻松愉快、舒适自然，竟然持续了约六个小时之久，①其中很长时间是大江对铁凝介绍他正在创作的长篇小说：自己正在创作一部新的长篇小说，估计也是自己写的最后一部长篇小说了。这部小说的主人公是一位上了年岁的女性，这位女性一直住在森林中的村庄里，她的哥哥曾获国际文学大奖，兄妹俩就通过一封封书简讨论有关孩子和新人的问题。当然，这兄妹俩在作品外的原型就是自己与妹妹。目前，这部小说已经写了三分之二。不过，自己是个反复修改稿件的人，如果说写一页大稿纸的时间是一个小时的话，就需要另外花费两个小时来修改这页稿子的内容。这已是多年以来的习惯了……说到兴奋处，大江从楼上的书房将已经完成的部分稿件取下来递给铁凝，指点着稿纸、小剪刀和糨糊瓶，在对铁凝介绍稿纸相关处的具体内容之际，顺便指出被修改处的痕迹……铁凝听着这部作品的介绍，不由得被小说内容深深吸引，不禁对大江表示，自己会为这部作品的中译本撰写序言……

当晚在去意大利风味的餐厅用餐的路上，大江对一直陪同在身边的笔者表示：

现在我想对你说说自己目前的工作状态和生活状态。目前，我的头脑里只思考两个大问题，一个是鲁迅，一个是孩子。自己是个绝望型的人，对当下的局势非常绝望，白天从电视看到的画面和在报纸中读到的文字都让我感到绝望，从来客的话语中听到的内容也让我绝望，日本的情况让我绝望，美国的情况让我绝望，中国的有些情况也让我绝望。每天晚上，在为光披好毛毯后就带着那些绝望上床就寝。早上起床后，却还要为了光和全世界的孩子们寻找希望，用创作小说这种方式在那些

---

① 铁凝著《与大江健三郎先生对谈》，引自《用蓄满泪水的双眼为耳》，三联书店，二○一六年九月。

绝望中寻找希望,每天就这么周而复始。这就是我目前的工作状态和生活状态。①

说出这段话语时,大江绝对不会想到,百日之后,更有一场天灾人祸引发的巨大绝望在等待着他。在《晚年样式集》里,主人公如此讲述了其在电视画面中看到的绝望景象:

> 翌日黄昏,结束了摄制团队的工作后,设置导演再次登上陡坡,听说小马驹已经产了下来。在黑暗的屋内紧紧挨在一起的马驹和母马很快浮现而出,长方形的画面里显露出饲养马匹的主人的侧脸,他一面眺望着屋外一面说着话,对面则是雨雾迷蒙的牧场……他那阴郁的声音响起:"无法让刚刚出生的小马驹在那片草原上奔跑,因为那里已经被放射性雨水给污染了。"②

至于先前说到的那部长篇小说,遗憾的是铁凝终究没能为其撰写中译本序。因为,在她从大江家离去百日后,在那部新写的长篇小说即将完成之际,日本突然发生了震惊世界的大地震、大海啸、福岛核电站大泄漏的天灾人祸,史称"三·一一东日本大震灾"!在这个巨大灾难来袭的艰难时刻,大江感到即将完成的那部小说已经完全无法表现自己此时的绝望,更是无法帮助孩子们在这黑黢黢的绝望之海上找寻到希望。按照以往的习惯,这部厚厚的手稿应被付之一炬,不在这世上留下一片纸屑。不知是不是这位老作家还惦念着铁凝要为这部作品撰写中译本序言的话语,终究还是没舍得循惯例全部烧毁,而是存放在瓦楞纸箱里放入书库,而后振作起精神,开始着手撰写另一部表现此时此刻所思所想的长篇小说——《晚年样式

---

① 许金龙著《大江健三郎与中国》,《传记文学》,二〇二〇年第八期,第67页。
② 大江健三郎著,许金龙译《晚年样式集》,引自《大江健三郎全小说》,讲谈社,二〇一九年三月。

集》。在他的《晚年样式集》第一章第一节里,年迈的大江这样讲述着自己当时的情景:

> ……从三·一一当天深夜开始,整日不分昼夜地坐在电视机前观看东日本大地震和海啸以及核电站泄漏大事故的报道……这一天也是如此,直至深夜仍在观看电视特辑,特辑追踪报道了因福岛核电站扩散的辐射性物质而造成的污染实况……再次去往二楼途中,我停步于楼梯中段用于转弯的小平台处,像孩童时代借助译文记住的鲁迅短篇小说中那样,"发出呜呜的声音哭了起来"。①

显然,面对大地震、大海啸造成的巨大伤亡和惨重损失,更是因为核电站大爆炸和大泄漏将为人类社会带来的巨大且长久的遗祸,作者大江健三郎及其文本内的分身长江古义人与创作《孤独者》时的鲁迅产生了共情,并在这种共情的催化作用下"发出呜呜的声音哭了起来"。这是痛彻心扉的哭声,极度恐惧的哭声,深深懊悔的哭声,当然,更是"含着大希望的恐怖的悲声"!

7.他们的文学尽管多见黑暗、绝望和荒诞,最终想要传达给我们的却是呐喊和希望

这里所说的"鲁迅短篇小说",无疑是鲁迅创作于一九二五年十月十七日的《孤独者》,而"发出呜呜的声音哭了起来"这句译文,则是大江本人译自鲁迅文本"地下忽然有人呜呜地哭起来了"那句话语。对鲁迅文学有着深刻解读的大江当然知道,《孤独者》与此前和此后创作的《在酒楼上》和《伤逝》等作品一样,说的都是魏连殳等知识分子在那个令人绝望的社会里左冲右突、走投无路的窘境乃至

---

① 大江健三郎著,许金龙译《晚年样式集》,引自《大江健三郎全小说》,讲谈社,二〇一九年三月。

绝境。

在持续观看灾区实况转播的情景和人们的姿容表情时,大江在文本内的分身长江古义人这位老作家突然理解了多年来一直无法读懂的《神曲》中的一段诗句——"所以,你就可以想见,未来之门一旦关闭,我们的知识就完全灭绝了"①。自己之所以在楼梯中段的平台上"发出呜呜的声音哭了起来",其实正是因为福岛核电站的大泄漏使得"咱们的'未来之门'已被关闭,而且我们的知识(尤其是我的知识也将不值一提)将尽皆死去……"②在这个可怕的阴影下,儿子大江光在小说里的分身阿亮的动作越发迟缓,话语也越来越少,记忆力更是每况愈下,这就使得阿亮的妹妹真木为之担心:

> 在爸爸的头脑里,从那段诗句,从那段当城市呀国家的未来一旦丧失,我们自己积累的知识也将如同死物一般的诗句中,他联想到了阿亮的记忆,难道不是这样吗?! 很快,记忆就将从阿亮身上丧失殆尽,他会随着一片黑暗的头脑机能逐渐变老,并在这种状态中走向死亡………

> 在爸爸看来,都市和国家的未来将不复存在,我们积累的知识也将如同死物一般,在爸爸的头脑中,这段诗句或许与阿亮的记忆联系在了一起。不久之后,阿亮将丧失记忆,头脑里一片黑暗,上了年岁后就在这种状态中走向死亡……如果整个国家的所有核电站都因地震而爆炸的话,那么这座城市、这个国家的未来之门就将被关闭。我们大家的知识都将成为死物,该说是国民呢? 还是该说为市民呢? 所有人的头脑里都将一片黑暗并走向毁灭。在这些人中,就有将远比任何人都浑噩无知的阿亮。爸爸大概是联想到这种前景,这才发出呜呜的哭声的吧。③

引文中的一些话语无疑将为读者带来无尽的恐惧和巨大的绝

---

① 但丁著,田德望译《但丁·地狱篇》,人民文学出版社,二〇〇二年十二月,第58页。
② 大江健三郎著,许金龙译《晚年样式集》,引自《大江健三郎全小说》,讲谈社,二〇一九年三月。
③ 同上。

望:未来之门已被关闭;我们的知识将尽皆死去;阿亮将丧失记忆,头脑里一片黑暗,上了年岁后就在这种状态中走向死亡……所有人的头脑里都将一片黑暗并走向毁灭……尤其令人恐惧和绝望的是,包括自己亲人在内的所有人并不是立即就灭亡的,而是在肉体毁灭之前,所有人的头脑里都将一片黑暗,然后在这无尽的黑暗和恐怖以及绝望中,如同凌迟一般痛苦和缓慢地走向死亡。

当然,更让这位老作家为之"因恐惧而发怔"的,是在福岛核电站大泄漏之后,面对全国民众要求废除核电站的巨大呼声,日本政治家和主流媒体相继表现出的近似歇斯底里般的疯狂思路——为了保持"潜在核威慑力"乃至实行核武装,绝不可以废除核电站!福岛核电站大泄漏七个月后,大江在《所谓核电站是"潜在性核威慑力"》的文章里引用了日本主流媒体和政治家的如下文字并表达了自己的愤怒:

日本……利用可成为核武器原材料的钚这一权利已被承认。在外交方面,这种现状作为潜在核威慑力而发挥着效用也是事实。
——《读卖新闻》社论,二〇一一年九月七日

维持核电站,可转换为想要制造核武器就能在一定期间内制造出来的那种"核的潜在威慑力"……去除核电站则会使我们放弃这种"核的潜在威慑力"……
——石破茂①,《SAP IO》,二〇一一年十月五日②

面对主流媒体主张继续维持"潜在核威慑力"的社论以及政府

---

① 石破茂(1957—),曾任日本防卫厅长官、防卫大臣、地方创生担当大臣、自民党干事长等职,主张扩充日本军备,突破二战后对日本自卫队规模的限制。
② 大江健三郎著,许金龙译《定义集》,贵州人民出版社,二〇一九年三月,第390页。

高官坚持借助民用核电站持续保有"核的潜在威慑力"的言论，大江愤怒且恐惧地表示：

> 我正是为以上两者间所共有的"潜在核威慑力"和"核的潜在威慑力"这种表述方式（虽然使用了貌似极为寻常的措辞方式，却仍然让我）因恐惧而发怔的。
>
> ……威慑，即 deterrence，用己方的攻击能力进行恐吓，以吓阻对手的攻击意图。就此事的性质而言，其态势可即刻逆转，这极其危险且巨大的永无结局的游戏就这样没完没了。所谓"核的潜在威慑力"假如是一种炫耀，是利用日本这个国家的核电站可随时制造出原子弹的那种炫耀，……东亚的紧张情势不也在朝着那个方向不断高涨吗？前面提到的那些论客，在怎么考虑何时、如何使他们信奉那个效力的"潜在性"力量"显在化"之战略，就不得而知了。
>
> 因这次大事故而回溯建设核电站时的情景，我们深切醒悟到直至今日的东京电力公司和政府的信息开示方法多么缺乏民主主义精神啊。然而，如这个威慑论般对民主主义的彻底无视，不更是未曾有过先例吗？
>
> 极为赤裸裸地表示去除核电站则会使我们放弃那种潜在威慑力的那位以熟识的低眉顺眼的忧愁面容进行威胁的政治家，他以为自己何时获得了国民的同意，这才手握这柄致命的双刃剑的呢？①

更有甚者，日本外务省外交政策计划委员会早在一九六九年就在《我国外交政策大纲》中如此表示：

> 关于核武器，无论是否参加 NPT（《核不扩散条约》），虽然当前采取不保有核武器的政策，却须经常保持制造核武器之经济与技术的潜力。②

---

① 大江健三郎著，许金龙译《定义集》，贵州人民出版社，二〇一九年三月，第390—391页。
② 同上，第392—393页。

　　由此可见,石破茂等日本诸多政治家之所以违背民意、居心叵测地坚持紧握"潜在核威慑力""这柄致命的双刃剑",也只是日本政府既定核政策的延续而已,他们"试图在目前五十四座核电站基础上再增加十四座以上核电站"①,进而"将残存的铀和生成于核反应堆中的钚从核废料中提取出来"②进行核燃料后处理,进而"即便在作为民用设施而建造的铀浓缩工厂里,也能够制造出用于核武器的高浓缩铀。核燃料后处理工厂的制成品钚则可以直接用于核武器"③。大江在这里已经说得非常清楚了——近半个世纪以来,在日本政府"须经常保持制造核武器之经济与技术的潜力"这一政策指导下,日本目前所拥有的五十四座核电站和计划在此基础上再予增建的十四座核电站,显然已不是单纯用作民用发电那么简单,长年从这些核电站已经提取和将继续提取并囤积起来的大量核废料以及早已建好的后处理工厂,更不可能是为了民用发电,而只能是打着民用幌子的"潜在核威慑力",更可能是大规模进行核武装而作的精心准备。大江及其同行者们是在担心,被称为"和平宪法"的《日本国宪法》第九条被修改之日,便是日本全面复活国家主义之时! 当然,也会是日本大规模进行核武装之时! 大江及其同行者们同样在担心,日本全面复活国家主义并大规模进行核武装之日,将会是日本重走战争之路之日,重走死亡之路和毁灭之路之始! 由核大战所引发的末日景象,大江早在八十年代末和九十年代初,就在长篇小说《治疗塔》和《治疗塔星球》这两部姐妹篇里做了详尽描述,大概正是因为想到那个令人绝望且可怕无比的末日景象,大江在《晚年样式集》中的分身长

---

① 大江健三郎著,许金龙译《定义集》,贵州人民出版社,二〇一九年三月,第357页。
② 同上,第392页。
③ 同上,第357页。

江古义人这才"停步于楼梯中段用于转弯的小平台处,像孩童时代借助译文记住的鲁迅短篇小说中那样,'发出呜呜的声音哭了起来'"的吧!因为在他的认知中,这一天的到来不啻日本的未来之门将被沉重且永远地关上!

　　为了文本内外的阿亮和大江光这对永远的孩子的未来之门不被关闭,为了全世界所有孩子的未来之门不被关闭,大江借助剖肝沥血地写作小说而于绝望中挣扎着往来寻找希望,同时,也在频繁走上街头大声疾呼,呼吁人们认识到核泄漏的巨大危害,呼吁人们警惕日本政府借核电民用之名为核武装创造条件,呼吁一千万人共同署名以阻止日本政府不顾这种可怕的现实而重启核电站,呼吁人们反对日本政府和东电公司不顾日本国内民众和世界各国人民的抗议而计划强行向大海排放核废水,呼吁人们"救救孩子!"……在大江的认知中,他的文学文本周围的社会存在与文学文本中的社会存在显然是同质的,因而这位老作家拖着老迈之躯在文本内外往返来回地大声疾呼,无疑是对阿亮和大江光这对孩子永远的挚爱,也是对全世界所有孩子的大爱,这种大爱,在大江的小说中和他所有读者的心目中都在不断升华。这种大爱,在日本,在中国,在韩国,在全世界,都将成为一种希望!无论中国的鲁迅还是日本的大江健三郎,他们的文学所描述的尽管多见黑暗、绝望和荒诞,最终想要传达给我们的却是呐喊和希望,一种发自于边缘的呐喊,一种始自于绝望的希望。这无疑是一种大慈悲,是对所有处于各种暴力威胁之下的天下苍生所生发的大悲悯。这让我们立即想起大江在斯德哥尔摩的颁奖仪式上所说的那段话语:"作为渡边的人文主义的弟子,我希望通过自己身为小说家的工作,使那些用语言进行表达的人及其接受者,从个人的以及时代的痛苦中得以平复,并医治他们各自心灵上的创伤。……我仍将遵循这一信条,如若可能,愿以自己的赢弱之身,于钝痛中承受因

二十世纪的科技和交通的畸形发展而积累的祸害。我更希望探索的
是,从世界边缘人的角度展望,如何才能对全体人类的医治与和解做
出体面的和人文主义的贡献。"

目　录

1

我在暧昧的日本①

　　苦难的第二次世界大战期间，我在一片森林里度过了少年时代，那片森林位于日本列岛中的四国岛上，离这里有万里之遥。当时，有两本书占据了我的内心世界，那就是《哈克贝利·费恩历险记》和《尼尔斯骑鹅旅行记》。在恐怖袭击世界的那个时代，我发现与其待在峡谷间狭小的房屋里过夜，倒不如攀上森林，在林木的簇拥下进入梦乡更为安逸。通过阅读前者《哈克贝利·费恩历险记》，孩童时代的我觉得为自己找到了理当如此的依据。后者《尼尔斯骑鹅旅行记》则隐含着若干层次的官能性愉悦。故事中的少年变成了小人儿，能听懂鸟类的语言，并做了一次充满冒险的旅行。由于像祖先那样长年封闭生活于小岛幽密的森林里，我这个少年天真且固执地相信，现实世界以及当时的生活，都像故事那样获得了解放。这，就是第一个层次的愉悦。

　　其次，更为重要的是，在横越瑞典的旅行中，尼尔斯与野雁朋友们相互协调，为他们而战斗，因此而改造了自己淘气的性格，成为纯

────────────

①　该文为作者于一九九四年十二月七日在斯德哥尔摩瑞典皇家文学院发表的演讲全文，演讲标题直译应为《暧昧的日本的我》。因文章中多处借此标题进行对比说明，为便于理解，除标题外，文中各处均直译为"暧昧的日本的我"。

洁的、充满自信而又谦虚的人。贴近这一过程,便是这愉悦的第二个层次。终于回到家乡的尼尔斯,呼喊着思念已久的家中双亲。或许可以说,最高层次的愉悦,正在那呼喊声中。我觉得,自己也随同尼尔斯发出那声声呼喊,因而体味到一种被净化、被升华了的情感。如果借助法语来表达,就是这样一种呼喊:

"Maman,Papa！ Je suis grand,je suis de nouveau un homme！"

也就是说,他这样喊道:

"妈妈、爸爸,我长大了,我又是个人了!"

深深打动了我的句子,是"Je suis de nouveau un homme！"随着年龄的增长,我不断体验着与形形色色的苦难所作的抗争,这些苦难以家庭内部的规模开始,在我与日本社会的纠葛中,在我于二十世纪后半叶的这个世界里生活其本身,在持续的连续性之中,我在体验着这些苦难的同时,也在不断将这些体验写成小说并如此生活至今,时常近乎叹息地重复着那声呼喊:"Je suis de nouveau un homme！"可能有不少来宾认为,我这样絮叨私事,与我现在所处的场所和时间是不相宜的。可是,我在文学上最基本的风格,就是从个人的具体性出发,力图将其与社会、国家和世界联系起来。现在,谨请允许我稍稍讲述个人的话题。

半个世纪之前,身为森林里的孩子,我在阅读尼尔斯的故事时,从中感受到两个预言。一是不久后自己也将能听懂鸟类的语言;另一个则是自己也将与亲爱的野雁结伴而行,从空中飞往遥远而令人神往的斯堪的纳维亚半岛。

成家后,我们所生的第一个孩子智力发育有障碍,我借 light 这个英语单词的含义,为他取名为光。幼年时,他只对野鸟的歌声有所知觉,而对人的声音和语言却没有反应。在他六岁那年夏天,我们为避暑去了山中小屋,当听见一对秧鸡的叫声从树丛对面的湖上传来时,他竟以野鸟叫声的录音唱片中解说者说出的语调说道:"是——秧鸡。"这是儿子第一次用人的语言说话。以此为契机,他与我们之间用语言进行的交流开始了。

目前,光在为残疾人设立的福利作业所工作,这是我国社会学习瑞典而创办的福利机构;同时,他还一直在作曲。将他引往人类所创造的音乐的媒介,首先是小鸟的歌声。难道说,光替父亲实现了听懂小鸟的语言这一预言?我还要说起另一个预言——我的妻子在我的生涯中发挥了极为丰富的女性力量,这位女性相当于尼尔斯身边那只名叫阿克的母雁,现在,我与她结伴而行,一直飞到了斯德哥尔摩。我感到,自己的第二个预言似乎也愉快地实现了。

第一位站在这里的日语作家川端康成,曾在此发表题为《美丽的日本的我》(「美しい日本の私」)的演讲。这个演讲极为美丽,同时也是极为暧昧的(vague)。我现在使用的英语单词 vague,即相当于日语中"暧昧な"这一形容词。我在这里之所以特意提出这一点,是因为把"暧昧な"这个日语单词翻译为英语时,可以考虑若干不同译法。这场演讲的标题,预先提示出了或许是川端有意识选择的暧昧意味。这是借助日语中"美丽的日本的"里"的"这个助词的功能来体现的。

首先,这个标题意味着"我"从属于"美丽的日本",同时也可理解为"我"与"美丽的日本"是同位格。川端的译者、一位研究日本文学的美国人将此标题译成了这样的英语:Japan, the Beautiful, and Myself。若将其重新译回到普通的日语,便是"美丽的日本与我"。即便如此,却未必可以认为刚才提到的那位娴熟的英译者是一位背叛原作的翻译者。

在以上这个标题的根本之处,川端讲述了日本式的,甚至扩散到了东洋范围内的一种独特的神秘主义。所谓独特,是与禅的境界连接起来，为了表现出生活于现代的自我的内心世界，他引用了中世纪禅僧的和歌。而且大致说来，那些和歌都强调语言不可能表现真理。无法期待那种语言——那种封闭的语言——向自己传递信息，只能主动舍弃自我，参与到封闭的语言之中去，否则，对于那种禅诗便无法理解或产生共鸣。

在斯德哥尔摩的听众面前，川端为什么要朗诵这种和歌呢，而且用的还是日语。这位优秀的艺术家在晚年所抱持的这种坦率而勇敢地表白自己信仰的态度，令我为之感怀。

身为小说家，在经历了长年的辛苦历练之后，川端迷恋上这些拒绝让人理解的和歌，因而只能借助这样的表白，讲述自己所生存的世界和文学，即"美丽的日本的我"。

而且，川端是这样结束演讲的：有人批评我的作品是虚无的，可是它并不等同于西方的虚无主义，因为两者的基本精神全然不同，道元歌咏四季的和歌同样被题以"原本的面目"，吟咏的虽是季节之美，其实却与禅的意境密切相连。我觉得，这其中就表现了他直率和勇敢的自我主张。川端自认为植根于东方古典世界的禅理和审美情趣之中，却又特别指出，这并非虚无主义。他借此向阿尔弗雷德·诺贝尔寄以信赖和希望的未来的人类，从内心底里发出呼喊。

坦率地说，较之于二十六年前站立在这里的同胞，七十一年前在与我年龄相仿时获奖的爱尔兰诗人威廉·勃特勒·叶芝，更让我在心灵上感到亲近。当然，我并非有意将自己与这位天才相提并论。正如威廉·布莱克——叶芝使他的作品在本世纪得以复兴——所赞颂的那样："如同闪电一般，横扫欧亚两洲，进而掠过中国，再往日本。"作为私淑于其的弟子，在远离他国度的土地上，我说了以上这番话语。

现在，我总结自己作为小说家的一生而写作的三部曲刚刚脱稿，其书名《燃烧的绿树》,即取自于他的一首重要诗作中的一节:"从树梢起,一半皆是耀眼的火焰/另一半皆是绿色的/露水湿润的、枝繁叶茂的一株树木。"他的全诗集,对我这部作品投射了巨大的影响。为祝贺大诗人 W.B.叶芝获奖,爱尔兰上院提出的决议案中有这样一段话:"由于您的力量,我们的文明或将被举世赞赏……您的文学弥足珍贵,在导向毁灭的盲目信仰中,守护住人类的理智……"

在并不遥远的过去,那种导向毁灭的盲目信仰,曾践踏了国内和周边国家的民众的理智,倘若可能,作为拥有这种历史的国家的一个人,我希望能够学习叶芝所扮演的角色,这是为了并非因为文学和哲学,而是通过电子工程学和汽车生产工艺学的力量而为世界所知的我国的文明。

身为生活于现在这种时代、烙上这种历史的痛苦记忆的人,我无法与川端同声附和,说出"美丽的日本的我"。刚才,在谈论川端的暧昧意味时,我使用了 vague 这个单词,现在我仍然要遵从英语圈大诗人凯思琳·雷恩援用威廉·布莱克所下的定义——"是 ambiguous,而不是 vague",希望把相同的暧昧这个日语单词译为 ambiguous。因为,在谈论到自己时,我只能用"暧昧的日本的我"来表达。

我觉得,开国一百二十年以来持续着现代化进程的日本,正从根本上被撕裂为暧昧(ambiguity)的两极。不仅如此,身为被这种暧昧刻上了伤口般深深印痕的小说家,我本人也生活在这种暧昧之中。

将国家和个人一同撕裂开来的这种强大而又尖锐的暧昧,正在日本和日本人之间以多种形式浮现而出。日本的现代化,被定性为一味地模仿西欧。然而,日本却位于亚洲,日本人也在坚定、持续地守护着传统文化。这种暧昧的进程,使得日本在亚洲追求侵略者的角色。而本来面向西欧全方位开放的日本现代文化,在西欧而言,却是至今都难以理解,或者至少可以说,一直存留着理解延宕的阴影。

在亚洲,不仅在政治方面,即便在社会和文化方面,日本更是处于孤立的境地。

就日本现代文学而言,那些最为自觉和诚实的"战后文学者",即在那场刚刚结束的大战的废墟中背负创伤却仍对新生抱持希望的作家们,力图填平与西欧先进国家以及非洲和拉美诸国间深深的沟壑。而在亚洲,他们则为日本军队的非人道行为感到痛苦并为之赎罪,进而在此基础上谦卑地祈求和解。他们表现出的这种姿势应长存于人们的记忆,我志愿站在末尾并行至今日。

后现代的日本,无论国家或是个人的现状,都孕育着二义性。在现代化的历史进程中,太平洋战争便是现代化本身带来的扭曲后果。正如"战后文学者"作为当事人所表现的那样,日本和日本人以大约五十年前的战败为契机,已从极其悲惨和痛苦的境况中重新出发。支撑着日本人走向新生的,是民主主义和放弃战争的誓言,这是新日本人最基本的道德观。然而,蕴含着这种道德观的日本人和日本社会却并非清白无辜,作为曾践踏亚洲的侵略者,他们染上了侵略历史的污垢。而且,广岛和长崎那些遭受了人类第一次核武攻击的死者们、那些罹患放射病的幸存者及其第二代(不仅日本人,还包括众多以朝鲜语为母语的许多人),也在不断地审视着我们的道德观。

目前国际间有一种批评,认为日本这个国家对于参与联合国的军事任务、协助恢复和维持世界和平并不积极。听到这些批评,我们十分心痛。然而,日本为了重新出发而制定的宪法的核心,就是发誓放弃战争,这是必要的。作为走向新生的道德观之基础,日本人痛定思痛,选择了放弃战争的原则。

对于西欧而言,这不正是一种最容易理解的思想吗?因为西欧有一个悠久的传统——对于遵循良心而拒绝服兵役者,人们抱持着宽容的态度。如果把这种放弃战争的誓言从日本国的宪法中删去

（为达到这一目的的策动，在国内一直存在，试图利用国际上所谓外来压力尝试发起的策动，也包括在这些策动之中），无疑将是对亚洲和广岛、长崎的牺牲者们最彻底的背叛。在这之后，还会接二连三地发生何种残忍的新的背叛呢？身为小说家，我无法不如此想象。

曾支撑了旧宪法的市民情感将绝对价值置于远超于民主主义原理的更高处，在长达将近半个世纪的民主主义宪法下，这种情感不只是一种怀旧，更在现实中活生生地存续着。假如与这种情感相连接，日本人再度将另一种有别于战后重新出发之道德观的原理予以制度化，那么，我们在业已崩溃的现代化废墟上，为具有普遍意义的人性所进行的祈祷，也就只能变得徒劳无功了。生而为人，我不得不如此想象。

另一方面，日本经济的极为繁荣——尽管从世界经济的构想和环境保护的角度考虑，这种繁荣正孕育着种种危险的胚芽——使得日本人在现代化进程中，像慢性病般孕育出的暧昧（ambiguity）急剧发展，呈现出更加新异的形态。关于这一点，国际间的批评之眼所看到的，远比我们在国内感觉到的更为清晰。尽管这种说法有些奇怪：如同战后忍受着赤贫，却并未丧失复兴的希望那样，日本人现在正从异常的繁荣下竭力挺起身子，隐忍着对前途的强烈不安。我们还可以看到，日本的繁荣，被统合于亚洲经济领域内的生产和消费这两股逐渐增强的潜在势力之中，目前正不断呈现出新的样态。

在这样的时代，与反映东京消费文化的泛滥和全球性亚文化的小说不同，有志于创作严肃文学的我们，该如何思考日本人自身的表现呢？W.H.奥登是如此定义小说家的：

> 在正直的人群中正直，/于污浊中污浊，/如若可能，/须以其羸弱之身，/于隐痛中承受，/人类所有的苦难。

长年过着这种职业生活、已然形成自己"人生的习惯"（这是弗兰纳里·奥康纳的话语）的作家们，该如何重新确认日本人的自我呢？

有关理想的日本人形象，倘若借助乔治·奥威尔在描写他所喜爱之人的性格时所用的词语，而且在英文语义中也是恰当的单词的话，我认为那就是可与"人文的"（humane）、"理智的"（sane）和"清逸的"（comely）等词语相并列的"体面的"（decent）日本人。在与这个表面上看来比较简单的单词进行对比时，"暧昧的（ambiguous）日本的我"所自我界定的意义，就显得更加明确了。我们被从外部观察到的形象，与内部希望呈现的形象之间，存在着显而易见的差异。

不过，如果要将这种体面的（decent）日本人形象，与法文中的人文主义者（humaniste）的日本人之表现重叠起来的话（我想奥威尔应该不会反对以宽容和人性化为媒介，来连接上述两个形容词），我们有一位先贤已经在构建这种日本人特质，并为之不懈地苦苦努力。

他就是研究法国文艺复兴时期的文学和思想的学者，名叫渡边一夫。在大战爆发前夕和战争高潮的爱国狂热中，渡边尽管独自苦恼，却仍梦想着要将人文主义者的人生观，融入即便在战争期间也不曾断绝的日本传统审美意识和自然观之中——这是有别于川端的"美丽的日本"的另一种观念。

不同于国家为了实现现代化而粗野行事的做法，日本的知识分子以一种复杂的方式响应现代化的进程，试图将西欧与自己的岛国作深度连接。这是艰辛的劳作（travail），却也应是充满了喜悦。尤其是渡边一夫所进行的弗朗索瓦·拉伯雷研究，更是取得了丰硕成果。

大战前，年轻的渡边曾留学巴黎，他对导师表明要将拉伯雷译为日文的决心时，那位老成的法国人如此评价这位野心勃勃的日本青年："L'entreprise inouïe de la traduction del'intraduisible Rabelais"，即"要把不可能翻译的拉伯雷译为日语，这可是前所未闻的企图"。另一位帮腔者则更为直率地表达了自己的惊讶："Belle entreprise Pantagrueline"，即"这是庞大固埃①式的、了不起的企图"。然而，在大战和被占领期间的穷困之中，渡边一夫不仅完成了这项伟大的工程，而且还竭尽所能，把拉伯雷之前的、与拉伯雷并驾齐驱的，还有继他之后的诸多人文学者的生平和思想，移植到了处于混乱时期的日本。

在人生和文学方面，我是渡边一夫的弟子。从渡边那里，我以两种形式接受了决定性的影响。其一是小说。在渡边有关拉伯雷的译著中，我具体学习并体验了米哈伊尔·巴赫金所提出并理论化了的"荒诞现实主义或大众笑文化形象系统"——物质和身体之原理的重要性；宇宙、社会、身体等诸要素的紧密联系；死亡与再生情结的重合；还有公然推翻上下关系所引发的哄笑。

我出生和生长的地方不仅地处边缘的日本，更是日本的边缘地带。正是这些形象系统，使我得以植根于此，并开拓出通向表达普遍性的道路。不久后，这些系统还把我与韩国的金芝河、中国的莫言联系起来。这种联系的基础，是亚洲自古以来熟识且不断再生的诸多象征。我所说的亚洲，不是目前作为新兴经济势力而崭露头角的亚洲，而是持续着贫困和蕴含着混沌的丰富内涵的亚洲。在我而言，文学的世界性，首先应该建立在这种具体的联系之中。为争取一位韩国优秀诗人的政治自由，我曾参加过一次绝食斗争。

渡边给予我的另一个影响，是人文主义思想，我将其理解为与米兰·昆德拉所说的"小说精神"相通的、作为一个有机整体的欧洲精

---

① 拉伯雷的代表作《巨人传》中的巨人王。

神。渡边还将拉伯雷周遭的人物写成易于解读的详细的史料性评传,他写的评传涵盖了伊拉斯谟和塞巴斯蒂昂·卡斯特里奥等人文学者,甚至还包括围绕着亨利四世的、从玛戈王后到伽布利埃尔·黛托莱等女性。就这样,渡边想要向日本人介绍最具人性的人文主义,强调了宽容的宝贵,指出人类易于盲目信仰并成为自己制造的机械的奴隶。他勤奋努力,传播了丹麦伟大的语法学家克利斯托夫·尼罗普的名言"不抗议(战争)的人,则是同谋",其发言还涉及对时事的看法。人文主义是文艺复兴之后孕育了西欧诸多思想的最为重要的母胎,渡边一夫将其移植到了日本,这才是他大胆尝试的"前所未闻的企图",真是一位有着"庞大固埃式的、了不起的企图"的人。

作为渡边的人文主义的弟子,我希望通过自己身为小说家的工作,使那些用语言进行表达的人及其接受者,从个人的以及时代的痛苦中得以平复,并医治他们各自心灵上的创伤。我刚才说过被日本人的暧昧(ambiguity)所撕裂这句话,因而我在文学上努力不懈,力图医治和平复这些痛苦和创伤。这个工作也是在向共同拥有日语的伙伴们祈求,期盼能够确定相同的方向。

让我们重新回到个人的话题上来吧。我那个在生活中承受着智力障碍的儿子,在小鸟的歌声中走向巴赫和莫扎特的音乐世界,并在其中成长,终于开始创作自己的乐曲。我认为,他最初的小小作品,就如同小草叶片上闪烁着的耀眼露珠,充满新鲜的光辉和喜悦。纯真(innocent)一词似乎是由 in 和 noceo 而来,也就是不造成伤害之意。光的音乐,的确是作曲家本人纯真(innocent)的自然流露。

然而,当光进一步创作音乐时,作为父亲,我从他的音乐中却只听到哭喊着的阴暗灵魂之声。智力发育滞后的孩子以自己孩子气的却是最大的努力,得以在技术上发展、在构思上深化了他的"人生的习惯"——作曲。于是这件事本身,让他发现了自己心灵深处语言尚未企及的黑暗和哀伤的郁结。

　　而且,把哭喊着的阴暗灵魂之声作为音乐美妙地表现出来这一行为本身,也在明显地医治和平复着他那黑暗和哀伤的郁结。在我国,光的作品甚至在医治和平复生活在同时代的诸多听众,成为被广泛接受的音乐。从艺术的不可思议的治愈力之中,我找到了相信这一切的依据。

　　尽管尚未充分验证,我仍将遵循这一信条,如若可能,愿以自己的羸弱之身,于钝痛中承受因二十世纪的科技和交通的畸形发展而积累的祸害。我更希望探索的是,从世界边缘人的角度展望,如何才能对全体人类的医治与和解做出体面的和人文主义的贡献。

一九九四年十二月七日
于斯德哥尔摩所作诺贝尔文学奖纪念演讲

（许金龙　译）

北京演讲二〇〇〇

1

访问中国并在中国的知识分子面前发表演讲,在我来说还是第一次,我衷心感谢为我提供了这个机会。其实,我并不是第一次访问中国,此前曾两度来这里进行访问。不过,那时我只是观察和倾听,也就是说,在中国旅行时只用眼睛和耳朵而不是嘴巴。尽管如此,在我的生涯中,这两次旅行仍然是非常重要的人生经历。

对中国的第一次访问,是在一九六〇年的夏天。我得以目睹其人和耳闻其声的那些人物,不仅在中国的文学史上,即便在中国现代史上也是声名卓著。我想在此列举这些人名。由于他们都已是融入历史之中的人物了,谨按照当时所记忆的日本式发音并略去敬称来列举这些名字。

他们是:毛泽东、周恩来、许广平、陈毅、郭沫若、茅盾、老舍、巴金、赵树理。大家一定会认为,这都是一些声名显赫的人物的名单。一九八四年第二次访华之际,在这一长列人名后面,又加上了胡耀邦的名字。当时,身为我们这一行之中心的大作家自不待言,就连在我国产业界对造成公害病负有责任的某公司前任社长,以及多年来大受欢迎的女演员,也都得到了发言机会,惟有我一人被同行者告知,要在总书记面前继续做一个没有嘴巴的人。我在想,这是否与我被加利福尼亚的大学的学者们托付了一封公开信有关。

现在,包括上述这一切,作为我生涯中最为重要的经历之一,已将这些巨人们栩栩如生地镌刻在了记忆之中。在小说家来说,对于那些必要的事物,较之于在短时期内做出评价,不如先将其储存在记忆里。在不断保持这些记忆的新鲜的同时,与这些记忆共生共存,以期将来获得可以准确表述这一切的必要词语。较之于政治性的评价,它们更应该是具有极为深远的影响力的文学语言。

今天,我第一次在各位中国听众面前成为一个有嘴巴的人,此外,我还感受到了一种幸福,那就是我的诸多作品被译介到了中国。我之所以能够如此幸运,则是得益于那位发明了炸药的人。因此,今天我想要谈一些有关诺贝尔文学奖的题外之话。第一个题外之话是这样的:

我在受奖演说中,曾叙说从孩童时代起便深为瑞典作家拉格洛夫的《尼尔斯骑鹅旅行记》所吸引。被变为小人儿的那位生气勃勃的少年,与那只在共同克服困难的过程中结为同志的母雁阿克一同飞翔在瑞典的天空。借助小说中的这些情景,我甚至详悉了瑞典这个国家的地理。现在,我也有幸与自己的阿克(姑且不论我的妻子对于自己被喻为母雁是否会感到愉快)一同飞降在了斯德哥尔摩。

接着,在颁奖仪式后的晚宴上,我还说起了日本文学中具有代表性的古典文学作品也同样描述过一个小人儿,这个小人儿作为使者,骑乘在大雁背上飞翔于天际,往来于异界与人世之间。在《源氏物语》的《幻》这一卷里有一个场景,说的是失去了爱妻的光源氏远望大雁飞渡长空,不禁呼唤般地吟咏道:

梦也何曾见,游魂忒渺茫。

　　翔空魔法使，请为觅行方。①

　　这里的"幻"或"幻童子"，便是以大雁为骑乘之物，往返于异界的那个小人儿，是《源氏物语》的作者从中国的古典文学作品《长恨歌》中援引而来的。自最初用文字来表记日本固有语言以来，日本文学便最大程度地受惠于中国文化和中国文学。平常我并未特别意识到本国的文学传统，可现在面对各位中国听众进行演讲，这才重新强烈感觉到与日本文学的历史相关联的自我。

　　而且，还不只是与日本文学相关联，甚至可以将其广泛地说成与日本思想相关联。在大学时代，我学习的是法国文学专业，以欧洲思想为核心进行学习并接受了影响。我开始关注十七世纪初至十九世纪后半叶构成德川幕府之基础的思想，相对来说也是最近的事。其契机，则是接触了美国历史学家奈地田哲夫②所做的从封建时期至近代的日本思想研究。他是第二代日裔美国人，对德川幕府中、后期构成日本经济中心的大阪地区商人们经营的学习场所——怀德堂进行了研究。在奈地田这一研究的引导下，我得以学习了儒教和儒学在日本被接受的状况，以及这种状况在德川幕府时期发生了怎样的变化。简略说来，以下的这一切为我开启了眼界：经历了形成幕府体制意识形态的荻生徂徕③的学问及至伊藤仁斋④的学问后，德川末期的大阪商人们（他们承担着面临危机的封建时期的日本经济）如

---

① 此译诗转引自丰子恺译《源氏物语》（人民文学出版社，1993 年版）第 883 页。诗中魔法使暗喻大雁，典出于白居易《长恨歌》中的"临邛道士"。

② 奈地田哲夫（1936—2021），出生于夏威夷的美国日裔历史学家，生前曾担任芝加哥大学教授、美国亚洲研究协会会长。主要从事日本思想史研究，著有《怀德堂——十八世纪日本"德"之诸相》等论著。

③ 荻生徂徕（1666—1728），日本儒学家，萱园学派（又称徂徕派）的创立者，被称为"日本近代政治理论的奠基人"。

④ 伊藤仁斋（1627—1705），活跃于日本江户时代前期的儒学家、思想家。

何接受了独自的儒教和儒学,并将其应用于现实的。

也是在这一时期,与儒教和儒学为其基础的学问——汉学相对抗的另一门学问——兰学也问世了。即便那些以西洋医学研究为核心的兰学研究者们,也发现构成其学问和思想的人性基础,是从中国的思想中生成的。

比如借助兰学①来推广西洋医学的开拓者绪方洪庵②就认为,最为重要的还是"医者仁术"。在他青年时代的信件中,便强烈显现出了对鸦片战争的忧虑。就连在意识形态领域提倡脱亚入欧并因此而招致批判的福泽谕吉,也认为与其将欧洲思想直接引入日本,不如将欧洲的语言(首先是荷兰语,其次是英语)与汉语这种日本人的学问专用语言相对照,从而在比较的基础上创造出崭新的日本语。与现代化相并行的日本超国家主义思想核心由国学者本居宣长做了前期准备,这位本居宣长就曾认真学习过刚才提及的那位在日本具有代表性的中国思想专家——荻生徂徕。

也就是说,我只能将现代化前不久的日本思想,与始于明治维新的现代化得以实现时的日本思想联系在一起思考,同时,就中国的思想传统为日本带来的巨大影响进行思考。当然,我还不得不思考与现代化的完成同步发展的超国家主义的日本对中国发动的侵略战争。

前不久,法国哲学家罗兰·巴特提出了"绝对零度写作"理论,研究了将文本从政治性、社会性、历史性的文理和内容中剥离出来,单纯地用语言本身来书写文本。然而,身为一个日本小说家,我却无法将中国的近现代文学作为"绝对零度写作"来加以探讨。

再来看看日本最近的社会氛围,问题就更加复杂了。日本曾侵

---

① 兰学,日本江户时期经由荷兰传入日本的欧洲科学、文化、技术的总称。
② 绪方洪庵(1810—1863),日本江户时代末期医生、兰学家、教育家。因对治疗天花做出巨大贡献,被称为"日本近代医学之父",福泽谕吉曾是其门生。

略中国,给中国人民带来了人员和物资方面的巨大牺牲。战后,日本国以及日本人清偿了这一切吗(尽管这场给中国人民带来巨大牺牲的侵略战争是无法彻底清偿的)？我的答案是否定的。我认为,我们应当面向未来,坚持不懈地赎罪,并为此而不断努力,这才是日本人对中国以及亚洲诸国的基本态度。然而,在今天的日本,却出现了以首都东京都的那位知事为首的一批新的国家主义者,他们不仅想要忘掉侵略中国的责任,甚至还针对现在的中国和中国人民,说出和做出一些攻击性和歧视性的语言和举动。

在这种现状之下,日本的文学者果真能够与中国的文学者建立起平等的和批评性的相互关系吗？我日益感觉到"绝对零度写作"是绝对不可能的。我想接着这个思路继续说下去。

2

对于我这个在战后迎来青年时代的日本小说家而言,又是如何领悟中国的近代和现代文学的呢？为了说明这个问题,我首先想到了日本近代作家芥川龙之介与中国近代文学开拓者之一的胡适之间的邂逅。大家听到这里,或许会觉得不可思议吧。我并不是研究中国文学的专家,是通过我国也许最优秀的专家藤井省三教授的《中国文学这一百年》(新潮选书)而得知的。现在,一面对照这本书中的事实就几个问题进行确认,一面将这个话题继续下去。

芥川于一九二一年曾前来中国旅行,在北京与比他年长一岁的北京大学英国文学教授胡适过从甚密。后者在日记里这样写道:"这个人似没有日本的坏习惯,谈吐(用英文)也很有理解。"所谓日本的坏习惯,好像是指除了日语外,不能用其他语言与外国人交谈。这个坏习惯至今仍残存着,最近还在一部描绘中国有名的英语会话教师的电影中受到讥讽。即便现在,日本的小说家不想用外语交换看法的情况并没有得到改善。就这个意义而言,芥川与胡适借助英语进行的交谈,在文学史上就有了值得铭记的意义。

胡适在日记中继续这样写道:"芥川又说,他觉得中国著作家享受的自由,比日本人得到的自由大的多,他很羡慕。其实中国官吏并不是愿意给我们自由,只是他们一来不懂得我们说的什么,二来没有胆子与能力可干涉我们。芥川说,他曾编一篇小说,写古代一个好色的天皇把女子驮在背上,这书竟不能出版。"

文学家奔赴同时代历史的现场,他们撰写报告并进行批评,这其中同时存在着新奇有趣和危险。而且,新奇有趣之中时常蕴含着危险,而在时间和距离的作用下,危险之中也存在着可以转化为确实新奇有趣的因素。

芥川痛苦地表示,日本小说家没有中国作家可以享受到的自由。这并不是芥川在信口开河。自明治维新以来,日本便开始了现代化进程,很快就形成了统一的国家。接着,在国内通过彻底推行国家主义思潮,对外则挟日清战争和日俄战争的胜利之威,巩固了国民国家的基础。对此进行了抵抗的宗教思想家内村鉴三①被开除教职,社会活动家幸德秋水②则被处以死刑。然后,日本在包括侵略中国在内的超国家主义道路上越走越远,直到一九四五年毁灭之时。我们不得不认为,除了共产主义者小说家中野重治以外,从夏目漱石到芥川龙之介,再到昭和时代前半期的小说家们,没有任何人能够像内村鉴三、幸德秋水那样对国民国家进行彻底的批判。

在这一点上,芥川感叹于审查制度造成的不自由(这种审查制

---

① 内村鉴三(1861—1930),日本明治及大正时期作家、基督徒。
② 幸德秋水(1871—1911),日本明治时期记者、思想家、社会主义活动家、无政府主义者。

度导致自己被指犯下了对天皇不敬罪），却又不去尝试着打破那个不自由。我认为，这个事例清晰地显现了那个时代（所谓大正民主主义时期）的日本知识分子的思想与现实生活的真实状况。

不过，同时代的中国文学者们就没有与此相似的困难吗？情况当然不是如此。胡适所表现出的文风中就蕴含着一种讥讽。假如芥川遇见曾翻译了他的《罗生门》的鲁迅并与之交谈，或许就会痛切感受到与胡适的讥讽所不同的另一种东西。下面要稍微偏离一点儿话题。面对日本独特的天皇制，也就是说，面对不仅仅是政治体制，还包括思想体制在内的那个制度，芥川所感到的不自由，即便在太平洋战争败北之后，在理应将天皇从所有政治权力中驱逐出去的新宪法之下，却仍然存留了下来。我的小说作品《政治少年之死》现在依然不能出版便是其中一例。

我还想说一些话，尽管这些话并不一定非要面对中国的听众述说。自胡适以后，中国的文学者们面临困难以及克服这些困难去实现目的的过程，也就是说，通过文学使得国民国家的理念具体化，并且为了实现该目标而引导民众的那种行为，与芥川感觉到并羡慕不已的中国作家们所享受的自由的程度，是一种完全不同质的东西。经过漫长的岁月后，当人们回顾这一切时才会发现，当时那种困难非常之大，而试图克服那些困难的文学者们的实践之所以能够留存后世，是因为它们本身具有的强大力量所致。反过来说，我只能认为日本的近代和现代文学不曾经历过这一切而造成的脆弱，直到现在还是依然如故。

自一九一九年的反日、反军阀的五四运动以来，很多文学者投身于国民革命的北伐战争。一九六〇年，我有幸邂逅了在那场北伐战争中非常活跃且幸存下来的文学者郭沫若和茅盾。当时，在中国这一百年历史中，从中国的这些文学者们（当然，也包括鲁迅在内）得以显现文学者的角色原型的北伐战争时期算起,也只经过了四十年时间。当回顾一九六〇年以来的这四十年时,就在我被同时代的邻国所关注期间,发生了各种各样的事情,对所发生的这些事情,我为之感慨不已。

我觉得,尽管中国的文学者们在种种主张上存在着分歧,但在时代的进程中,却总是为了巨大的连续性而不懈地付出艰辛的努力。那么,这个巨大的连续性又是什么呢?那是一种使命感,是要在中国建设国民国家,维护国民国家,并且试图用文学来引导这一切。我在想,"文化大革命"结束后,巴金先生年过八旬还能重新进行文学活动,是因为时隔半个世纪之后,他在二十年代的上海进行工作的经验依然充满活力。而年轻一代中的莫言的《红高粱》之所以能够让我为之赞叹不已,则是因为他们明显表现出来的一种意志,一种将中国人今天的生活现实与过去的深远连接起来,并建设他们独自的想象力中的共和国的意志。

日本的情况又是如何呢?现在当我重新思考这个问题时,却只能一如芥川对胡适所陈述的那样,羡慕中国的作家们。我只能认为,尤其在这三十年间,日本文学没能像刚才提及的莫言那样,雄心勃勃且非常现实地扎根于他们的土地和民众之间,也没能在那个不具备上述环境的国家里建立起与这种现实相适应的想象力的共和国。

不过,我的这种说法可能已经使大家感觉到了不适。从胡适和芥川的对话中,我清晰地发现了两者间的"分歧"。同样,从我对中国的文学者们在五四运动至今这一时期内所完成的事业和曾那般努力从事的事业所做的归纳中,大家也一定发现了巨大的"分歧"吧。尽管如此,我首先要向各位表明的是,即便我的看法是存在着巨大"分歧"的看法,却也如同我现在所表述的那样,从近代和现代中国的文学者们的进展中,我看到了巨大的连续性。

3

接下去,我想说一说在今天的日本,我这个日本人是如何生活的? 我又是一个怎样的小说家? 也就是说,打算向大家介绍一下我这个日本作家的现状。我出生在日本四国一个森林中的村庄里,那一年是一九三五年。两年后,日中战争爆发了,在我进入仿效纳粹德国而建立的被称之为国民学校的小学那年,太平洋战争爆发了。十岁时,我迎来了战败,因此,我的少年时代的前半期实际上是处于超国家主义意识形态之下的。当时,对于我这位少年来说,天皇是神,为了天皇如何勇敢地去死便成了我最为重要的人生课题。

然而战争结束后,这一切却完全倒转过来,日本全国都开始施行民主主义教育。就在这个时期,我度过了少年时代的后半期。在我的印象中,战时的日本是个在世界上处于孤立,并被从外部封闭起来的国度。战后,日本向世界开放,天皇也不再是神,这种民主主义体制就成了我心目中的国家形象。就在这种民主主义的解放感之中,我决定前往东京的大学。尽管那是一段生活贫困并充满了辛劳的青春,却从不曾失去对民主主义的信赖。我觉得,这一切构成了我的整个人生的基调。

在大学里,我学习的是法国文学专业,是一个从让-保罗·萨特那里接受了很大影响的学生。不只是萨特的小说,在时事评论和哲学论文等所有领域,萨特都是我的引导者。我在大学期间开始写小说。那时,我想表现战争时期地方孩子的生活以及笼罩在这种生活之上的超国家主义的阴影。此外,地方出身的青年在战后的都市生活中所感受到的不安和社会矛盾,也成了我作品中的主题。运用从法国现代文学中学到的手法来写这一切,是我的文学的第一期。

《揪芽打仔》这个比较短的长篇小说,则是这个时期的代表之作。

在那段学习以萨特为中心的法国文学并开始创作小说的大学生活里,对我来说,鲁迅是一个巨大的存在。通过将鲁迅与萨特进行对比,我对于世界文学中的亚洲文学充满了信心。于是,鲁迅成了我的一种高明而巧妙的手段,借助这个手段,包括我本人在内的日本文学者得以相对化并被作为批评的对象。将鲁迅视为批评标准的做法,现在依然存在于我的生活之中。

当年,我是以青年小说家的身份登上日本文坛并开始文学创作的。二十八岁那年,我经历了一次重大的考验。那确实是一次"个人的体验"。作为年轻的小说家,应当如何面对日本的社会现实?我从这种萨特式的立场出发,将自己置于不得从个人的闭塞状态中后退半步的危机之中。

而引发这一切的,则是一个头部存在着医学上的问题的婴儿出生在了我的家庭。我感到非常苦恼,不知该如何调整自己以与那个孩子共同生活下去。首先,我不懈地进行医学上的努力来救治那个孩子,接着在心理上也坚定了共同生活的意志,在实际行动上朝着那个方向开始前进。以这个经历为基础而创作的长篇小说,便是《个人的体验》。

在创作这部长篇小说的同时,我还写了《广岛日记》。那是一部长篇评论,说的是太平洋战争末期在广岛遭受原子弹轰炸而受到伤害的人们。我在这部长篇评论中描述的,首先是广岛的诸多医生们。尽管他们本身也遭到原子弹轰炸的伤害(这里不包括因此而死亡或重伤的医生们),仍然连同那些身负轻伤的医生们一道,投身于医治受原子弹伤害的患者的工作。护士们也是同样如此。对这些护士而言,当他们和她们开始医治伤者时,不可能从医学意义上了解核爆炸给人们的肉体带来的危害是怎么一回事。人们摸索着,不断获得医疗上的实际效果,从这种努力中,创建并推进了包括针对白血病的治疗方法在内的医学,比如对切尔诺贝利核事故那样的放射能造成的伤害进行医治的方法。

那些放射能受害者又是怎样地从医学、经济,以及人权等领域的痛苦中恢复过来的啊!甚至在遭原子弹轰炸而被伤害多年以后,他们还不断有人因为放射能障碍而被迫苦度与疾病做斗争的日子。尽管如此,他们却从不曾忘记作为广岛幸存者(长崎的幸存者们也是如此)对社会责任所具有的自觉。为此,我感受到了深深的感动。我认为,广岛和长崎的那些放射能受害者所发起的废除核武器的社会活动,是日本人面向二十一世纪的世界所显现的最为重要的行为。

通过直接接触广岛的放射能受害者们的思想和行动,我得以深入个人的内闭状态(能够坦率地描绘处于这种状态之中的自己,对我的文学来说也是非常重要的),并且恢复了面向社会,进而面向世界开放自我的勇气。

不得不深入个人内部的倾向,以及试图面向社会和世界开放自我的态度,经常同时存在于我的身上,并创造出了我的文学。作为一个专修法国文学的学生,我从萨特那里学会参与社会。从那时起,我就反复将个人的内部这个课题与面向社会和世界开放自我的课题重合在一起,不断重复着回到原点后再行出发的循环行为。

一九六八年,我写了《万延元年的 Football》,也是与一篇作为社会性报告而创作的长篇评论《冲绳日记》同时进行的。在日本带有国家主义性质的现代化进程中,从社会状况直至文化的细部,冲绳人民蒙受了怎样的压制啊!那里的知识分子对这种压制曾进行了怎样的抵抗啊!在太平洋战争的最后时刻,最为沉重地背负着日本现代化中的矛盾的冲绳民众,又付出了怎样的牺牲啊!战后,作为美军在亚洲/世界战略的军事基地,冲绳的人们更是一直在承担着怎样的重荷啊!

在这种长期存在的困难中,冲绳又是如何维持其独特的思想和文化并予以创新的呢?我对此作了调查,而且曾打算进行研究。我对冲绳展开的工作,一直持续到今年七月所发表的一系列随笔作品。

我的这个经历——在冲绳从事这种时事性和文化性的调查和报告的经历,构成了创作长篇小说《万延元年的 Football》的思想基础。先前已经说起过了,我出生于日本列岛的四国。正因为那里远离文化中心地东京,至少直至我的孩童时代,我们那个村子还保留着独特的大众性历史和传统。我就在那种地方文化的环境中长大成人。受战后民主主义时期的解放感所鼓舞,我前往东京,学习以法国为中心的外国文化。在这一过程中,尽管自然而然地开始了小说的创作,但在我的内心底里,却总是存在着根本性的窘迫。

四国的山村是边缘,而东京则是日本现代化最直接的目标,同时也是现代化最核心的据点。那里还是中央集权的场所,吸收着地方的多样性指向并使其均一化,使得日本的现代文化被赋予一种特殊的性格。东京的中心文化形成了神话的中核,作为王朝文化而昌盛,并支撑着那个超国家主义的体制,尽管被战后的宪法从政治权力中驱赶出去,却依然具有极为强大的影响力,与天皇这种文化的中心相互重合。三岛由纪夫和我之间之所以相互对立,是因为彼此间存在着文学观的差异,更是因为他怀有图谋复活作为他的文化中心的天皇这种意识形态。三岛这个人在出生、成长以及美学上都体现出东京文化。

而我,则在边缘地区传承了不断深化的自立思想和文化的血脉。对于来自封建权力以及后来的明治政府中央权力的压制,地方民众举行了暴动,也就是民众起义。从孩童时代起,我就被民众的这种暴动或曰起义所深深吸引。

我注意到,在冲绳,人们在日本和中国的政治和文化影响下,从以往维持琉球独特的政治性自立和文化的时代,直到被现代国家日本所吸收以后,仍然没有丧失抵抗的思想和文化。我曾写了边缘的地方民众的共同体追求独立,抵抗中央权力的长篇小说《万延元年的 Football》。这部小说的原型,就是我出生于斯的边缘地方所出现的抵抗。明治维新前后曾两度爆发了起义(第二次起义针对的是由中央权力安排在地方官厅的权力者并取得了胜利),但在正式的历史记载中却没有任何记录,只能通过民众间的口头传承来延续这一切。此外,小说中描述的在现代社会里进行尝试的年轻人所发起的第三次暴动却没能取得成功。不过,与那个中心进行对抗的边缘这种主题,却如同喷涌而出的地下水一般,不断出现在此后我的几乎所有长篇小说之中。

在我创作《万延元年的 Football》的前后十年间,以拉美地区为核心,不断出现以神话般的想象力和与此相适应的方法("魔幻现实主义"这个词汇可以适用于这个方法)进行表现的小说。这些小说描述了与前面说到的那个中心相对抗的民众,以及他们自立的政治构想和文化。我发现,自己的《万延元年的 Football》所指向的目标,与它们有着很深的血缘关系。在后来的一段时期内,我得益于米哈伊尔·巴赫金①的荒诞现实主义理论,并开始意识到和强化了这种小说的方法。直至现在,我的小说世界仍然是用这个方法论构建而成的。

在刚才提及的十年后的第一年,我前往墨西哥城的大学任教职,从一位中国文学专家的同事那里,见到了一份将拉美文学翻译为中

---

① 米哈伊尔·巴赫金(1895—1975),苏联现代文学理论家与批评家。

文的书目单。在那份清单中，我看到了胡安·鲁尔福①的《彼得罗·巴拉莫》。这位墨西哥作家的杰作，构成了拉美的所谓魔幻现实主义小说群的源流之一。我曾预想过，无论在想象力的质量上，还是在叙述的方法上，从这个源流中接受了影响的小说一定会出现在中国。

然而，中国的年轻作家们却远远超出了我的预料，对于他们业已实现并获得的巨大而丰硕的成果，我不胜羡慕并致以敬意。我在斯德哥尔摩的演说中，之所以提到莫言的名字，是因为将他们视为这种新文学的代表者。我期待着日本的年轻作家们能够向他们学习并展开积极而多彩的文学活动。同时，我还期待着他们能够与中国的那些优秀作家和韩国的年轻作家们一道，完成确实可以被称为亚洲文学的事业，并在这个名称之下参与世界文学。

另外，我最新的一部长篇小说，是去年发表的《空翻》。小说始于被称为"师傅"的教祖与被称为"引导者"并扮演预言者角色的男子，试图在现代的东京创建新的宗教教会。其实，十年前他们曾一度建立起拥有超过二千名信徒的宗教教团，其后却又通过电视发表声明，表示他们的教义是错误的，并说那只是一个玩笑而已，从而解散了那个宗教教团。

他们之所以被迫解散教团，是因为信徒中出现了过激的激进派小团体，而且具有强大的力量。作为呼吁日本社会进行彻底悔改的手段，这个激进的小宗派计划行使他们的实力，采取炸毁核电站之类巨大的恐怖行动。于是，教团的领袖们便与国家权力合作，出卖了这个激进的小宗派，使得他们行使实力的图谋归于流产。

---

① 胡安·鲁尔福(1917—1986)，墨西哥作家、摄影家，拉美魔幻现实主义文学的先驱者，曾经影响了加西亚·马尔克斯在内的许多作家，拥有世界性的声望和影响力。

如果情况仅止于此,教团的领袖们也已声明自己在宗教上的教义只是个玩笑一般的东西,也就没有必要再进行全面的转向了。那么,为什么又产生了这个必要呢? 那是因为在这个教团的内部,还有一个由信仰虔诚的女性们所组成的宗派。这个女性们的宗派认为,引入国家权力以封杀激进派的行为不仅束缚了教团的领袖们,整个教团也将遭到镇压。为了阻止这种情况的出现,她们以其信仰为基础,对领袖们的受难表示抗议,并可能为声张教团的正统性而集体自杀。因此,在激进的宗派与信仰虔诚的女性们的宗派这两者的追逼之下,教团的领袖们不得不采取了刚才所说的全面否定教团的这种转向措施。

将教团解散以后,教团的领袖"师傅"和"引导者"切断了与所有信徒之间的关系,在来自社会的批判和蔑视中孤独地度过了十年的时光。小说就从他们决心重建教团开始。

他们得到了一小部分新的理解者,开始了重建教团的活动,但"引导者"却在前面说到的过激派残存下来的一部分人执拗的追逼下而死去。以此为契机,"师傅"转移到了四国森林中的一个处所。这个处所是由这十年间最为稳健却也颇有实力的信徒集团所准备的。

自《万延元年的 Football》问世以来,我一直在考虑与中心相对抗的边缘"根据地"这一模式。我还以这个森林中的小村庄为舞台,选择各种各样的时代,描绘发生在那里的故事。于是,"师傅"们试图创建新教团的活动,便与发生在这个边缘场所的故事汇合了。

然而,像是在等候着"师傅"公开发表将要创建新教会的声明一般,前面说到的过激的宗派和信仰虔诚的女性们的宗派也都汇集到了这个地方。在这种情况下,"师傅"并不打算清除他们。在"师傅"有关新教会的构想里,一些生长在这块边缘的土地上的年轻人也参与了进来。于是,前所未有的展望就要开始实施了。但是,就在新教会开始明确显现其性质的同时,曾将"师傅"和"引导者"逼得无路可走的激进派和信仰虔诚的女性们这两个宗派之间没有解决的问题,却又一次紧紧地抓住了"师傅"。

后面我还会再度就此进行叙述。我觉得,无论在现实的历史进展中,还是小说的叙述方法里,都存在着一个共同之处,那就是"包含着分歧的重复"。作为小说的叙述方法来说,它也是一个方法论。

宗教教团的这位领袖创建教团和重建教会,与此同时也身陷危机并面临崩溃。这两个悲剧非常相似,甚至可以说,这两者间的差异只在于"分歧"。因此,我们可以批判性地认为,就重建教会而言,"师傅"只是在表演"包含着分歧的重复"。其实,当"师傅"重建教会时,他并没有从辩证法的角度去超越当初的失败,同时也没有树立起新的理念。

然而,"师傅"这次却没能向第一次那样,借助"包含着分歧的重复"这种同样的方法来进行第二次转向。在他以悲剧性的方式悄然消失以后,就在这片森林中的土地上,在那些经过锤炼的年轻人(像是这个边缘地区长大成人的少年般的年轻人为核心)对他的支持下,他真的得以开展他那"新人的教会"的活动了。

4

我想,即便在中国,诺贝尔经济学奖获得者、印度的经济学家阿马蒂亚·森①教授也是广为人知的吧。森教授的阿马蒂亚这个名

---

① 阿马蒂亚·森,(1933—),印度经济学家,因其对福利经济学的贡献,获得了一九九八年诺贝尔经济学奖。

字,意味着"永远的生命"。据说,为森教授起这个奇妙名字的,是那位在大学里曾与他父亲同过事的诗人罗宾德拉纳特·泰戈尔。我记得,早在我的孩童时代,当时日本和中国之间战火正炽,我那位并不是专门研究学术的母亲对我说:在亚洲,继泰戈尔之后适合于获得诺贝尔文学奖的人,是鲁迅先生。不过很遗憾,他却去世了。

刚才,我之所以在这里提及森教授的名字,并非想要谈论他在专业领域内就饥馑与贫困,以及不平等问题做出的骄人业绩。我只是在考虑将森教授在经济学领域里的两个独特的专业用语转用于文学世界。一个单词是在日语中被译为"福利"的"well- being",表示"优裕的生活"。这个单词包含了个人所具有诸如健康、长寿、自豪之类的所有生活机能。在如此定义的基础上,森教授将已经实现的机能包括在内,又提出了一个引人瞩目的"capability",在日语里,这个单词被译为"潜在能力"。为了确立"优裕的生活",作为今后的机能而需要实现的"capability"便很重要,而从妨碍其实现的社会性因素(例如歧视)中获得自由就很有必要了。因此,何为不平等这个课题也就成了一种新的思考方法。

我认为,在评价一个国家某个时代文学的发达程度、广度以及深度时,经济学中的专业用语"capability"与自由这种概念是为之有效的。自五四运动以来,中国的知识分子以实现国民国家的体制为奋斗目标而进行了最具有前驱性的实践,我为他们的这种工作而深深感动。因为,我从他们在各个时间点上的实践中,发现了巨大的"capability"。

鲁迅所从事的工作当然自不待言,参加了国民革命的郭沫若和郁达夫等创造社的同人们也好,茅盾也好,他们都创作了丰富的作品,并拥有从这些作品中接受了"capability"的大量青年知识分子。

国民革命前后的作家们,有老舍、丁玲,还有年轻的巴金等人,以及在日本发动全面侵略战争期间,在上海开始工作的张爱玲和发表了《围城》的钱钟书等人。赵树理也是不可或忘的作家。他们都是优秀的"capability"。

人民共和国成立以后,尤其是作为同时代的亚洲文学,我一直在关注着中国文学。我认为,没有必要就政治性时代的进展与文学的动向进行尝试性分析。或许,在你们这些从那个时代生活过来的各位听众的脑海里,已经映现出了那一切。

我可以说的是,经过了一段时间以后,在中国已经出现了各种势头非常旺盛的新文学,它们确实充满了强大的魅力。刚才所列举的远比我年轻的作家的《红高粱》,给我留下了何等深刻的印象啊。我一再提及这一切的本身就充分说明了这一点。这些鸿篇巨制的长篇小说所显示出来的,首先是小说家们的才能、方法和热情。同时,作为今后应该会实现的"capability",这些作品还显示出了何等丰富、广阔和深远的前景啊。我相信,今后也将不断会有中国的新"capability"的所有者们,获得不再被妨碍其表现的自由,并取得切实而巨大的收获。

5

现在,或许我还要重新使用八十年前芥川与胡适的对话一般的叙述方式。我也像当年的芥川那样,对中国现在正活跃着的小说家,以及今后将会实现其"capability"的年轻小说家们,表示我的羡慕之情。可是,在这个会场上,也许会有一些可称之为今天的胡适的知识分子,会从我的这番羡慕的话语中发现与现实之间的"差距",并对我显现出充满讥讽却也是宽厚的表情吧。

刚才,我就自己的小说进行了说明,从中可以看出,通过将"分歧"这种有意识的方法系统化,是能够找出文学上的有效性的。我的文学论《小说的方法》也被译成了中文,倘若大家能够予以参照的话,我想,大家是能够理解我所说的这一切的,那就是将刚才借助实际创作来进行说明的"包含着分歧的重复"这种小说的技法,作为我的认识方法而予以重视。在八十年后的北京,我有意识地重复着从芥川与胡适的对话中发现的、确实意味深长的"分歧",是出于以下两个意图。

首先,虽说我现在正面对各位中国听众讲述着这一切,其实,我也希望将这一切作为一个信息,传递给日本的青年知识分子。中国的近现代文学通过各种方式,不断努力提示出新的国家形象和国民形象的典型,而日本的近现代文学却不具备诸如此类的问题意识。夏目漱石是日本开始现代化进程后最大的国民作家。他提示了由于快速推进现代化而造成了扭曲和弊端的国民国家日本,并批判了没有自觉到这一切的日本人。然而,夏目漱石却从不曾创造出他独特的新日本这个国家以及日本人的积极性典型,并因此而引导同时代的青年知识分子。

在日本的近现代社会里,一些知识分子最为综合性且多角度地试图认识日本是个怎样的国家,而日本人又是怎样的人。这些知识分子从战后的废墟中,面向再生而迈出了自己的步子。他们曾体验过战争,其中有些人更是直接充当了侵略中国的士兵。他们在战争刚刚结束时所构想的知识分子群体,一如政治思想史学者丸山真男所说的那样,具有"悔恨共同体"的含义。战前,尽管也存在着具有各种见解的知识分子,为什么他们却各自孤立,没有形成抗拒战争的一股势力呢? 出于悔恨这一切的力量,他们试图积极地构想崭新的国家和国民的形象。这就是他们的意图。而且,我认为文学者们也加入了这个行列,并具体地完成了巨大的工作。他们是野间宏、武田泰纯、大冈升平等小说家。

　　然而，从那时算起，五十年过去了，这群战后知识分子的"大志"被年轻的知识分子们继承了吗？我不那么认为。我本人也是一个希望继承战后文学者们的"大志"，试图站在他们这个构想之行列的最后一名，并因此而开始小说创作的人。但是，我却无法过高地评价自己所完成的工作。因此，包括我的自我批评在内，我想在北京向现在的日本年轻作家们和年轻读者们呼吁，希望他们继承战后文学者的"大志"，并希望在这个意义上丰富、拓展和深化他们自身的"capability"。

　　那么，我的第二个意图又是什么呢？在我的心目中，文学是一个任何政治性国境都不能使之分裂的共和国。例如，运用大众的神话般想象力并掌握了多层次手法的《红高粱》。如果谈到我对某人的诗风特别喜欢的话，女诗人舒婷也给我留下了极为深刻的印象。

　　如同先前我所述说的那样，日本国和日本人不能忘记过去曾对中国和中国人民所做下的那一切，同样，如同不能与中国的知识分子们讨论"绝对的零度写作"一样，我自己也不能就现代中国的文学状况进行评论。我认为，尤其不能对政治性因素所投下的影子进行单纯的批评。

　　我的立场是这样的。多年以来，尤其是这四十年以来，虽说是借助日译、英译和法译等译本，却也是一直在非常认真地阅读着中国国内那些从事着杰出文学活动的文学者们所创作的文本。此外，对那些曾在中国国内出色地工作过，却从某个时期起在国外进行活动的作家和诗人们，我也在持续地阅读着他们在整个生涯中的所有时期内创作的作品。作为这样一个读者，我在这四十年间一直持续地阅读着。因此，较之于那些在较短的时间之轴上进行的评价，我认为自己更能以一种长远和开阔的视野，看清楚那种综合性文学的整体形象。这就是我眼中的现代中国文学。我还要将从一开始就用英语进行小说创作的哈金的作品也归纳在这个范围之内。

我的这种对中国文学的看法，与北京现在的知识分子们对现代中国文学的看法之间，一定存在着"分歧"。而且，在与政治相关联的时候，我从不曾想过自己有资格认为自己的"分歧"是正确的。不过，作为文学上的意见，我却认为在长期的展望之中，自己的"分歧"有可能在不久的将来与大家的看法相一致。那就是"伴随着分歧的重复"所具有的功效。

为了中国文学今后能够取得长足的进展，我想向那些尚未取得重大业绩而且为数众多的年轻的"capability"所有者们表达我的心愿，那就是日本的小说家正在以如此开阔和长远的视野，关注着中国文学综合性的整体形象。

如果说到我自身的"分歧"，我要向如此宽厚地对待我的"分歧"，并让我这位对中国近现代文学怀有深深敬爱之情的作家在你们的面前成为一个用口说话的人的各位女士、先生们，表示我的感激之情。

6

最后，谨请允许我再一次提及有关诺贝尔文学奖的话题。我本人并没有过高看待诺贝尔文学奖的意向。只是在我抵达斯德哥尔摩后，随即参加的那个由文学奖评选委员们（记不清是十个人还是不足十人了）在他们所拥有的一间原属于个人住宅的美丽的俱乐部中为我悄悄举办的晚餐会，却让我难以忘怀。在客厅的书架上伸手可及的地方，有几册由普鲁斯特签名的书籍。我确实谈论过法国文学，也转告或被转告了有关君特·格拉斯和巴尔加斯·略萨的那些充满魅力的近况。

不过,让我深感兴趣的,还是与委员中一个非常优秀的中国文学专家的对话。当时,还有几个委员也不断从旁插话。我们从鲁迅谈到今天的年轻小说家和诗人们。我能够如此愉快地谈论自己非常喜欢的文学话题并忘却时间的流逝,除了青春时代以外,我想不出还有别的例外。

如果想象一下那些拥有中国的风土和民众这种巨大"capability"的年轻小说家们所具有的才能、方法和热情,大家就可以知道,我们得以聆听他们中的某一位在斯德哥尔摩发表演讲的那一天或许已经为时不远了。因为,自五四运动以来,中国的文学者们运用各种各样的方法,并借助令人叹服的韧性,倘若用更长远的目光来看的话,便会发现他们在明显而伟大的连续性上,拥有一种成功地追求表现自由的传统。当那一天到来时,日本年轻的"capability"的所有者们,也一定会非常高兴地受到他们的鼓舞吧。

谢谢大家。

二〇〇〇年九月二十八日

（许金龙 译）

致北京的年轻人

1

能够和中国的青年学生们直接谈话,对于我来说是最大的喜悦。在为这次谈话做准备的阶段,我听说大家对我从一个"学生作家"起步的生活历程颇为关心,我想,关于这个问题,在我发言之后,回答大家提问的时候,可以具体地、轻松愉快地展开。在这里,我首先想谈的,是关于在我迄今为止的作家生活里最为根本的,并且是我所意识到的培育自己成长的文学与社会的思考。

回顾成为作家之前孩提时代的生活,首先不能不谈到日本对中国所进行的侵略战争,以及由此发展而成的太平洋战争,在这一过程中,国家主义的意识形态成了日本社会的基础。

但是,在那个时代,在我生长的山村里,还有另外一种和国家主义意识形态对立的思想,以地方历史或口头传说、民俗神话等形式存在着。在我的孩提时代,把这些讲给我的,是我的祖母、母亲等民众里的女性叙述者。通过她们讲述的故事,我知道了自己的村子,以及自己近世的祖先们面对从东京来的国家派出机构,用武力进行抵抗,曾经举行过两次暴动,特别是后一次暴动,还获得了胜利。那次暴动,是从一八六七年到明治维新前后之间举行的,并且,是在明治近代国家体制起步之后——在那开始阶段的混乱中——包括我们村子在内的地方农民势力战胜了国家势力。

而关于这两次暴动的记忆,都被官方的记录去除掉了,在学校的教育也完全被置若罔闻,但在山村妇女们的故事里,却通过本地的具体场所、风景,还有和故事里的人物血脉相连的家人,生动地传承了下来。

在自己的家庭生活里,有女性们讲述的土地的历史、传说;而另一方面,则是在学校里学习的作为社会统一意识形态——以天皇为中心的历史和传说。我在两者之间徘徊着度过了自己的少年时代。现在回顾这段经历,特别感到有意思的是,少年时代的我既相信国家主义的意识形态,又从没有怀疑过山村的历史和传说。我发现,那时自己是非常自然地生活于二重性和多义性之中。我想,这是因为我们家里的女性们的讲述方式非常巧妙的缘故。

我母亲所讲述的,是早在日本成为近代国家之前,在我们这片土地上流传、与民俗的宗教感情密切相连的故事。并且,这些故事,在国家把奉天皇为神明的信仰作为日本的意识形态之后,仍然生动地存留在民众生活的层面上。

就这样,在具有二重性、多义性的民众意识和国家主义意识形态共存的环境中成长起来的我,在还是孩子的时候经验了日本的战败。并且,那是天皇用人(而非神)的声音宣布的具有打击性的经验。从那以后,在战后十年左右民主主义和和平思想最为高涨的时代,我从少年成长为青年。而在这十年的后半阶段,在日本已经兴起了这样一种社会风潮:认为作为宪法原则的民主主义和和平思想未必需要认真地推行。然而,我认为,是战后民主主义时期所接受的中等和高等教育,培育了自己的社会感觉。

我在小说创作同时写作的时事性的随笔、评论,始终是把经验了
从奉天皇为神明的国家主义的社会向民主主义,亦即以独立的个人
横向连接为基础的社会的大转变,最后自己也自觉地选择了民主主
义——这样一条轨迹作为一贯的主题。现在,在日本的大众媒体上,
所谓公大于个人,并且把这个公等同于国家的公,在如此简单的国家
主义意识形态再次形成一种势头的时候,我必须坚定地坚持流贯着
自己战后经验的思想。

2

另外一个话题,我想谈谈身带病患的儿子对作为小说家的我的
决定性影响。我的大儿子大江光,在医学上只能说是事故,出生的时
候就有智力障碍,这是一个偶然的事件。但是,作为年轻的父母,我
和妻子决心为这个婴儿的生命负起责任的时候,这个孩子就成了我
们人生中的一个必然要素。

特别是,当我想通过和这个孩子共同生存而重新塑造自己作为
小说家的生存方式的时候,我渐渐认识到,自己的家庭里有这样一位
智力有障碍的孩子,对我来说,是意义极为深刻的必然。

在这个孩子出生的时候,通过自己有过的动摇和痛苦,以及自己
把握现实的能力的丧失,我不得不重新检讨了这样两件事。其一,像
刚才已经说过的那样,我经历了那样的少年和青年时代,进入大学学
习法国文学,在我的精神形成过程中法国文学作为坐标轴发挥了作
用,其中,让-保罗·萨特是最为有力的指针。但是,身有障碍的儿
子诞生的几个月里,我终于明白,迄今为止我坚信已经在自己内心里
积累起来的精神训练,实际上毫无用处。我必须重塑自己的精神。

虽然那时还不是结构主义的时代,但是,由于现实生活中发生的

事件,我的内心世界被解构了,我必须重新建构。我必须以自己的力量,重新检讨曾经塑造了自己的法国文学和法国哲学所导致的东西。于是,我重新学习法国的人文主义传统,我大学时代的恩师是研究弗朗索瓦·拉伯雷的专家,拉伯雷时代法国人文主义的形成,是他毕生研究的主题。我从这里也不能不感受到某种和偶然相缠绕的必然。

另一件我必须重新检讨的,就是作为一个青年作家,我一直写作的小说,对于当时面对身有障碍的儿子的诞生而动摇和痛苦的我,究竟有效还是无效?我想重建如此动摇、痛苦几乎绝望的自我。需要进行从根本上激励、恢复自己的作业。

于是,我想把这样的作业和新的小说写作重合起来,我写出了《个人的体验》。当我写出对自己来说意味着新生的小说的时候,我已经能够从积极的意义上认识和身有障碍的孩子共同生存这一事实了。

同时我也认识到,如此获得恢复的我,面对自己国家的社会状况,也必须采用新的视点。因为我过于沉陷在个人家庭发生的事件里,已经看不见作为社会存在的自己的积极意义。

我调查广岛原子弹爆炸的受害者,开始就是出于这样的动机。由此我也很自然地投身于原子弹受害者们的社会运动。关于广岛,我写了一本书,并把在那里的学习所得和发现,反馈到了自己的小说里。

和身有障碍的孩子共同生活了六年以后,也似乎是偶然的,发现孩子对野鸟的叫声很感兴趣,我和妻子创造了和孩子沟通交流的语言。不久,孩子的关注点从野鸟的歌声转向人工的音乐,我们的家庭也迎来了新的局面。

而作为作家我所做的事情,是把和身有障碍的儿子共同生活的过程写进小说。尽管如此,在《万延元年的 Football》这部作品里,身有障碍的儿子的存在还是退到了小说的背后,但不能说这是因为,这部小说把日本近代化开端时期最初向美国派遣外交使节的年份,和百年之后围绕反对《日美安全保障条约》改订而掀起的市民运动对照起来描写,表现了如此重大的主题。在写作这部长篇小说的过程中,我的关心也经常放在怎样推进和身有障碍的儿子共生的问题上。

在这部小说里,我主要刻画了一对没有勇气和身有障碍的儿子共同生活的年轻夫妇是怎样颓废下去的。从消极的侧面,观照自己的家庭问题,所以,对我来说,这部小说也仍然是从和儿子共生的经验中产生出来的。

3

但是,把和自己家里身有障碍的儿子共生这样的事情作为所有小说的主题,对于一个作家来说,这属于真正的创造性的文学行为么?我想,大家可能会产生这样的疑问,我自己也常常直接面对这样的问题。我以为,我正是通过克服这个疑问的具体行动,从而积极地向前推进了自己的文学创作。

当我还是法国文学系的学生的时候,我最初写作日语小说是出于以下动机:第一,我想创造出和既有的一般日本小说文体不同的东西。关于这一点,我直到现在仍然信守初衷。当然,在作为小说家持续工作的这四十年里,通过实践,我对文章、文体的认识也发生了变化。首先,是明确设定破坏自己作为作家创作出来的文体的意图,是有意识促成的变化;当然还有一种可以称为自然成熟的变化。

但是,我并没有偏离在二十二岁时确立的创造日本小说迄今未有的文体这一根本的方针,也没有产生把这一方针改换得更为稳健的消极想法。

我的小说创作的动机之二,是想描述自己战争时代的童年和战后民主主义时期的青年时代。我的作品,无论是小说还是随笔,都反映了一个在日本的偏远地区、森林深处出生、长大的孩子所经验的边缘地区的社会状况和文化。在作家生涯的基础上,我想重新给自己的文学进行理论定位。日本的文学,无论是创作还是批评、研究,一个明显可见的缺点,是缺少提出方法论的意识。我从阅读拉伯雷出发,最后归结到米哈伊尔·巴赫金的方法论研究。以三岛由纪夫为代表的观点,把东京视为日本的中心,把天皇视为日本文化的中心,针对这种观点,巴赫金的荒诞写实主义的意象体系理论,是我把自己的文学定位到边缘、发现作为背景的文化里的民俗传说和神话的支柱。巴赫金的理论,是植根于法国文学、俄国文学基础上的欧洲文化的产物,却帮助我重新发现了中国、韩国和冲绳等亚洲文学的特质。

作为一个小说家,我想要创造出和日本文学传统不同的文学,但自从自己的家庭出生了一个智力有障碍的孩子,和这个孩子共同生存,就成了我的小说世界的主线,对此,出现了批评的声音。因为在日本文学里,特别是近现代日本文学里,有所谓"私小说"这样一种特殊的文类。这是一种用第一人称"我"来描写作家个人日常生活的小说。在作为一个作家开始创作的时候,我当然是和"私小说"这种文类对立的。我也曾经批判说,在日本文学中根深蒂固的"私小说"文类和这种文学传统,阻碍了日本文学的普遍化和世界化。那么,我以有智力障碍的儿童的家庭为舞台写作"私小说",这不是一种根本上的转向么? 这是贯穿许多对我所进行的批判的一个共同论点。

但是,其实我是想通过颠覆"私小说"题材和"私小说"叙述方法的手法,探索带有普遍性的小说。从刚才我所谈到的巴赫金的理论向前追溯,我把俄国形式主义作为这些小说的方法论。我还认为,通过布莱克、叶芝,特别是但丁——通过对他们的实质性引用——我把由于和有智力障碍的孩子共生而给我和我的家庭带来的那种神秘性的或者说是灵的体验普遍化了。

同时,在写作这些小说期间,我持续不断地写作随笔,把日本和世界的现实性课题,作为具体落到一个以有智力障碍的儿童为中心的日本知识分子家庭生活的投影来把握。再重复一遍,我认为,有身有障碍孩子的诞生和与其共生这样一个偶然事件,和对此有意识的接受,在那以后,经过了三十七年,到现在,塑造了我作为一个小说家的存在。

4

最后,我想谈谈现在正在写作的小说。首先,这部作品使用了极其私人性的题材,这和刚才我所谈到的内容重合,可能会成为让大家感兴趣的一个条件吧。

二战结束后不久,我在我所出生的岛屿——四国岛上最大的一个城市的高中读书。在这个地方城市里,有美国情报文化教育局设立的图书馆。在那里,我第一次接触到了《哈克贝利·费恩历险记》的原版书,在这以前,我曾读过译本,非常喜爱,并终生受到它的影响。

在读高中的时候结识的一个朋友,也给年轻的我以影响。我曾经和他一起接触过美国兵。而这位朋友后来成了电影导演,创作了获得世界性好评的《蒲公英》等作品。他就是伊丹十三。我和他的妹妹结了婚,刚才说过的身有障碍的孩子,就出生在我们这个家庭里。我们的儿子大江光,现在还遗留着智力障碍病症,但已经用对他而言惟一可以自由表现自己的语言——音乐,创作了表达他内心世界的作品。伊丹十三根据我的小说，原样使用大江光的音乐，导演、摄制了电影《安静的生活》。在这以前，伊丹摄制过正面批判日本暴力团的电影，获得了很大的成功，同时，也受到暴力团的行刺报复。这不仅给他的肉体造成创伤，也给他的心理造成了创伤。后来，伊丹突然自杀。

我想重新认识、理解伊丹和既是他的妹夫又是朋友的我，以及他的妹妹我的妻子，还有我们的儿子大江光四者之间的漫长关系。在不断思索的过程中，我逐渐认识到，战争失败后不久，和占领军美国兵的关系，也是我们经历中一个重要的事件。

可是，我一直没有找到把这个事件转换为小说的线索，直到去年，在加利福尼亚大学伯克莱校区停留期间，好像是偶然的，我读到了莫里斯·桑达克①的日常采风记录和以此为主题的绘本作品《在那遥远的地方》(*Outside Over There*)，这些书使我获得了写作自己小说的方法。

我的妻子，看到少年时代非常美好善良的哥哥突然发生变化所受到的冲击，并成为永远的心灵创伤，还有，生了一个和正常人不同的孩子，为了把存在于遥远地方的那个正常孩子抢救回来，发现了不正常的孩子和自己之间的共同语言——音乐，桑达克的书，启示我深入理解这些事情的意义。

桑达克的绘本，以欧洲的传说故事中的 changeling② 为主题，故事内容是：一个婴儿被侏儒小鬼戈布林盗走了，作为他的替身，留下一个奇怪的生物。为了救回被盗走的婴儿，姐姐不断努力，最后终于救出了妹妹。我把这个故事里的姐姐爱达，一位勇敢而美丽的少女，和

① 莫里斯·桑达克(1928—2012)，美国著名儿童文学绘本作家及插画家。他是第一位获得国际安徒生插画大奖的美国人。
② 指被调换的婴儿。

我妻子的孩提时代重叠,由此找到了自己小说的根本的叙述方式。在战后混乱时期生活过来的年轻人,无论是我,还是伊丹,还有头部畸形的光,不都是被戈布林盗走的真正美丽孩子的替身 changeling 么?

并且,正是由于一位既是妹妹又是妻子和母亲的女性的勇敢劳动,创造了我们的家庭。而就在这个美满故事进行的中途,她的哥哥突然自杀了。

我一边写作自己的 changeling 小说,一边思考这样的问题。可以认为,这不只是伊丹十三个人的问题,同时也是在战后的混乱时期度过青春,生活在经济繁荣和繁荣以后长久持续的不景气时期、现在面临老年的我们这一代日本人的现实性课题。

现在,回答大家的提问,进行自由对话吧。我在准备这次讲演的时候,中国方面曾提议让我谈谈中国、日本的年轻人如何开拓出共生的道路,在这次讲演的结尾,如果能让我就这样一个主题,谈谈看法,我感到非常荣幸。

为什么说感到荣幸呢?因为对于我这样步入老年的人来说,谈论这样的主题,只能谈谈“应该这样做”一类的希望了,而像大家这样的年轻人,则要提出具体的构想,并努力使之实现。所以,我想听听大家对此的决心,我自己也要发言,我想把在此基础上进行的对话,都传达给日本的年轻人。

如果能够起到这样的作用,那对于一个对日本和中国的人们共生、对亚洲和世界的二十一世纪寄托着希望而写作至今的日本知识分子来说,该是多么幸福的事情啊!

谢谢!

（王中忱 译）

日本文学可否堪当世界文学？

——北京日本学研究中心研讨会

1

能够受邀参加北京日本学研究中心成立十五周年的纪念活动，我深感荣幸。

来自韩国的编者池明观①先生是我毕生的盟友，他与安江良介②的名字一直紧密相连。安江关于战后日本在亚洲的赎罪与和解，以及面向未来的建设性与和平性构想，曾是日本新闻界的最佳代表。在他过早辞世之前，我所有的社会性发言几乎都是经由他的杂志发表。而安江最敬爱的韩国知识分子，便是池明观先生。

哈佛大学的——今夏伊始我在那里与指挥家小泽征尔一同获得了名誉博士的称号，颇觉喜悦——安德鲁·戈登③（Andrew Gordon）教授，即便在美国的亚洲研究者中，亦是"世纪末民族主义"最鲜明细致的批判者。刚才，我使用了"鲜明细致的"这一形容词短语，不

① 池明观（1924—2022），韩国学者，评论家。
② 安江良介（1935—1998），日本出版人，生前曾担任日本岩波书店社长。
③ 安德鲁·戈登（1952—　），美国当代日本史研究者，哈佛大学历史学教授。

过若以英语讲述,"thoughtful"一词便足以表达。而且这个词亦契合教授的为人品性。

　　小森阳一教授来自我的祖国,在因循蔽塞的学者依旧众多的日本学研究领域中,他是一位拥有罕见的自由开放风格和科学思考方法的表现者。在从"舶来视角"出发、探讨二十一世纪日本学研究方法之际,我认为他是来自日本的最佳参与者。

　　刚刚我几度运用"最"或"最佳"等最高级别的形容词和副词。作为一篇日语小说家的文章,我觉得这种表达方式并不恰当。就算不是这样,我也是一个曾被评判为"当代日本文学最槽糕文体持有者"的小说家,希望自己以后会留心运用更加相对性的表达方式。不过,我想先向中方的参加者徐一平老师、王成老师、金熙德老师以及孙歌老师,表示由衷深切的敬意。

2

　　四年前,我在美国普林斯顿大学担任为期一年的教职。其间,我曾为伦敦《泰晤士报》写过一篇文章,题为:"文学能否缩短亚洲诸国之间的距离?"

　　首先请允许我在此朗读这篇文章的前半部分。因为我觉得它作为一个"日本小说家如何面向西欧知识分子阐述亚洲之中的日本与日本人"的例子,对今日的研讨会多少有些意义。同时,我也因此得以向中国当下的各位,坦率地展现出自己对日本和日本人的认知方法。

　　据我计算,在威廉·布莱克的所有作品中,日本(Japan)一词曾出现过六次,是一个全部用以指代距离伦敦非常遥远之场所的词汇,"横扫欧亚两洲,再到中国,又至日本,如闪电一般"。

如今,伦敦距日本遥远吗?

电视公司的制作人从日本派出采访组,正在拍摄众多由享用西餐至古董购物的节目。恐怕比起制作人认为的距离,还是要遥远得多吧。而较之石黑一雄满含节制的散文表露而出的距离感,呈现出的兴许是更加露骨的距离。去年二战纪念日,我作为一名旅居伦敦的日本人,对此曾有切身体会。然而,日本对先前这场大战的负责方式所招致的不信任感,却无法因距离抹消。要填补这一距离,也只能靠日本人自己去努力了吧。

认识到这些以后,我不得不说,日本和中国、韩国之间的距离与此相比起来,莫不是更加遥远? 在斯德哥尔摩授奖后,我选首尔为随后出访的首个外国城市。数年前拜访此地时,尽管我已取得签证,却仍不被允许入境,不得不经历三小时的痛苦等待。这或许是二十年前我在日本从事过韩国民主化运动的支援工作所致。机场计算机的记性比驻日韩国使馆的负责人更好。

然而,在去年春天由韩国基督教相关人士与日本知识分子协同召开的会议上,我却能够与以金芝河为首的文学家们进行对话。虽然此前素未谋面,但他们的思想却通过民主化运动为我所熟识。其后在首尔市内举办了演讲,这恐怕是日本小说家第一次能够与首尔市民直接交流。

在会场上,有人向我提出这样的质问:我们一直坚信广岛、长崎的原子弹爆炸是从天而降的救赎,它消灭了日本帝国主义。那么,你为何还要批判美国的核体制呢? 面对韩国的战地慰安妇,你有勇气继续言说核辐射受害者的悲惨吗?

我答道,核辐射的受害者们并不期望"为了将制造南京大屠杀和战地慰安妇体系的国家罪恶相对化"而使自己惨遭利用。他们同样也追究日本的战争责任,他们是与中国的死者们、痛苦的韩国老妇人们站在同一阵线上的。为了令同样的罪恶不再重演,他们正以核废除为极点展开运动,从各个侧面谋求军备裁减。三十年来,我也一直在参与这项运动。

老人不满我的回答,继续责难。对此,周围的韩国妇人们批评道,他难道不是把能回答的都回答了吗?最后还用洋布伞的前端戳了戳老人的背部和臀部。

至少我愿意相信,我和韩国市民已经接近到了令自己遭受批判又得到辩护的距离。不过,我们如今的文学,即便不像日本亚文化那样,只有在韩国政府的附加条件下才能得以解放,但也谈不上接近韩国市民。面向日本的韩国文学介绍也十分有限。最近几年,由日韩自觉的年轻文学家们尝试举办的会议,是一个理想的征兆,可尚未看到他们有面向更广大的听众举办会议的趋势。

日本与中国市民之间的距离则更为遥远。鲁迅,是一位从战争时期直至战后,给予日本知识分子饱含无比痛苦之冲击的外国文学家。尽管鲁迅尖锐的批判未曾令我们这些将他铭记于心的知识分子发起迫使政府转变对中政策的行动——在对中国的侵略战争最为激烈时自不待言,战后亦是如此。

鲁迅以后的战后五十年间,难道就没有如他一般深受日本人喜爱的中国文学家了吗?我怀疑在这五十年的后半段,虽然中国与日本的经济交流前进了,但文化交流莫不是倒退了吧。不论是在"文化大革命"以前,还是在"文革"鼎盛时期(那个意识形态至上的年代),以及其后经济优先的时代,日中关系的主动权一直都由政治把握。文学则处在这种把握之下。

二十世纪六十年代,反对《日美安保条约》的市民斗争正酣,我以作家代表团最年轻成员的身份来到北京。作为市民斗争的先锋,我们得到与毛泽东、周恩来会面的优厚待遇,并且只能同政治色彩浓厚的作家们进行集会。席间,老舍和赵树理总是默不作声,仅在触及他们的独立批判精神之时,鲁迅的记忆才会作为与他们相关的事物复苏。

六十年代拜访中国时,每当遇见因日本军队所作所为而伤痕犹新的受害者,我们只能俯首鞠躬。对此,他们以妙语(bon mot)鼓励我们说,"我们虽然憎恨日本帝国主义,但并不憎恨日本人民。"不过,即便在政治领导部门编排的和解姿态下,我也无法不感到大面积横亘着的、唯有文学才能掘出的民众层面的憎恨。

如今可以看到,绝不饶恕战争时代的日本人的民众记忆与战后进一步强化的不信任感再度浮出表面的征兆——钓鱼岛问题便是其中之一。于两国民众间,可能存在将其超越,自发和解的希望吗?文学明明作为这种希望的媒介之一,还未能自由交流。日本与韩国、中国如今相隔的距离,岂不就是前所未有地遥远了吗?

倘若说日本、日本人能够对下个世纪怀抱希望,那么唯有当亚洲互相和解,以及彼此自立的合作展望得以实现之时,这种希望才是确确实实的。尽管我们从事的是文学家的工作,可我们是否能为此不断努力呢?

对我三年前文章的引用就到此为止。关于刚才引文的最后一段,自问自答的我当时一点儿都不乐观。不过,自那以后直至今日,我一直都在反复追问自己。出席此次研讨会也是希望韩国、美国、日本当然还有中国的研究者们,能为我一直萦绕心头的问题提供解答的启示。

倘若说日本、日本人能够对下个世纪怀抱希望,那么唯有当

亚洲互相和解,以及彼此自立的合作展望得以实现之时,这希望
才是确确实实的。

我当时如此写道,现在也如此相信,并仅将希望寄托于此。而且作为
一名小说家,我想为此竭尽一切所能达到的努力。无论是接下来的
讲话,还是我的打算,都是此种努力的一部分。

3

作为一名日本小说家,我想先谈谈自己是如何成长的,以及从事
过怎样的工作。因为这本身与我的主题"日本文学可否堪当世界文
学"有着直接关联。我的目标并不是仅仅囿于日本、日语包围的封
闭文学,而是面向世界开放(当然也必须是面向亚洲开放)的文学。

不过,这并非意味着我期望自己的小说能够算得上是某种世界
级水准的少数文学,这点十分重要。我非常幸运地获得了诺贝尔文
学奖,曾多次被要求谈谈如何看待诺奖,即便是此次拜访中国,也谈
到了这个话题。

可是,这不过是我在履行因获诺贝尔文学奖而衍生出的多项责
任的其中一项。即便再强调,也是仅此而已。

就我自己的文学而言,我的思路是希望自己能想方设法地将它
从所谓日本、日本人的文学束缚和封闭中解放出来,然后创作出全世
界普遍共通的文学。我自身并未立意要成为世界上被遴选出的几名
作家之一。假如让我凭借至今为止长久的读书经验,列举出十位二
十世纪的优秀作家,我可以满怀自信地列出那些名字。话虽如此,或
许还有一些小语言圈的伟大作家尚未得到翻译。因此,我不得不把
我的自信有所保留。

那么,刚才提及其名的鲁迅,便作为被选中的亚洲作家位列于我

遴选出的十位二十世纪作家之中。包括日本在内,我不认为在二十世纪中还存在着比鲁迅更伟大的作家。他在近代中国严苛的时代条件下(当时的帝国主义国家日本,正是造成这一严苛条件的巨大力量之一),能作为一个充满威严而诚实活着的人,是非常伟大的。他的文学,出色地描绘出他作为一个人的伟大之处与悲剧性。

我并不是说自己打算成为或者能够成为鲁迅那样伟大的作家,也不意味着让身为日本小说家的自己以及年轻的同僚们立志于世界文学。我希望即使是我们决不伟大的文学,倘若能由日语转换为外语的话,也能够获得理解。我的意思是,希望我们创作出包含这种普遍性意味的日语小说和诗歌,这毋宁说是出于对我们的文学——日本文学将会变得何等欠缺普遍性——的巨大担忧。关于这一点,我想先以自己的文学为例来谈一谈。

我的情形与前一辈的作家们相比,具有某种特殊之处。与诸如谷崎润一郎、川端康成、三岛由纪夫那样的作家们相较,则有明显的差异。这是因为我是一个时常感知标准日语之外的一两种语言而生活至今的人。

而且,我的生活起先仿佛是悬空回荡在两种语言——中心·中央的日语和边缘·地方的日语之间。此后,我则悬空回荡在西欧语言的英语、法语和日语之间,并在其中阅读、会话、工作生活,还创作出了自己的文学。我的谈话必须由此展开。

二十世纪四十年代的前半是日本超国家主义的时代。我生长在一个构成日本列岛之一的南部岛屿上,在一个被庞大森林围绕的村落里。于东京受过教育的老师曾布置过一个课题,要求学生绘制出自己生活的"世界之画"。

老师事先在黑板上用粉笔画出"世界之画"的范本给学生们看。在地图素描的日本列岛之外,还包括了占据画的下半部的库页岛、台湾和朝鲜半岛,彰显出小而齐备的帝国主义之膨胀。画的上部则是天皇·皇后腾云驾雾的巨大肖像。

我当时并非想要另辟蹊径,却绘制出了一幅根据入学前从祖母处听来的村落传说的画作。画的下半部描绘了被森林围绕的村落,上方则是青丝长垂的大个子女人(村落创建者大丑女),和挨靠在旁边的小个子男性侍卫(在现代化前夕,运用神奇技法同来自中央的权力进行斗争并维护边缘村落独立的铭助),被玫瑰色云霞笼罩的身姿。

我被面露嘲笑的老师殴打,从此开始了在学校的阴暗生活。这种状态一直持续至战争败北与超国家主义溃灭之时。不过每天回家后,我还会听祖母用方言讲述森林和村落的传说。我正是在这样的双重性中度过了少年时代。

另外,我母亲厌恶沾染着浓重超国家主义色彩的出版物。从她那里,我得到了持续现代化的发展时期的书籍。那时,民主的风气尚存于文化之中。其中的译著,拉格洛夫的少年骑着大雁翱翔天空的故事①和《哈克贝利·费恩历险记》,令我格外着迷。

于是,我的语言世界便设置为两极:一极是将东京的语言作为标准语实施的国民学校教育;另一极则是按照森林中的地方方言进行的家庭教育。我将译著中的魅力语言——虽为标准语,却具有生机勃勃的文体;虽无从知晓黑人吉姆使用的口语是怎样的地方方言,但肯定不是东京的语言——作为交通工具,学会在两个极点之间穿行往来。

二十世纪四十年代的后半段,我在岛上小城里设立的美国文化情报局图书馆中发现了《哈克贝利·费恩历险记》的原版书,开始初

---

① 即《尼尔斯骑鹅历险记》。

次用外语阅读书籍。而且出于对美国占领军漠然的抵触情绪,我进入了大学的法语文学科。如此一来,英语、法语便在我成人后的语言世界中作为一极的支柱被确立了起来。

现代化以来,由于日本文化将西欧诸语言的文化尊为理应学习的教师,所以我的生活方式就成为一种普遍情形,尤其是对生于地方、接受高等教育在东京的人们而言。

这种模式的青年们,为了抗拒西欧文化的灌输,片面依赖东京中心的日本文化,将其作为自我认同的依托。这一倾向最大限度夸大的形态,便是驱使日本人发起战争的超国家主义。即使谈不上"超",可在战争终结后不长的时间里,国家主义的倾向便开始了复苏。这一过程中,本应从当今宪法的政治权力中分离的天皇制则始终发挥着作用。

不过,我的过去并非如此。这是因为我在确立以西欧语言为支柱的极点——加入了通过英语、法语获得的非洲和南美文化——的同时,把那幅林中村落的"世界之画"放在了其反面。立志要写小说的我,虽然当时还只是一名法语文学系的本科生,却决心通过小说再现自己少年时充满传说的语言世界。

由于我的写作是面向阅读书写东京标准语的读者的,所以便使用了同一语言。然而,为了用这种语言来表现林中村落的"世界之画",西欧语言的文化、文学则要时常发挥出强力的媒介作用。由米哈伊尔·巴赫金赋予崭新光辉的拉伯雷之怪诞现实主义,就正是一个这样的模范原型。通过这个原型,我得以回归林中村落的"世界之画",甚至能够从那里出发,超越名为东京的中心,向亚洲边缘丰富广阔之处行进。

我有一部小说,名为《致令人眷恋之年的信》。在我的文学中,它既是一个好似开启无底洞般开辟了通往普遍世界道路的场所,实际上还是一部我初次得以有意识地综合亚洲日本列岛之一的岛屿——四国之林中村落的作品。可以这么说，正是为了精心营造这个特殊的场所，我才会四十多年来都在从事文学工作。目前正在进行出版校正的《被偷换的孩子》也把这个场所当成了想象力的发条。我已是暮年，在生命终结或想象力死亡之前，我考虑再创作一部长篇小说与一两部稍短些的作品。最后的长篇小说大概会让一条狭窄而深邃的通道(它由较之世界边缘的日本更为边缘的岛屿森林出发，通往全世界)，即让这一构造的本身，担当主角、配角以及叙述手法，集合多种主题，成为一部元小说吧。

我将用名为日语的孤立语言写作。而且，在更详细的计划中，我想用贯穿林中村落之漫长历史的语言，用那种既反映又集聚的语言写作。倒不如这样说，我时至今日的小说写作，都是在为创作出这种语言做准备。

而且，我怀有雄心，希望这部小说能够被翻译成这颗行星上的所有语言。我一直不变的雄心是书写"可翻译的日语"，即连有意引入的暧昧都能被翻译出来的日语。"我想创作出堪当'世界文学'的'日本文学'"便正是此意。并且，我还想向日本文学的年轻同僚们发出同样的呼吁。

4

在此，我想举一个例子来说明日本人和日语具有封闭甚至可称为闭关锁国的特质。它还是一个反映出日本人及日语问题之根本的例子。

为了在世界诸语言之中具备普遍性，日语必须是一种能表现出具体性事物的语言。与此同时，抑或在此基础上(至少是作为更加困难的课题）必要的是，日语必须具备作为象征语言的普遍性。不过在日语中，构成词语"象征语言"的"象征"一词，原本就承载着不可思议的意思，并广为流传。我担忧，这对于将来从日本生发的普遍性文化而言，岂不是要成为巨大的障碍吗？因此我想谈一谈这种奇妙的事态。

"象征"一词，假如将其从世界语境中剥离，仅限于日本的话，其意思来源于宪法中的天皇条款："天皇，是日本国的象征，是日本国民统合的象征。"也就是说，这是第二次世界大战战败，日本人企图重整再起之后的事情。

战后的日本人无论在何种文本中与"象征"一词相遇，头脑里首先浮现的便是这项天皇条款。因此，用肯尼斯·伯克①的术语来说，日语中的"象征"一词，被宪法或位于宪法之下的国家体制战略化、风格化（stylized）了。在战后日本人的现实生活中，宪法的普及极其彻底。因此，当诗人和小说家们使用"象征"一词时，他国语言的使用者们就不得不承受在他们语言里对应"象征"一词的语义中、决不曾伴随着的一种抵触情绪。

当看到外语文章中"象征"一词被赋予紧张而丰富的意味时，即便我是这样认为的，可还是会禁不住地留下深刻印象。每当此时，我便重新思考，思考日本国家宪法"象征"一词的使用方法是否真的正确。

例如，就"大卫之星"的象征，格尔肖姆·肖勒姆②曾撰写过一篇出色的论文。这篇论文在饱含强有力的信念和感情的一节中结束，像我这样的非犹太人，仅有引用的勇气。尽管有观点认为，生命的符

①　肯尼斯·伯克（1897—1993），美国诗人、散文家、小说家、文学理论家。
②　格尔肖姆·肖勒姆（1897—1982），出生于德国的以色列哲学家、历史学家。

号比表示通往灭绝和毒气室之道路的符号,即"大卫之星",更契合
崭新国家的象征,可肖勒姆对此却表示反对:

> 不过,也可能存在截然相反的考虑。被我们这个时代的痛
> 苦和恐怖所神圣化的符号,具有了照耀生命与重建之道路的价
> 值。在高升之前,道路总会被引至深渊,彻底承受耻辱的象征亦
> 会赢得伟大的光荣。

在日本宪法中,"象征"一词的使用并没有如此切实的含义。而
且那场战争过后,在危机尚在持续的时期里,没有人打算努力去想出
另一个足以表现日本人世界之统一的伟大象征。我一边引用肖勒姆
的话语,一边这样写道:那个在人类丰富情感的土壤中生发成长的象
征,那个表现出我们拥有的鲜活精神意志与这个世界紧密关联的象
征,那个只有在充满紧张感的现实世界中才能酝酿出的象征,如此这
般的象征,是日本宪法中的"象征"吗?我认为下个世纪的日本人必
须再次认真思考这个问题。

假如存在一个"象征"一词丧失了其切实意义的言语世界,那么
在那里岂不是就难以培育出实实在在的宗教想象力和文学想象力了
吗?尤其是仿佛光亮一般照耀通往生命与重建之路的国民想象力,
其孕育岂不是难以期许了吗?我对此存疑。

5

当思考日本文学可否堪当世界文学这一问题时,总是有必要重
新定义文学的普遍性。而且,对日本与世界之间差异的反复思量亦
不可或缺。

我期盼着日本人及其艺术能够成为世界性的、普遍性的事物。

接着,我想结合具体的例子,尤其是关于音乐的例子,说明这个希望的确存在。接下来首先说到的例子,便是我儿子的音乐。

我的儿子光,自诞生之时起脑部便有残疾,言语方面至今也仅有四五岁的智力。从出生直到六岁,他与我和妻子没有过任何主动的交流。特别是,光没有说过话,对我们的言语呼唤也毫无反应。

但是在四岁新年的伊始,他对电视中传出的鸟鸣表现出了兴趣。于是,我把野鸟的叫声录制成一盘每小时重复播放、无尽循环的磁带。磁带先播放特定鸟鸣,后由无感情色彩的女性播音员报出鸟的名字。其中收录了三十种鸟的鸣叫声。两年间,光几乎日日都在聆听这盘磁带。由于光在家中聆听录音时非常安静,这便成了我们的生活习惯。

接着是两年后的夏天,光在山中小屋听到附近湖泊传来的鸟鸣,静静地说:"这是秧鸡。"用的是磁带中播音员的腔调。

以此为契机,我与妻子开始了一种游戏:播放磁带里的声音,让光说出鸟名。而且我们还尝试示范正确或者错误的回答。很快地,光便能够明确区分三十种鸟的声音,说出每一种鸟的名字。

我们与光亲子之间的言语交流便由此开始,随后,这条有限的通道又被拓展开来。如今在国外讲述这件实际发生的事情时,我仍心怀恐惧,因为我自己也觉得这仿佛是一个缺乏现实感的"故事"。不过,如此开始的事情,其发展则是三年后的光会聚精会神地聆听莫扎特和巴赫,而且他一旦听过,就能以缓慢的速度使用钢琴再现,甚至能在乐谱上表记下来。光现今的精神生活也单纯由聆听音乐组成,但他已发行三种自己创作的短曲CD,并有幸拥有众多听众。

我谛听着由他作曲并被演奏家化作音律的每首作品,第一次发现光有着微妙而复杂的内心生活,亦可称之为精神活动。我认为自己能够领会其中随时间变化的多样性。显而易见的是,光从仅是聆听音乐的被动状态到开始主动性的精神生活,是肇始于学习由西欧确立的乐谱表记法之时。他的音乐显然受到了西欧众作曲家的作品影响,而且毋庸置疑的是,他足不出户的独到"声音"正在那里回响。我从中看到了西欧创造的音乐体系之技法的普遍性。此外不得不承认的是,这种普遍性的体系,令一个患有智力障碍的日本人作为"个体"的内心生活,表现出了一种绝对不准许被泛化的独特内容。

光的作品尽管无法与我年轻时友人武满彻的音乐联系到同一层面,但我还是在思考着武满彻音乐的独特性以及他最具智慧的综合性世界的同时,再度确认了自己透过光的音乐所获得的感悟。众所周知,武满虽无缘于学院派音乐的教育场所,可他却在刚刚战败后的瓦砾之上,于艰苦重建的日本人的生活之中,创作出了优秀的音乐。

有段时期,武满将尺八和琵琶——即便它们不是发祥于日本,却已锤炼出日本独有的演奏方法——引入了他的作品世界,从而创造出了一个惊人的崭新世界。不过我必须承认,武满的音乐是由位于制高点的西欧音乐体系所构成。

不仅如此,倘若说到被武满听懂的日本人的独特之处,那便是在普遍性的音乐宇宙中回响的日本人的独有之处,更加准确地说,是武满彻个人独有的东西。

我想,当诸位通过由日本、欧洲以及中国的众多优秀演奏家演绎的录音 CD,聆听武满彻的曲子时,应该能够邂逅我谈论至今的"日本人如何在文化意识以及生存方式之中追求普遍"的最佳实例。我相信,大家能够从中发现这种既独特又普遍的最佳典型,它一面深深扎根于日本人最本质之处,一面显而易见地与西欧连通。我认为,武满彻的音乐不仅具有激励我们同时代在日本所有领域之表现者的力量,还展现出了一个为了引导下一代日本人走向真正崭新的国家开放——而非再现国家主义期间的封闭——的魅力榜样。

　　以受到西欧的巨大影响为基础实行现代化的日本人，由于早前的大战遭受了决定性挫折，进而做出了根本性的反省。过去，尽管许多知识分子都介绍过卢梭（Rousseau）发挥过的重大作用，但在日本，关于民众的权利，日本人仍认为没有什么可以优先于国权——国家的权力。所谓反省，便是针对于此。

　　从这种反省再度出发的日本，曾在短时间内获得巨大的经济繁荣。在此期间，国权置于民权之上的思想开始再度复活。加之持续萧条的经济窘境，令日本人强化了对这种新民族主义的期许。这便是我对现状的分析。能够看到其中隐藏着以奇妙的形态再度出现的闭关锁国思想，我为此感到十分忧虑。

　　不过我曾说过，尤其是作为文化的积极侧面，战后日本人曾表现出对所谓普遍事物的强烈指向，而且时至今日也从未消退。这诚然是日本人自我认同的证明和自身的普遍性。这种达成可以在以音乐为首的文化场景中得到见证。

　　那么，关于刚才武满彻的普遍性分析，我还想从一个新的文学理论角度进行观照。武满的音乐，基本上由巴赫、德彪西以及梅西安①的西欧音乐手法构成。刚才也提及了，在现代化过程中，日本人从西欧习得了音乐的结构、制度、意识形态。单从表面看，他的音乐便是在这之中被谱写与演奏。武满虽然脱离作为西欧音乐顶端的学院派音乐教育，自由进行着单独的自我教育，可显然始终是将西欧音乐的影响作为基础的。

　　我以为，早期的武满直截了当地呈现出一种矛盾情绪：既为其作品被传统批评家们全盘否定为"算不上是音乐的音乐"而遭受打击，又从斯特拉文斯基的鼓励中获得力量。于是，武满逐渐成为

---

　　①　梅西安（1908—1992），法国作曲家、风琴家、音乐教育家。

一个从内部对日本的西欧音乐之结构、制度、思想形态施行全面改革的人。

爱德华·萨义德曾说过："我们理应做到的是,将古典音乐的全体领域,尝试作为维持现状(Status quo)体系的支配性风格。"成功引入日本的西欧音乐的全部领域,正是维持现状(Status quo)体系的支配性风格本身。"现状(Status quo)体系"在日本刚小有所成,转瞬之间便长成那般模样。也就是说,拥有至少百年历史的西欧音乐体系,如今也有一个日本翻版,而且实际上还存在着世界与日本的双重标准。比如,由柏林爱乐乐团的常任指挥率领所有成员在东京举办的演奏会,是世界标准;而在相同的演奏大厅举行的日本管弦乐团的音乐,尽管是由聘请自西欧的指挥家指挥,却是日本标准。音乐会的组织者——他们制定的票价最为露骨地体现了双重标准——管弦乐团的演奏家们、听众甚至大众媒体的批评家们,都将这种双重标准的秩序作为应该维持的现状(Status quo)体系予以接纳。据我所知,如今企图将这一体系从基本的音乐教育到实验性的公开演出都一一打破,并且席卷了众多自觉的听众开展着活动的,只有小泽征尔一人。他是一位在中国出生,至今与中国的演奏家、交响乐界保持良好关系的指挥家。而且这一计划还在进行当中。

不过,武满的中期作品《November·Steps》——小泽也曾大力协助——明显将现状(Status quo)作为其中的一部分进行了改写。他曾将尺八和琵琶等长年在日本得到精心锤炼的传统乐器,带入西洋音乐的体系当中。

这一成就,令武满深刻地动摇了应由纽约维系的现状(Status quo)体系。更有甚者,在西洋音乐输入的百年间,作为受到训练的人们,使占据着世界现状(Status quo)一端的东京听众,理解了拥有新力量的、"其自身亦是仿佛作为完全的音乐而主张的作品"。

下面我所使用的一些话语,也是引用自萨义德,而且我还想在此摘录一点包括这些在内的长文章。

> 所谓"仿佛作为完全的音乐而主张的作品",指的是,令音乐家从众多束缚且压抑的社会性恶劣压力——将其囚禁于维持既有现状的社会惯性角色——之中获得自由的作品。我想暗示,这种少量作品,在某种意义上表现出了稀有的跨领域性。这种音乐,非比寻常,恐怕可以说是为了过度炫技而创作的作品。这般过度炫技的实质效果,则是令音乐变成了世俗看来肤浅、无用之物——完美地令音乐免责——不仅如此,有时它还作为某种自由行为,专门用于音乐家的技巧复原。

萨义德这段意味深远的话语,实际上是对武满所有成就的完全正确的指摘。武满要求尺八和琵琶的演奏家们从他们习惯的社会性角色出发,演奏出足够自由的新音乐,令他们由传统巅峰的基础上做出更上一层楼的炫技。武满更是贯彻了音乐的自身,根据独创的自我主张,确保了其作为政治性、社会性的自由发言者的位置。如果再次运用萨义德的语言进行描述,那便是在日本的文化世界中,新的从属关系(affiliation)、跨领域(transgression)等诸多小径是以武满为起点展开。

而我特别想说的是,对于武满的音乐发展,包括日本传统乐器的引入,始终反应敏捷,给予持续支持的是西欧的新兴音乐家们。倘若《November·Steps》的演奏范围被限制在日本国内,理应无法成为武满其后音乐发展的起点。

作为使艺术、文化普遍化的积极力量,我的评价正是围绕这样的侧面展开。

6

我今天原想就自己目前正在思索的课题说几句。

较之将所有话语综合起来,我更愿意倾向于谈论多方面的多个课题。而且我也想在多多运用自身经验的同时做出发言。

因此,作为构成这次学术性集会的基调之一的演讲,我深感缺陷诸多。对于各个必须深入的课题,也仅是点到为止。

然而,这便是小说家的说话和生存方式。今天,我在提交出一个日本小说家生存方式的具体样板的过程中,尤其是能在诸位中国的年轻研究者面前,感到十分满足。谢谢。

二〇〇〇年九月二十九日
于北京外国语大学阿拉伯伊斯兰研究中心

(陈青庆 译)

北京演讲二〇〇六

1

这次到北京访问,是承蒙中国社会科学院以及我所崇敬和思念的朋友们的邀请。我由衷地珍惜这次访问,感到格外高兴。接待方面为我这样一位老作家,准备了我所期待的丰富的日程。

我只是一名作家,而且已经七十一岁,下次对中国的访问或许只能是带着家属私人旅行吧。我第一次对中国的访问是在二十五岁那年,当时与其说是作为一名小说家,不如说只是日本文学家代表团的一名普通成员而已。那是一九六〇年六月的事情了。

那一年,在日本爆发了前所未有的群众大游行,抗议日本政府将《日美安全保障条约》明确定位为军事条约。当时我认为,日本在亚洲的孤立将意味着我们这代年轻日本人的未来空间越来越狭小,所以,毅然决然地参加了游行示威活动。正是在这个过程中,我和另一名年轻作家被吸收到反对修改《安保条约》的文学家代表团里。

也许是由于那个代表团的性质使然,中方的接待日程中安排了与中国领导人的会见。当然,于我而言,作为晚辈参加会见,只能是坐在靠后的席位上看着代表团主要成员与中国领导人对话而已。当时,对于热衷阅读中国现代史的我来说,在那个位置眺望中国的历史伟人,感觉眼前的他们就犹如茂密森林中的参天大树。在这里我特别想告诉大家,我这一生最爱的,就是树和书。现在,当我上了年纪回首一生,觉得自己这辈子大部分时间是在读书和写作中度过的。

下面我引用自己在参加接见后写下的日记。日记中会提到一些人的名字,因为他们已经作为伟大的历史肖像镌刻在了我的心中,所以请允许我省去尊称。我写到,毛泽东、周恩来、许广平、陈毅、郭沫若,还有矛盾、老舍、巴金、赵树理……那是多么茂密的森林啊!

在北京逗留期间的六月末,那些伟人群像的其中一位,曾经非常和蔼可亲地主动与我交谈。那时正值日本国内发生了事件,即国会要审议《安保条约》的修改方案,就在审议的前夜,东京的游行队伍包围了国会大厦,在与警察发生的冲突中,女学生桦美智子付出了生命。就是在事件发生后的第三天,正在北京访问的日本文学家代表团在王府井烤鸭店受到周恩来总理的盛情招待。在宴会厅门口迎接我们一行的周恩来总理特别对走在一行最后的我说:我对你们学校学生的不幸表示哀悼。周总理是用法语讲这句话的,他甚至知道我是学法国文学专业的。我感到非常震撼,激动得整个宴会期间连著名的美味烤鸭都没顾得上品尝一口。

当时我想起了鲁迅的文章,那是指一九二六年发生的"三一八"事件。由于中国政府对日本干涉中国内政没有采取强硬态度,北京的学生和市民组织了抗议示威,游行队伍在国务院门前与军队发生冲突,遭到开枪镇压,四十七名死者中包括刘和珍等鲁迅在北京女子师范大学所教授的两名学生。后面我还会讲到是什么契机使我从鲁迅文集中摘录了"希望"这个词。我回忆着抄自《华盖集续编》(翻译这本书的是曾经和我一起参加过东京游行的竹内好)的一段话。望着周总理,我感慨万千,眼前的这位人物是和鲁迅经历了同一个时代的人啊,就是他在主动向我打招呼……

鲁迅是这样写的:

> 我目睹中国女子的办事,是始于去年的,虽然是少数,但看那干练坚决,百折不回的气概,曾经屡次为之感叹。至于这一回在弹雨中互相救助,虽殒身不恤的事实,则更足为中国女子的勇毅,虽遭阴谋密计,压抑至数千年,而终于没有消亡的证明了。倘要寻求这一次死伤者对于未来的意义,意义就在此罢。
>
> 苟活者在淡红色的血色中,会依稀看见微茫的希望;真的猛士,将更奋然而前行。
>
> 呜呼,我说不出话,但以此纪念刘和珍君!

那天晚上,我的脑子里不断浮现鲁迅的文章,丝毫没有了食欲。我当时特别希望把见到周总理的感想尽快告诉日本的年轻人。我想,即便像我这种鲁迅所说的"碌碌无为"的人,但也要有所作为,而且,无论怎样,我都要继续学习鲁迅的著作。我当时还决心,自己不应当再让周总理这样伟大的人物为我多花费他宝贵的时间,哪怕是一分钟。后来我一直坚守着这个原则。

2

这个开场白可能长了些,说这些也是为了向中国社会科学院表示感谢,因为你们为我安排的整个行程遵循了我的原则,体现了我的愿望。

首先,日程中包括了与北大附中学生们对话的机会。我是作家,对教育是外行,我要向孩子们讲述的是,在日本山区长大的我是如何从母亲那里得到了鲁迅短篇小说的日译本,那些作品是如何令我爱不释手地学到老读到老,而我又从中受到了哪些影响。

此外,根据日程安排,中国的作家和文学研究者将用一整天的时间就我的作品召开研讨会,这在日本也是不曾有过的。我这个人在性格上是从不会嫉妒人的(这一点我夫人可以证明,她说过,无论是婚前还是婚后,从未见我因为什么事嫉妒过谁。她是我年轻时代曾经给予我影响的好朋友的妹妹),但对于村上春树的小说在中国各地的畅销和热烈研讨,我倒是有点嫉妒了,所以,特别高兴大家为我准备的研讨会。

这次的日程中还包括了今天中国社科院在这里为我组织的这场演讲会,我想你们都能够理解,我最后提到它并非我以为这个安排的分量轻。

我要说的是,这是继二〇〇〇年后,我在这里的第二次演讲。而第一次演讲,虽然并非我第一次访华,却是我第一次在中国知识分子面前发表演讲。

六年前,我在演讲中提到了我的忧虑,即日本在亚洲正在走向孤立,日本的民粹主义趋势逐渐显现。我不仅对北京的听众讲过我的这个担忧,也对东京的听众做出过提醒:千万不能让日本历史上多次重复的"锁国"再次发生!事实是,我所忧虑的事情正在发生。这次来中国社会科学院演讲,一方面是因为觉得很荣幸,另一方面也是因为感到了紧迫性。因为,我已经七十一岁,也许不会有第三次来华演讲的机会。作为一名对中国知识界怀有敬意的作家,也为了那些与我怀有同样信仰的日本的朋友们,我要用自己的力量做出努力。坦率地说,站在这里演讲的我,心情是沉重的。在最近的六年里,我与中国社会科学院的学者保持着亲密友好的交流关系,在我东京的书房里,一直珍贵地摆放着我作为一名普通作家被授予的"中国社会科学院外国文学研究所名誉研究员"证书!

六年来,我的忧虑一直挥之不去。多年来令我崇敬的巴金先生以高龄去世了。勇敢、诚实、卓越的文学精神贯穿于巴金的一生,他的人格威严永远闪烁着光芒。当听到他去世的消息时,我把我的哀思写在了给中国社会科学院朋友的私人信函中。据悉那封信被报纸转载,也许有些朋友已经读到。在那片悼文中,我谈到了我的担忧。

我在巴金的悼文里对日本政府完全背离与中国和解的方向及其所显示的强硬态度表示了担忧。最近的八月十五日,小泉首相强行参拜了靖国神社。那天晚上,对此早有预感的我与我所信赖的日本知识界人士一起组织了一场大型的抗议集会。

在今天的演讲中,我应当向大家介绍八月十五日晚上我在东京大学安田讲堂面对一千二百多名与我有着同样担忧的老人、壮年以及青年人(包括很多女性听众)所演讲的内容。

3

在八月十五日的集会上,我们所有的演讲都围绕一位特别的人物即著名的政治哲学家、教育家南原繁①的思想展开,联系当今日本的政治和社会状况,探求对南原繁之理念的理解。

南原繁在日中战争②、太平洋战争期间是东京大学法学部的教授,战争结束不久后曾担任东京大学校长。在任校长期间,他频繁地向学生和一般市民发表演讲,其演讲内容被整理出版,受到广泛阅读。演讲的内容主要包括战后日本人如何重新做一名国民、如何重新做人、如何重建因战争而成为废墟的国家等。

---

① 南原繁(1889—1974),日本政治学者、东京大学名誉教授。生前曾担任东京帝国大学总长。
② 即抗日战争。

　　南原繁最为重视的是核武器问题。在这里我引用一段他的话：
"经受了广岛和长崎原子弹伤害、遭遇了人类第一次被投放原子弹
的日本，担负着重建自己和平、新型国家以及把战争之残酷的真相和
放弃战争的决心告知全世界的义务。这不仅是对太平洋战争应尽的
责任和应付的代价，也是日本的出路，是日本民族对世界历史的
使命。"

　　关于中国问题，他说："日本的民族命运和未来只能通过在正确
且和平基础上重建日中两国关系才得以实现。但是，它的实现需要
一个根本性的前提，那就是日本国民要对日华事变①以来的战争责
任做出深刻的反省和认识。"

　　虽然我只亲耳聆听过一次南原繁的演讲，但他讲的话深深地印
刻在了我的心里。八月十五日那天，我以一名老作家的身份将南原
繁的话传递给听众，特别是那些年轻听众。那是一九六三年十二月
一日，南原繁在纪念"学生出征"二十周年大会上发表的演讲，题为
《不战之誓言》。

　　所谓"学生出征"，是指日本在战败前两年，因为前方战场吃紧，
兵源不足，所有已达兵役年龄的在校大学生都被要求走上战场。南
原繁在演讲中首先谈到他当年作为"学生出征"送行教授的复杂心
情。他说，当时在学生当中已经出现对战争感到疑惑和忧虑的情绪，
对此，有教授不断地大讲特讲战争的"大义名分"和"道德意义"，但
的确仍旧有学生认为那是没有任何正当理由的侵略战争。面对这些
将要被送到战场的学生，南原繁的心情非常复杂。他的著作集收录
了他在《不战之誓言》中的回忆。

　　"我不能对他们说，'同学们可以拒绝国家命令，按照自己的良

---

　　①　即七七事变。

心行动。'我不敢说。(略)我对学生说,在国家处于生死存亡的关头,无论个人有任何想法,也只能按照国民整体意志行动。我们热爱祖国,应与祖国同命运。一个民族也如同一个人那样,会历经诸多的失败与挫折。因此,我们民族也必定付出巨大的牺牲和代价。只有在那时,日本民族和国家才获得真正的觉醒和发展之路。"

我的八月十五日演讲就是从引用上述南原繁的演讲开始的。当我在深夜回到家里时,我的电子邮箱里已经收到来自批判者的邮件。有的邮件写到,南原繁未能阻止学生们被送往战场,而那些学生也许有的死在了战场,而且更悲惨的是,有很多受侵略的亚洲国家的妇女和儿童被那些参军的学生杀害,因此,教授的沉默不应被容忍。

是这样的。正是由于后悔当时未能对被迫赶赴战场的学生说出自己真正想说的话,其深刻的自我反省成为战后南原繁行动的根本动力。他内心的伤痕是实实在在的。但是,聆听那次演讲时,我深深地感受到了他内心难以掩饰的更大忧虑。南原繁认为,在战后已过十八年、日本从战败重新站立起来的时候,日本民族和国家本应对令我们自己民族付出巨大牺牲和代价的、令近邻的民族付出更加难以估量牺牲的行为做出深刻的反省,而我们却早已忘记了这应有的自觉……

4

我是一名步入老境的作家,自少年时代起,六十多年来一直崇敬着一位中国的文学家,那就是思维最敏锐、民族危机感最强的鲁迅。我最先接触到的是鲁迅的短篇小说,在不断接触和阅读鲁迅全部作品的过程中,我从未间断撰写读书笔记,其中包括对鲁迅作品所提到的"希望"的理解。实际上,我在很多场合都引用过这些读书笔记。

相对于最初对鲁迅话语的理解,随着年龄的增长,半个多世纪过后的今天的理解要深刻得多。下面,我特别要就鲁迅所说的"希望"谈谈我的想法。

如前所述,阅读鲁迅已伴随我的一生。日本战败时,我还年少,住在四国山村,我的家庭并无丰厚文化背景。在当时那种条件下,我是怎样接触到鲁迅的短篇小说的呢?关于这个问题,甚至就连我自己在很长一段时期也觉得不可思议。因为这次要到北京的北大附中演讲,必须回答这样的疑问,我把珍藏多年的、当年母亲给我的《鲁迅选集》找出来,同时还按大致的时间查阅了封存多年的当初的笔记。根据当初自己的记录,那本选集是由佐藤春夫、增田涉翻译,岩波书店出版。我又找到岩波查证了那本选集是一九三五年的版本。关于母亲得到并保存那本选集的缘由和过程,她是在临去世前才告诉我的。她说,那本鲁迅的选集是在我出生的那年(一九三五年)由一位当教师的发小在慰问她时送的,那位朋友曾经就读于东京女子大学,接触过中国现代文学。两年后,发生了卢沟桥事变,日中两军冲突,爆发了战争。我的母亲害怕周围有人监视,就把那本书压在一个小箱子底,即把敌对国的文学家作品《鲁迅选集》藏起来了。战争临近结束时,因父亲去世,我失去上中学的希望。记得当时生活非常艰苦,为糊口而奔波的母亲也不可能再有读书的心境。

战后第二年,日本颁布了新宪法,半年后,在新宪法开始实施的同时,又颁布了教育基本法。我们大多数日本人的心里充满了希望,就是刚才提到的南原繁演讲中所说的那种对新生日本的意志与期待。我讲过,南原繁是一位依照和平宪法精神致力于教育的学者,我就是那个时代改革的受益者。我们村里办起了新制中学,能继续上学的我真是高兴极了。母亲就是那时把珍藏在箱子里的《鲁迅选集》给了我。那年我十二岁,就可以读到《孔乙己》《故乡》,我还专门把《故乡》的最后一段抄写在了学校配发给学生的粗糙的写字纸上。我现在引用竹内好对那一段所做的日文翻译：

"我想：希望本是无所谓有，也无所谓无的。这正如地上的路；其实地上本没有路，走的人多了，也便成了路。"

鲁迅的这句话，对于当时仅十二岁的我来说能理解吗？其实，我当时只是反复咀嚼鲁迅的话，似懂非懂。不过，十二岁的我确实格外珍爱这句话。我觉得鲁迅太了不起了。

十九岁时，我步入大学生活，开始阅读更多鲁迅的书。鲁迅所说的"希望"一直深深地印在我的脑海里，为此我不知写过多少读书笔记（仅在新制中学读书时的笔记就有很多册），也不厌其烦地把鲁迅的话一遍遍地抄写下来。

我在《华盖集续编》里读到一段，我想在这里念给大家听。这是那篇悼念被害女学生的文章之后，在更加严峻的情况下，鲁迅在前往厦门之前向北京女子师范学校的学生会发表的最后一次公开演讲，是根据记录整理的。

"我们所可以自慰的，想来想去，也还是所谓对于将来的希望。希望是附丽于存在的，有存在，便有希望，有希望，便是光明。如果历史家的话不是诳话，则世界上的事物可还没有因为黑暗而长存的先例。黑暗只能附丽于渐就灭亡的事物，一灭亡，黑暗也就一同灭亡了，它不永久。然而将来是永远要有的，并且总要光明起来；只要不做黑暗的附着物，为光明而灭亡，则我们一定有悠久的将来，而且一定是光明的将来。"

我仍然记得自己在读了这段话后的感想。我特别意识到自己进入大学生活就是开始了人生的新阶段。其实，以十二岁的年龄去理解《故乡》是远达不到透彻程度的，我曾在那时的笔记中写下自己的困惑："希望"如何才能出现呢？当我十九岁再次阅读时，我感觉鲁迅就在眼前,他直面现实危机,矗立于横亘的黑暗前,把希望阐释得那样透彻。再翻开《故乡》的结尾,我看到,鲁迅向我们保证希望是存在的!他,是属于希望的!十九岁的我终于破解了十二岁以来的这道未解难题。随着人生岁月的流逝,我越发坚信这个真理。

5

从开始我就告诉大家,站在中国社会科学院这个大讲台上,我的内心是非常忧虑的。这是我真实且并不情愿的感觉。我已经是个老人,在思考未来的时候,我对自己今后不确定的短暂生命并无在意,想得更多的是那些将生活在未来的年轻人的、他们的那个时代、他们的那个世界。我是为此而忧虑的。

我自己在战后曾经获得过希望,于是我一直有个心愿,就是希望与那些因日本人而遭受残害的亚洲人民,特别是与中国人民实现真正的和解,但是,现实能告诉我们会有这样的未来吗?也许在我的有生之年不可能看到,也正因为如此,我才要把自己的祈盼告诉给大家。

我愿意用"祈盼"这个词,因为它出现在战后制定的那部带给日本人再生之希望的宪法里,也写在了战后的教育基本法中。教育基本法与宪法在思想上、在丰富思想之感情上是相互贯通的。我十二岁时,曾经在老师的同意下把教育基本法抄写在了作业本上(即便上了年纪,我也总是喜欢把好文章抄写下来,这个习惯来自于小时候母亲的教育,这也是自学者的一种学习方式),因为我的心深深地被"祈盼"所牵动。

在这里,我还想向大家强调我的两点思考。第一点,是关于爱德华·萨义德的思想。他是我的朋友,三年前因白血病早逝,直至去世,他一直主张巴勒斯坦的正义,对当前充斥世界的美国的文化帝国主义提出尖锐的批评。

他死后,日本的年轻电影人拍摄了记录萨义德生平的电视片,其中有对他同事的采访。他们说,萨义德在晚年并没有找到解决巴勒斯坦问题的办法,但是随着死亡的临近,萨义德的观点逐渐转变为"意志型乐观主义",他认为,世人不会永远一成不变,也许需要很长的时间,但巴勒斯坦问题是一定可以得到解决的。萨义德的朋友们认为,虽然"不清楚他讲的很长时间到底是多久",但对萨义德的"意志型乐观主义"抱有同感,并表示要继承其遗志。

我也是这样想的。虽然我对日本人与亚洲人民之间能否实现真正的和解表示疑问,特别是对日本人与位于亚洲正中的中国之间能否实现和解最不乐观。但是我也应当以最终一定能够达成和解的"意志型乐观主义"度过自己的晚年。因为,如果我们不这样做,亚洲的人民,特别是日本人自己,又怎能对未来怀有真正的希望呢……

第二点,再回到刚才谈到的南原繁的思想。对于把想象力的思考作为职业核心的我来说,南原繁一生的思想具有象征性的存在意义,我称其为"伦理性想象力"。现在,我所尊重的日本知识界的部分领军人士最为痛苦的事情就是大部分日本人已经丧失了对那场战争的记忆。

很多人都可能会说,如果连老人都失去了战争的记忆,那年轻人就更记不得,因为他们本来就没有经历过那样的记忆。但是,也正是因为年青的一代是可以通过接受教育来了解过去的,所以我用"意志型乐观主义"化解自己的忧虑。我呼吁把教育作为核心渠道,运用"伦理性想象力"唤起日本人对未来的构想。如果说为了推动自我教育需要具体的教材,那我们周围不是有很多现成的事实吗,问题只在于,需要有勇气面对现实。更坦率地说,就是我们要改变现在这种毫无反省的状态,要为我们的未来而拥抱"伦理性想象力"的祈盼。

我要继续朝着这个目标前进,把它作为晚年的事业而努力,加入到保卫宪法第九条、保卫《教育基本法》的运动中。我看到,已经有老年、壮年、青年和妇女等有觉悟的日本人走在了这条道路上。诚然,我们所面对的是凛冽的逆风……

二〇〇六年九月九日
于中国社会科学院

（李薇 译）

走的人多了，也便成了路

1

我是一个已经步入老境的日本小说家，我从内心里感到欣慰，能够有机会面对北大附中的同学们发表讲话。现在，我在北京对年轻的中国人——也就是你们——发表讲话，可在内心里，却好像同时面对东京那些年轻的日本人发表讲话。今天这个讲话的稿子，预计在日本也将很快出版。像这样用同样的话语对中国和日本的年轻人进行呼吁，并请中国的年轻人和日本的年轻人倾听我的讲话，是我多年以来的夙愿。尤其在现在，我更是希望如此，而且，这种愿望从不曾如此强烈过。在这样一个时刻，我要深深感谢为我提供了这个机会的所有人。同时，我更要深深地、深深地感谢坐在我的面前，正注视着我的各位同学。

2

在你们这些非常年轻的同学现在这个年龄上，我所阅读的中国小说家是鲁迅。当然,是借助翻译进行阅读的。在那之后直至二十岁,好像还数度阅读过鲁迅的作品,尤其是被收录到《呐喊》和《彷徨》中的那些篇幅短小、却很尖锐、厚重的短篇小说。因此,当前不久我的中国朋友利用各种机会向我询问,"您最初阅读鲁迅小说时大概几岁?"这个问题时,我一直难以准确回答。

不过,若说起"在哪儿读的? 读了哪些作品?"等问题的话,我倒是记得非常清楚——是在日本列岛叫作四国的岛屿上一片大森林里的峡谷中的村子里读的。沿河而建的那排房屋里有一间是我的家。在我家那不大的房屋间有一个院子,院里生长着一株枫树,我便在那棵树的大树枝上搭建了一座读书小屋,坐在狭小的地板上阅读小开本的文库版图书,是"岩波文库"系列丛书中的一册。让我觉得有趣并为之感动的,是《孔乙己》和《故乡》这两个短篇小说。现在,我还记得孔乙己的发音是 koniti,是在翻译文本目录上的汉字标题旁用日语片假名标示的读法。这叫作注音读法,是日本人为学习难读汉字的读音法而创造出来的方法。我就是依据这种注音读法来发音的。不过,在我最初阅读的那本书上,标示的是"kuniti"这个读音,我便这样记了下来。然而,准确说来,是什么时候读的这书呢?

我决定借这个机会对此进行一番调查,于是,现在终于可以回答出这个问题了。事情的经过是这样的:我有一个朋友在出版社工作,就是出版了刚才说到的"岩波文库"的那家出版社。我请这个朋友复印了出版社作为资料保存下来的那本书的第一版版本,然后,我怀着亲近感着迷地阅读了《孔乙己》。在这里,由于我希望年轻的日本人能阅读目前在日本很容易得到的这个译作,因此要作一些引用(是筑摩书房出版、由竹内好翻译的《鲁迅文集》第一卷)。刚开始阅读不久,就读到了"我从十二岁起,便在镇口的咸亨酒店里当伙计"这一行,于是,记忆便像泉水一般从此处涌流而出。这里所说的镇子,就是经常出现在鲁迅小说里的鲁镇。

　　说了这番话语后,叙述者便开始了自己的回忆。而我本人也回想起,最初读到这一节的时候,确实从内心底里这样想道:

　　"啊,我们村里成立了新制中学,这真是太好了。否则,也已经满了十二岁的自己就上不成学校,将去某个店铺里当小伙计!"

　　一九四七年,也就是我十二岁的时候,阅读了《鲁迅选集》(佐藤春夫、增田涉译)中这两个短小的作品,是作为我进入新制中学的贺礼而从母亲手里得到这个小开本图书的。母亲是一个没什么学问的人,可她的一个从孩童时代起就很要好的朋友却前往东京的学校里学习,母亲以此作为自己的骄傲。此人还是女大学生那阵子,对刚刚被介绍到日本来的中国文学比较关注,并对母亲说起这些情况。我出生那一年(一九三五年)的年底,母亲一直没能从产后的疲弱中恢复过来,那位朋友便将刚刚出版的岩波文库本赠送给她,母亲好像尤其喜欢其中的《故乡》。然而,两年之后,也就是一九三七年的七月,日中两军在卢沟桥发生了冲突,日中战争就此开始。那一年的十二月,占领了南京的日本军队制造了大屠杀事件。这时,即便在日本农村的小村子里,也已经不再能说起有关中国文学的话题。于是,我母亲便将包括岩波文库本《鲁迅选集》在内的、她那为数不多却被她所珍视的书籍藏进一个小皮箱里,直至度过整个战争时期。在此期间,我的父亲去世了,我升入中学的希望也越来越遥远了。实际上,也曾听说母亲打算让我去做雇工(住在雇主家里见习的少年雇工),并在某处寻找需要小伙计的店铺。

　　一九四五年,战争结束了,战败了的日本在联合国军的占领下制定了新宪法。就连我们小孩子也都非常清楚地知道,这个新宪法中有个不进行战争、不维持军备的第九条。教育制度也在民主主义原则下得到改革,村子里成立了新制中学,我作为第一届一年级新生升入这座中学,于是,母亲便从皮箱里取出《鲁迅选集》并送给了我。

我还曾被问道,当时你为什么喜欢《孔乙己》? 最近重新阅读这部作品时,发现那位叙述者,也就是咸亨酒店被称为"样子太傻"的小伙计的那位少年,与自己有相同之处。当那位多少有些学问却因此招致奚落的贫穷顾客孔乙己就学习问题和自己攀谈时,少年"毫不热心";但当这位客人落难之时,少年随即也流露出了自己的同情。我意识到,自己的性格与这位少年有相似的地方。

不过,在持续和反复阅读的过程中,我深为喜爱的作品却变成了《故乡》。尤其是结尾处的文章,每当遇见新的译本,就会抄写在笔记本上,有时还会把那段中文原样抄到纸上,然后贴在租住房间的墙壁。当时我离开了儿时的伙伴,离开了大森林中的家,同时寂寥地想象着将来:我也许不会再住回到这个峡谷里来了吧(实际上,后来也确实如此),随后便第一次来到东京开始了自己生活。

我还是要引用竹内好翻译的结尾处这一段文章:

> 我想:希望是本无所谓有,无所谓无的。这正如地上的路;其实地上本没有路,走的人多了,也便成了路。

3

那么,十二岁的我深刻理解了鲁迅的这段话了吗? 在这里,我要模仿鲁迅的口吻,认为无所谓已经理解,无所谓没有理解。不过有一点倒是可以确定的,那就是十二岁的我从内心里珍视这句话,认为写出这种话语的鲁迅是个了不起的人。在那之后,分别于十五岁和十八岁的时候,我又借助新的译本重新阅读了这段话语,就这样加深了自己的理解。现在,我已经七十一岁了,在稿纸上引用这段话语的同时,我觉察到,依据迄今为止的人生经历,自己确实加深了对这句话语的理解。而且我意识到,自己从内心里相信现在之中有希望,那是鲁迅所说话语的意蕴……

刚才我说过,依据迄今为止的人生经历,自己确实加深了对这句话语的理解。下面要涉及我个人的话题,请大家允许我说说那些经历中的一个具体事例。我的长子出生时,他的头部有一个很大的、瘤子一般的畸形物。如果不做手术的话,他就不可能存活下去;可如果做了手术,今后也许眼不能见,耳不能听,最终成为植物状态。主治医生就是这样告诉我们的。于是,我就产生了动摇。然而,我的妻子却要求医生立即准备手术。

手术前,我们为儿子起了一个名字,叫作光(那是祝愿他的眼睛能够看到光明)。手术后,他的眼睛果然能够看到光明,耳朵也能够听见声音,可是,他在智力发育上的迟缓也随之显现出来了。直到五岁的时候,还从不曾说过任何一句话。然而,有一天他似乎对电视机里传出的野鸟叫声表现出了兴趣,我便把灌装了野鸟叫声的唱片转录到录音带上,循环往复,整日里在我们家中播放。首先传出的是野鸟的叫声,片刻之后,便是女播音员的声音。这就是那个录音的顺序。鸟的叫声,鸽子;鸟的叫声,黄莺;鸟的叫声,白脸山雀……这个录音带听了一年之后,我把光带到夏日里避暑用的山间小屋去,当时将他扛在脖颈上漫步在林子里。在林子对面的水塘边,水鸡叫了起来。片刻间,骑坐在我脖颈上的光突然说道:"这是,水鸡。"这就是光使用语言的开始。

以这个野鸟叫声录音带为契机,让光进行语言训练的会话,就在光与我和妻子之间开始了。后来发展到以钢琴为媒介,训练光回答出音域的名称和调子的特性。从在那片林子里第一次说出人类语言那一天算起,十年之后,光能够创作出短小的曲子了,将这些曲子汇集起来的 CD 发行后,竟拥有了为数众多的听众。虽然光现在只能说出三岁儿童的语言,可他一直持续着具有丰富内容的作曲工作。

光的第一次手术结束后,又接受了第二次手术,装上用以保护头盖骨缺损部位的塑料板。经过这一番周折后,光终于回到家里,开始了与我们共生的日子。当时,妻子什么也没说,但是我清楚地知道,她这是决心接受智障的儿子,为了一同生活下去而在积蓄力量。另一方面,我认为自己与光共生的将来是没有希望的。也就是说,就光的症状而言,是不会有任何改善的可能性的。可是,在承认这一切的基础之上,自己决心接受这个孩子,并为之积蓄力量。

当光通过野鸟录音带的训练而发出人类语言的时候,我觉察到一条希望之路开启了,随着光的 CD 受到很多人的欢迎,那条希望之路也便成了很多人都在行走的大道。我就是通过这样一些经历,逐渐理解了鲁迅的话语。而且,我现在同样坚信,希望是存在的,那是鲁迅话语的真实意蕴。

<h2 style="text-align:center">4</h2>

刚才我已经说了,十二岁时第一次阅读的鲁迅小说中有关希望的话语,在将近六十年的时间内,一直存活于我的身体之中,并在自己的整个人生里显现出重要意义。

接下去我想说的是,对于自己也很重要的、与希望并在的另一个话语——未来,以及有关未来这个话语存活在我的身体内部的定义是如何来到的。

不过在此之前,也就是现在,我必须预先说明一下这样做的理由,也就是我为什么要重新考虑未来这个话语,并决定在大家面前说起这个话题。我不是政治家,也不是实业家,我是一个小说家。也就是说,我没有与国家权力有关联的任何力量,也没有实际驱动政府组织的力量。同时,也没有从事将日本经济与中国经济积极联系起来的工作。

我是一个无力而又年迈的小说家,只是我认为,小说家是知识分子。这是三年前因白血病而去世的、我多年来的朋友、美国的文学研究家爱德华·萨义德的观点。被称为学者、新闻工作者、小说家、诗人、音乐家和画家的那些人,在各自的专业领域内,用自己一点点积累起来的知识和技能从事着工作。但是,当他们认为自己所在社会的进程停滞时,就必须离开其专业领域,作为一个对社会、对国家、对世界感到担忧的非专业人士聚集起来并发出自己的声音。因为,这是知识分子的本职。作为一个知识分子,围绕日本社会的进程,我也一直与那些值得信赖的朋友一同发出自己的声音。

现在,日本与中国的关系并不好。我认为,这是由日本政治家的责任所导致的。我在想,在目前这种状态下,对于日本和中国这两国年轻人之间的未来而言,真正意义上的和解以及建立在该基础之上的合作,当然还有因此而构建出的美好前景,无论怎么说都是非常必要的。于是,我明白了自己想要述说的内容,现在在北京面对着你们、回国后在东京将要面对那里的年轻人进行述说的内容,并为此而做了相应准备。在今天讲话的结尾处,我还会回到那个问题上来。我想说的是,我认为现在日本的政治家(直接说来,就是小泉首相)有关未来这句话语的使用方法是错误的。我想就未来这句话语的使用方法谈谈自己的见解,这句话语的使用方法是我年轻的时候从法国一位大诗人、评论家那里学来并一直认为是正确的。

小泉首相有关未来这句话语的使用方法是这样的。今年八月十五日,小泉首相参拜了靖国神社。早在两年前,我就在报纸上表示,停止参拜靖国神社是开拓日中关系新道路的第一步。长期以来,还有很多日本知识分子持有和我相同的观点。然而,尽管小泉首相的任期行将结束,作为最后一场演出,他还是参拜了靖国神社。于是,他做了这么一番发言:在海外诸国中(具体说来,就是中国和韩国吧),有些人说是"考虑一下历史吧"。国内那些批判者也是这么说的,他们说是"考虑一下目前国际关系陷入僵局的情况吧"。可是,小泉首相认为自己的指向是未来。较之于过去和现在,自己是以未来作为目标的,是以与那些国家在未来共同构建积极而良好的关系为指向的。这就是小泉首相围绕自己参拜靖国神社这个现在时的行动所做的发言。

我们日本知识分子也在很认真地倾听着来自海外的批判。现在,不但政府那些领导人的声音,因特网上很多人的声音也直接传了过来。他们把日本在过去那个军国主义时代针对亚洲的侵略作为具体问题,批判日本现在的政治领导人岂止不进行反省和谢罪,还采取了将侵略战争正当化的行动。

在那种时候,自己竭力忘却过去,在现实中又不负责任,在说到那些国家与日本的关系时,怎么可能构想出未来?日本周围任何一个国家的领导人以及那个国家的民众,又怎么可能信任这位口称"那是自己的未来指向"的日本政治领导人呢?!

对于如此作为的小泉首相的未来指向,我们日本知识分子持有这样的批判态度:这种未来指向最大限度地否定了我们日本这个国家和年轻的日本人本应拥有的真正的未来。

5

接下去,我要说说十九岁时在大学的教室里为之感动,并将这种感动贯穿自己生涯的、有关定义未来的那些话语。

这是在法国引领了二十世纪前半叶的大诗人、评论家保尔·瓦雷里①于一九三五年面对母校的中学生们进行讲演时说过的一段话（由于偶然的一致，这也是母亲生了我以后难以恢复的那一年，还是母亲从朋友那里得到当年刚刚出版的《鲁迅选集》那一年。而鲁迅就在那一年的翌年去世了）。我曾将这段话语翻译过来并引用在了自己的小说之中（那是我为了孩子们和年轻人而写的作品，叫作《两百年的孩子》），在这里，我仍然要引用这段话语。瓦雷里是这么说的：

> 我们最为重要的工作（被我翻译为工作的这个法语单词，在瓦雷里的法语中是 fonction。我希望你们之中学习法语的同学知道，在古老的文章里也可以将其翻译为职能这个单词），就是创造未来。我们呼吸、摄取营养和四处活动，也都是为了创造未来而进行的劳动。虽说我们生活在现在，细究起来，也是生活在融于现在的未来之中。即便是过去，对于生活于现在并正在迈向未来的我们也是有意义的，无论是回忆也好，后悔也罢……

有关未来的这个定义做得确实非常出色，因此，我似乎没有必要另外加以说明。我只是想把该讲演中的这一段话语送给北京的年轻人，而且，回到日本后如果得到讲演的机会，也会把今天这段话原样传达给东京那些年轻人。

下面，我要讲述这一段话语现在在我身上唤起的几个思考，从而结束今天的讲话。首先，我想请大家注意我所引用的瓦雷里这段话的结尾处。我再读一遍，就是"即便是过去，对于生活于现在并正在迈向未来的我们也是有意义的，无论是回忆也好，后悔也罢……"这一处。

---

① 保尔·瓦雷里（1871—1945），法国诗人，象征派大师。

关于过去,唤起回忆也好,后悔也罢,如果确实具有意义的话,那又是怎样一种意义呢?我在这样询问自己(这也是瓦雷里询问作为自己晚辈的那些年轻的法国人、法国的青年和少年的问题,因为这正是面对他们而进行的讲演)。然后,我想出了自己的答案。瓦雷里进行这场演讲那一年,他已经六十四岁了。作为已然如此上了年岁的老人,他本人当然拥有各种各样的回忆。瓦雷里知道,已经步入老境的自己如果只是回顾流逝了的过去,只是回忆年轻时曾有过这样或那样快乐的往事等等,是不可能产生积极意义的,也不可能在自己的人生中产生足以生成新因素的力量。

那么,后悔又如何呢?自己在年轻时曾做过那般愚蠢的事情,曾对别人干下残酷无情的事情……现在回想起这一切便感到后悔了。只要是一个正常的人,上了年岁后都会想起这样一些往事并为之而后悔。作为一个人来说,这是很自然的。但是,如此这般地后悔就能够产生出积极意义吗?对于生成某种新因素就能够发挥什么作用吗?不还是没有积极意义、不能为生成新因素而发挥作用吗?只是一味沉沦于对过去所做坏事而引发的痛苦、遗憾以及羞愧的回忆之中,后悔自己如果没做下那坏事就好了……

但是,瓦雷里的思考却已经进入了另一个层次。瓦雷里认为,我们生活于现在,而生活于现在即是在迈向未来;我们现在生活着,呼吸着,摄取着营养并四处活动,这都是为了创造未来而从事的劳动;我们生活于现在,而且有一个非常重要的工作,那就是创造未来;因为,这是为了自己,为了社会,为了国际社会,为了国家,为了世界……

瓦雷里告诉我们,在这种时候,对过去的回忆才会产生意义,将恢复我们曾经失去的真善美,使得未来比现在更为美好,更加丰厚;在这种时候,后悔也将产生意义,使得未来不会再度出现我们为之悔恨不尽的那些愚蠢的、恐怖的和非人性的事情。也就是说,现在就要开始创造美好的未来。

我认为这个想法是非常正确的,我从内心里想把这些话语赠送给北京的年轻人,甚至尚处于孩子年龄的你们。同时,我也想把这些话语赠送给东京那些年轻人,甚至尚处于孩子年龄的他们。

6

现在,日本与中国的外交关系,以及日本人与中国人在精神领域非常重要的深处的关系,究竟出现了哪些恶变? 出现了哪些具体而直接的恶变? 那就是日本的政治领导人不愿意重新认识侵略中国和对中国人民干下极为残暴之事的历史并毫无谢罪之意。岂止如此,他们的行为还显示出了与承认历史和进行谢罪完全相悖的思维。小泉首相在今年①八月十五日进行的参拜,就显示出了这种思维。其实,较之于小泉首相本人一意孤行的行为,我觉得更为可怕的,是在小泉首相参拜靖国神社之后,由日本几家大报所做的舆论调查报告显示,认为小泉首相参拜靖国神社挺好的声音竟占了将近百分之五十。

小泉首相很快就要离开政权,作为其最后的演出,他于八月十五日参拜了靖国神社。可那已经是过去的事情,作为已经过去的事物,挺好! 很多日本人也许是以过去时态发出了这种支持的声音。然而,我却无法忘却瓦雷里所说的那些话语——人们现在所做的一切,都是在创造未来,准备未来。我是一个已然七十一岁的老年小说家,我深为不远之未来的日本人的命运而忧虑,尽管那时像我这样的老

---

① 二〇〇六年。

人已经不在人世。而且,我,还有我们,被一种巨大的悔恨所压倒,那就是没能在日本与中国、日本人与中国人之关系这个问题上达到目的并迎来巨大转机。

7

然而,你们是年轻的中国人,较之于过去,较之于当下的现在,你们在未来将要生活得更为长久。我回到东京后打算对其进行讲演的那些年轻的日本人,也是属于同一个未来的人们。与我这样的老人不同,你们必须一直朝向未来生活下去。假如那个未来充满黑暗、恐怖和非人性,那么,在那个未来世界里必须承受最大苦难的,只能是年轻的你们。因此,你们必须在当下的现在创造出明亮、生动、确实体现出人的尊严的未来,而非前面说到的那个充满黑暗、恐怖和非人性的未来。我憧憬着这一切,确信这个憧憬将得以实现。为了把这个憧憬和确信告诉北京的年轻人以及东京的年轻人,便把这尊老迈之躯运到北京来了。之所以这么做,是因为已然七十一岁的日本小说家,要把自己现在仍然坚信鲁迅那些话语的心情传达给你们。七十年前去世的鲁迅显然是二十世纪最伟大的小说家之一。我和你们约定,回到东京以后,我会去做与今天相同的讲演。

惟有北京的你们这些年轻人与东京的那些年轻人实现真正意义上的和解,并在此基础上展开友好合作之时,鲁迅的这些话语才能成为现实。请大家现在就来创造那个未来!

我想:希望是本无所谓有,无所谓无的。这正如地上的路;其实地上本没有路,走的人多了,也便成了路。

——二○○六年秋,于北京

面向"作为意志行为的乐观主义"

——世界笔会论坛"灾害与文化"①

1

　　首先,我要向组织这次世界笔会论坛的日本笔会筹备委员会的各位成员表示敬意。此外,我要向来自海外的各位出席者表示谢意。同时,我期待着与我所敬爱的、久别重逢的文学者们进行交谈。

　　我与日译本《狐蝠在一棵自由的树》之作者阿尔伯特·汶特(Ailbert Wendt)之间的交往,始于我们在夏威夷那次研讨会的邂逅相识,迄今已经持续三十年了。当时,我们这些出席者被安排在夏威夷大学东西文化中心的宿舍下榻,与我同宿一室的尼日利亚剧作家沃莱·索因卡②生气地表示,自己不能住在这种女生集体宿舍一般的地方,况且这里也没有女生。于是,他就与大学当局进行交涉,从而在名为"假日酒店·夏威夷"的饭店里获得了一间客房。早在年

---

① 此为大江健三郎于二〇〇八年二月二十二日下午二时,在东京新宿召开的世界笔会论坛上所做现场讲演。

② 沃莱·索因卡(Wole Soyinka, 1934—　　),尼日利亚剧作家、诗人、小说家、评论家。一九八六年诺贝尔文学奖获得者,是非洲第一位获此殊荣的作家。

轻时,天才索因卡就是一个具有领袖气质的人物,当时他让我如法炮制,还把具体战术也告诉了我:你就对大学接待方说,自己是一个很快就将获得诺贝尔文学奖的作家。

于是,我就去了大学当局并述说了自己的希望,那位负责人看着我的胸卡对我说:"今天真是稀罕,一下子来了两个自称将获得诺贝尔文学奖的人。早上来的那个索因卡确信自己将成为非洲大陆第一位获得诺贝尔文学奖的作家,那么大江你怎么看待自己?"我回答说:"Maybe,perhaps."于是那人就说:"你们两个人的气势不一样,你大概可以在集体宿舍里忍受下去吧。"就这样,我没能拿到饭店房间的钥匙。

来自于中国的作家莫言也在日本被翻译、出版了好几部主要作品,受他的邀请,我曾前往山东省高密县他的老家进行访问。

那是二〇〇二年春节的大年初一,我被领到位于农家小院后面的一间独立小屋,透过土墙上的圆窗,可以看到冬季枯萎的草地对面的那条大河。这个论坛上将有一个节目,作家本人也参与朗读并配以中国琵琶伴奏的节目"秋水"。如果你是"秋水"原作的读者,你大概会想象出下面这段情景吧。

"秋水"这个故事叙述了当完全覆盖了大片湿地的洪水到来时,被困在小高地上的孤独的夫妻,经历了包括妻子生产、前来避难的女医生、更有带着盲人姑娘来到此处的强人等各种紧张关系。叙述者像是这对夫妻的孙子,他用叙事口吻讲述了作为整个家族史的这段故事。看着在自己身边屈下腰身打量土墙上窗子的莫言,我不禁想象起少年时代的莫言,就在这个窗下踮起脚跟,侧耳倾听大河里涨水行情时的模样。就这样,这部短篇小说在少年的心里开始萌芽,不久后,作家莫言的文学生活便从这里开始了……

在我的少年时代,尤其是从十岁到十一岁,也就是太平洋战争败北前后那三年间,在生我养我的四国那片森林里,从夏至秋,经常会有狂风暴雨。为了重建被空袭烧毁了的地方城市,森林遭到了滥伐,每当暴风雨来临时,我们山谷里的那条河都会泛滥。在大风和暴雨使得森林喧闹不已的夜晚,我们全家(此时父亲已经去世,因此都围拥在母亲身边)听着河里的洪水势头越发凶猛的喧嚣,等待着通知避难的钟声。

自不待言,那时因为停电而一片漆黑。在那漫漫长夜里,母亲通常会从我们家祖先在这块土地上最初的生活开始,说起有关曾外祖父、外祖母、父亲的兄弟们的长长故事。在我来说,开始写作小说之际,运用由母亲传承下来的我们家一代代叙述者的语调讲述故事,就始自于那些夜晚并成为我终生的工作。

我的初期作品,便以四国那个狭窄的山谷里,被响彻大片森林的风声与河里正发大水的情景所夹攻的孩子的内心,以及极为无力之人的危机感为基调而写成。就在因山崩而造成道路多处截断,村子也几乎都被浸泡在洪水之中时,成年的男人们和女人们(尽管他们也很难过)为重建村子而开始劳作。在他们身旁,孩子们也能够为此而干点儿什么,因此我们也精神抖擞地四处奔忙……在狂风暴雨翌日开始放晴的早晨,我注视着将积水引流而出的场面,同时编织着我们村子以及我本人的故事。

我对莫言以"秋水"开始的小说群所抱有的亲近感和敬意,首先源自于这里。

但是,这并不是连接我与莫言的亚洲农村的纽带之类的问题。因为,当我随后进一步阅读恢宏的"红高粱一族"时,便撞上了一座险峻的断崖,横亘在被侵略了的农民之子与发动侵略的军队所属国家的国民之间,也就是横亘在莫言与我之间的断崖。毋宁说,我对莫言所抱有的亲近感,应该源自于在暴风骤雨和大洪水中被惊吓得目瞠口呆、想要设法存活下去的柔弱无力之人的、在整个地球范围内所共通的情感。

从那些与我的生长经历有着质的不同的西欧文学者中,我也发现了这种感情。这种感情始自于 T.S.艾略特《四个四重奏》中的"干燥的萨尔维吉斯"(*The Dry Salvages*)的两行诗句,那是讲述大河(这是指诗人在其河畔度过童年时代的密西西比河)之神、那位难以取悦、难以亲近、难以承受的神明的相关诗行。一旦建起了桥梁,河神那每到季节就要发怒的破坏者面目便会被忘却,那位河神……诗行如下面所要表述的那样持续着。我将采用西胁顺三郎的译文作为引文,同声传译则请阅读艾略特的原诗。

> 河神呀,
> 只是等待一下,只是小心地等待一下而已。
> 这位河神的律动,存在于幼儿的卧室之中。

孩童时代的我们,在长夜的黑暗中所听到的、令人恐怖的河水律动,贯穿于我的、莫言的还有艾略特的小说和诗歌之中,并成为各自语言作品的基础。

2

我还要说起我的另一个记忆,那是我不到二十岁时,通过文学作品感受到的、现在回想起来仍感到不可思议和恐惧的记忆——人们如何应对巨大灾害并生存下去。

日本那时还处于占领之下,四国的地方城市也有占领军的民间情报教育局设立的图书馆。当时,我是一个对英语的诗歌和小说开始产生兴趣的高中生,经常前往这个图书馆。阅读了《哈克贝利·

费恩历险记》之后,我想用原文阅读《鲁滨孙漂流记》。然而,希望阅读这本书的读者太多,我就被摊上同为笛福小说作品的《大疫年纪事》(*A Journal of the plague year*)。由于这本书不存在竞争者,甚至可以较长时间地借出去仔细阅读。

我随处翻动着书页,阅读有关十七世纪中叶袭击伦敦并大肆流行的那场鼠疫的、小说一般的记录。当时我还很年轻,在那阅读的过程中,遇到一个无法理解的、让我胸中憋闷却难以忘却的一段小插曲。笛福在作品中描述了这样一幅景象:在叙述者居住的伦敦那个教区里,人们挖掘了一个可以称之为巨大深渊一般的大坑,用以把因鼠疫而死去的死者扔入其中,这个大坑很快就被尸体所填满。

就在人们掘出如此之大的大坑,不断把尸体运到此处并投入坑中的那地方近旁有一家高级餐馆,尽管处于这种非常时期,那家餐馆却仍然生意火爆,熟客们夜以继日地在那里醉酒喧闹。为了提醒行人不要染上鼠疫,运尸车在通过时都会鸣钟示警,如果有人在此时特意打开窗子观看将尸体扔入大坑的情景,并说出"神呀,请怜悯人们吧"之类的话语,便会遭到劈头盖脸的一顿痛骂……

在鼠疫如此大流行之际,市民们抱着自己也终将难逃一死的恐惧参加上述酒会,这样的同类相聚在一起,夜以继日地举办着酒宴……阅读时,还是孩童的我感觉到了恐惧,恐惧竟然能够发生这样的事情。然而,让我感受到更大震撼的,是文学这种艺术形式,竟然能够记录下人们那种毫无意义且奇怪的行状。而且,我通过翻译文本阅读的《鲁滨孙漂流记》里的作者也是如此……那时,我决心成为文学研究者,同时也抱有某种预感,觉得我本身或许也会走上写作小说的道路。那是一种类似于精神准备的预感,觉察到将进入当时的自己尚不了解的可怕工作之中。

3

现在回过头来看这个问题,也不知该说是一如那预感一般,还是尽管有那种预感……总之,我把创作小说作为职业,已经持续写了五十年。而且,我的这个人生可谓单纯,就其根本而言仅有三个主题。一直如此写着小说,只是三个主题中的第一个主题;而将自己的批评性工作作为基轴的第二和第三个主题,回顾一下则会发现,这已经构成了我所有小说中的人生观之基础。

所有这三个主题,都与突然袭向人类的灾害密切相关。作为人类的一个个人,或者是人类的一个集团,甚或是人类的一个社会,因为灾害而经受了怎样的折磨?受到了怎样的摧残?在此基础之上又是怎样恢复了过来?这就是我作品的全部形态,恐怕在我结束自己作为作家之生涯以前将会一直如此,这便是我目前正在认真考虑的问题。

围绕这三个主题,我将结合我本人的经验以及通过这个经验长期写作的文学来进行发言。在此之前,我首先需要确认,在我的灾害这句话语的使用方法与一般性灾害这句话语的一般性接受方式之间存在的差异。在这个差异之间,有着两个不同的侧面。

首先,其中之一是在这次论坛上被定性为焦点的灾害……我把与地震、海啸、飓风、台风、洪水,以及火山喷发等自然界突然爆发并肆虐发威的灾害所不同的、叫作战争的那种由人为行径引发的结果,排列在灾害中尤为重要的位置上。在广为使用的日语辞书中,灾害被作了如下定义:“因为异常的自然现象以及人为原因,人们的社会生活和生命遭到损害。”倘若依据这个定义,毫无疑问,战争所带来的悲惨确实就是灾害。

　　我们的笔会前会长井上厦为这次论坛新创作了朗读剧《小男孩、大台风》，这里的小男孩，是美国空军为投在广岛的那颗原子弹所起的绰号，而大台风，则是指原子弹爆炸后不久，袭击了日本的中国地区的那场台风。当这部作品将自然现象与人为原因双重叠加起来时，将会强有力地表现其复合型主题——这场灾害能够成为怎样一种规模的灾难，人们以及社会与其进行了怎样的抗争，从而开始走上恢复的道路……

　　我将要述说的由于人为原因而袭向人类社会的灾害，第一是对广岛进行的核武器攻击所引发的破坏，以及因此而带来的经年累月的影响。第二，则是同在那场太平洋战争的末期，以日本最南端的冲绳列岛为地面战场的冲绳之战中，日本军队在两个小岛上强制岛上居民集体自杀……具体情况将在后面进行介绍，但日本文部科学省在现阶段所认可的高中教科书里，却将其记述为日本军队参与了……的事实。

　　我认为，在并不久远的未来，更具体地说，在二十一世纪前半期之内，将在全球范围内连续发生的灾害……以的确是人为原因所引发的地球温暖化所带来的灾害为前锋……作为人为原因与异常自然现象的复合体，将会越发频繁和严重。因此，为了对抗即将到来的新威胁，需要告诉人们如何从巨大的悲惨中恢复过来以及如何重建遭到破坏的文化，这种教育当然是必要的。即便作为正确进行这种教育的教科书，文学也是人们行之有效的经营活动。我之所以要强调指出这一点，是因为掌权者有时试图将这种经营活动引往与其相反的方向。

　　另一个差异，也就是我所惧怕的有关灾害的自己的思考方式之差异，则与把发生在我生活中的、患有畸形的孩子出生这一事件作为灾害予以接受密切相关。当时，我试图将其与一般性灾害连接起来，便特意为此而写了小说。由于这是发生在非常个人化的家庭之中的事情，因此，我想恳请大家原谅我述说这些内容。当时，我刚刚开始小说家的生活，还是一个不到三十岁的青年，而我的文学主题，是将二十年前战败前后的少年们的生活，从都市的生活里切割出来，放置在大森林中被封闭了的小环境里加以描述。在那些文体间，就有刚才说到的、孩子在暴风雨之夜的床铺上听到的正发着洪水的河川里的律动在回响。

身为这样一些小说之作者的我（还有我那位当时也很年轻的妻子），却遭遇到了异常事件的袭击，虽说是极为个人化的内容，还是让我们感受到了更为重大的、作为人的条件所需要具备的一些东西的那个异常事件。我们的长子诞生之际，刚刚出生的孩子头部长有一个畸形大瘤。医生告诉我们，切除这个瘤子的手术如果获得成功，孩子就能够继续存活下去，不过，如此生活下去的孩子将来会存在重度残疾。

最初，我陷入了混乱之中，尽管在较短期间内设法克服了这场混乱，但在其过程中让我尤为痛苦的，是我认识到，当我陷于困境之中，为了鼓励自己而阅读本人迄今创作的文学作品时，却没有一部作品能够发挥作用。那么该怎么办呢？为了重建现实生活，要把似乎终于能够存活下去的这个孩子，置于我本人和妻子所组建的这个家庭的生活中心，而且，身为作家的自己今后创作作品，也要以与这个孩子的共生经历作为基础。我把这个选择当作自己此后的新原则。这个选择在我的生活和作品里又是如何实现的呢？现在，这个孩子四十五岁了，作为智力障碍者而生活的同时，他不断创作出独特的音乐。这就是我与这样的儿子共生的内容，我创作的小说也几乎都以这个体验为主题。

我如此进行了选择，并实现了自己的选择，在其出发点上，我发现了一个典范。这个发现与孩子伴随着困难而诞生的那个时期相重叠,也与我这一年所承担的、为在广岛召开的废弃核武器国际会议写现场报道的工作直接相关。

那个夏季,我在广岛度过的两个星期间,较之于举行政治性会议的场所,我整天待在广岛原子病医院里,反复采访因原子弹爆炸而住进医院的患者以及医生们。在那一时期,患者中的大部分都因为遭受原子弹轰炸而患上白血病并被这种疾病所折磨,第二年夏天,当我再度访问原子病医院时,一年前曾采访过并聆听其话语的那些患者,无一例外地全都死去了。于是,数年来能够让我不断听到其话语的,惟有从第一次拜访时就已经作为原子病医院院长、二十年来一直为原子弹爆炸受害者进行治疗、其本人同样也曾遭受原子弹轰炸的重藤文夫博士了。

这里所说的博士这二十年,是指广岛被投下原子弹那一天,作为那里的红十字医院副院长而上任、上班从事最初工作那个早晨以来的二十年。尽管他本人也遭受了原子弹轰炸,却从那天开始,就一直持续着对遭受原子弹轰炸的患者进行治疗。这二十年,是在人们还完全不了解转瞬间即摧毁广岛市并以诸多死伤者覆盖了这座城市的那一枚炸弹之特性的阶段,便开始了治疗的二十年。在被派遣到广岛的科学家确认此为核武器之前,那些本人也受到创伤的医生们,便对蜂拥到医院来的无数伤者,用未被燃烧掉的油治疗烧伤①,用红药水涂抹创伤,开始了这种原始水平的应急治疗。

在那飓风般的最初几天的某一天午餐时,一位本人也身负创伤且疲劳至极的年轻医生询问重藤博士,说是面对如此之多的负伤者,只有我们这几个医生,又没有足够的医疗器材,能起什么作用呢? 据

---

① 日本民间习惯于以食用植物油涂抹在烧伤和烫伤的患处。

说,当时他们正望着在医院的院子挖出的大坑(我由此而想起在伦敦市内把因鼠疫而死的那些人的尸体扔进去的那个大坑)里火烧原子弹爆炸受害者尸体的黑烟冲向天际,同时在临时设立的食堂里急急吃饭。重藤博士面向那位年轻医生作了这样的回答:只要那些正在遭受折磨的人前来寻求救助,我们就只能设法对他们施以治疗般的努力。年轻医生下午没有前来工作,他自杀了。重藤博士告诉我,他一直为此而悔恨,说是当时应该多用一些时间与那位年轻医生进行交流。

那时,我是把尚未决定如何处置其头部肿瘤的、刚刚出生的儿子放置在东京的医院里而到广岛进行采访的。我想,或许是年轻的我挂着一副与重藤博士头脑里那位自杀了年轻医生的记忆相重叠的面容,重藤博士才对我说了当年未能对那位年轻医生说出的悔意。

治疗被原子弹投下后随即造成的创伤和烧伤的时期刚一过去,看上去并没有外伤却因发作急性原子病症状而走向死亡的患者们(这一年的年底,最先显现原子病症状的患者们同样全部死亡)住满了原子病医院。又过了几年,更为缓慢地显现出原子病症状却是致命的白血病开始明显起来……重藤博士就把这样的二十年献给了医疗事业。其后,这种献身成了贯穿博士生涯的生活方式。

从广岛一回到东京,我就立即办理相关手续,以便尽快为婴儿施行手术。从那一年的年底开始,一直持续了数年,我在多次采访广岛的基础上写出了《广岛札记》,同时还写了一部题为《个人的体验》的长篇小说,叙述出生时头部患有肿瘤的孩子如何接受了手术,并向着恢复……是那种一面与重度疾患做斗争一面慢慢好转的恢复……而存活下去。就这样,我重新开始了自己的生活和小说家的人生,说起来,这就是一种经过修正的新生活和新人生。我在想,我之所以为小说选择了这个题名,是试图将我和妻子以及孩子所蒙受的极为个人化的灾难,与整整一座城市全体市民的生活遭到核武器严重破坏的那场极为巨大的灾难连接起来,从而使得双方与作为人而必须面对的灾害的各种形态连接起来,并表现出这个主题。

自那个夏天以来,时间又过去了四十多年,当我现在回顾努力将那个夏天的那些时日的经验以及由此产生的东西作为文学作品予以表现的岁月时,在我来说现在已经非常明显,这只是单纯的原理。人们遭受到只能称之为毫无道理的巨大灾害的袭击,这其中有个人规模的灾害,也有战争这种由人类本身的人为因素而直接引发的结果,借助自然的威势,这种结果有可能导致更大规模的灾害。人们被这些灾害所击垮,却随即从那里开始不断恢复。所谓人,就是能够不断自我恢复的存在。而且,这个单纯的确信,便是我的生活准则的,也是我的文学工作的惟一且可靠的基础。

4

另外,我现在被告上了法庭,我是侵害名誉官司中的被告。这是对方针对我于一九七〇年出版、目前还在重版的《冲绳日记》而提出的诉讼。这部作品与我刚才一直说着的《个人的体验》和《广岛札记》一道,是在自己青年期的最后阶段,为了再次出发而写下的三部作品里的最后一部。即便在这本书里,我也描绘了巨大灾害袭击冲绳两个小岛上的居民们的悲惨事件。不过,我在书中用了更多篇幅介绍了导致这个事件在冲绳发生的历史以及文化背景。

为了从外国赶来参加会议的出席者们,也为了日本这个国家的新一代,我概要地介绍一下我在书中所写的有关历史和文化的部分。在日本作为近代国家成立之前,冲绳就是一个以松散形式与中国和日本这两个国家长久保持外交关系的独立国家。在那里,人们创建了独特的历史和文化。而日本这个国家,赋予天皇以绝对权力,正向着超国家主义推进现代化,国家体制掌控的对民众的教育,被称为"皇民教育",也就是说,是为了培养天皇之国民的教育。这种教育同时也针对日本本土的国民,但是,强烈感受到冲绳民众间某种异质因素的日本权力机构,尤其在冲绳实施了更为彻底的"皇民教育"。

太平洋战争末期,为了达到尽量迟滞联军进攻日本本土这一目的,日本军队决定在冲绳全力抵抗联军。当时,驻守在冲绳的日军第三十二军司令官所指示的方针,便是所谓"军官民等共生共死"。在美国海军登上冲绳岛并攻击前进时,前进路线上有两个小岛,也就是渡嘉敷岛和座间味岛。当这两个小岛开始遭受攻击时,包括老人、妇女和儿童在内的七百人之多的岛上居民集体自杀。我的书主要记述了渡嘉敷岛的场面,我在这个记述中想要揭示这样一个事实:这个悲惨的事件深受日积月累的"皇民教育"之影响,认为成为敌军的俘虏是最为可耻之事,加之在军方"一旦投降,男人便会被杀死,女人则将遭到暴行"之类的宣传下,集体自杀便成了岛民们无可避免的选择。成为我这场官司之起因的渡嘉敷岛的集体自杀现场的幸存者们的证词,目前在不断增加,军队分发手榴弹等事例,更为明了地显示出这是由于日本军队的强制所造成的悲剧。

先前已经说到,与这场审判所并行(文部科学省甚至表示,要以我的这场审判作为他们审定教科书的新方针之根据),他们还施加了压力,从高中教科书中删除日本军队的强制之表述。冲绳民众举行了大规模抗议集会并呼吁恢复教科书原有表述,政府以及文部科学省作出了再度修改历史教科书的指示,然而,强制这句话语仍然被删去,置换上了非常具有日本官僚特色的参与这句表述。倘若同声传译参与这个日语词汇的话,我建议译为 participation。

我就在这种状况下作为被告做了证言,目前正等待着三月的判决。现在,我在这里想要强调的是,一股在背后发挥作用的势力挑唆岛上的原守备队长及其遗族,在《冲绳札记》这本书出版将近四十年后对我提起诉讼,现在,太平洋战争末期袭击了两个小岛上的居民的那场灾害,被原守备队长及其遗族表现成了何种模样,又将被在背后发挥作用的那股势力篡改成何等模样。

那些原告向我提起诉讼之初自不待言,直至这场审判已经进行了一半,他们还没有仔细阅读我的那本书,在审判过程中,这个事实已经非常清楚了。然而,他们这些人之所以对我的书提起诉讼,是被自称为旧日本军队相关者和"靖国声援团"的辩护集团所说服,并被信奉天主教的作家曾野绫子的著作所引导。在政府的司法制度改革审议会上,曾野做过相同宗旨的发言,在媒体上也反复发表过这些言论。最初,我认为这只是单纯的误读所致,后来却认为这些言论基于某种政治意图。她在渡嘉敷岛的纪念牌上刻了这样的文字——"一家人,或围坐一圈拉响手榴弹,或由身体强健的父亲以及兄长,中断柔弱无力的母亲以及妹妹的生命……存在于其中的,则是爱。"而且,即便在刚才说到的那本书里,也引用了在渡嘉敷岛幸存下来的日军一位军官的证言:

> 毋宁说,我所感到不可思议的是,以那般为国捐躯的美好心灵赴死的那些人的事迹,为什么到了战后,却被说成是在命令之下受到了强制?这样的说法,是自己在玷污慨然赴死的清纯之心。对于这种说法,我无法理解。

一度具备了操纵政府和文部科学省的实力,梦幻着二十一世纪日本的超国家主义的那伙人,以散布如此没有人性的谎言为发端,现在,他们不把太平洋战争末期发生在冲绳的灾害告诉日本的高中生们,想要将其隐匿起来。如果说,日本军队在渡嘉敷岛和座间味岛上制造的悲惨灾害可能具有某种积极意义的话,那就是从如此惨重的灾害的后遗症中重新站立起来,费时多年终于恢复过来的当地那些人(其中还有曾亲手杀害自己家人的那些人),将把自己的证言传达给下一代人,以便他们得以铲除构成那种灾害的人为因素的"皇民教育"之残余。

惟有如此,或许才能够使得人们下定决心,不使这个灾害作为人类的恶行而再度发生。对于这样一种传达的通道,文部科学省却试图在向日本所有孩子提供教科书这个层面上予以截断。新出现的国家主义者们以此为目标而开展各种活动,他们还将继续活动下去。我已经下定决心,必须反对他们。即便在法庭上,我也为此而做了证言。

5

那么,就让我们重新回到在茂密森林中的那条峡谷里,为河里发大水的响动而心惊胆战的那个孩子的话题上来。去年年底,一位前来采访的外国女性,把她的目光停留在了挂在我书房里的森林照片以及旁边那幅大废墟照片。后一幅照片是连那位美国采访者也非常了解的世界级建筑家矶崎新①的拼贴画般的作品。与我同属一代人的矶崎新,年轻时就制作了这幅废墟(他引用了原子弹爆炸后的广岛,还有大空袭之后的东京的照片)大全景图作品,构想了城市的未

① 矶崎新(1931—),日本建筑大师。二〇一九年普利兹克建筑奖获得者。

来图景。矶崎新其后常年间跨越国境,完成了很多建筑以及城市设计,然而,我却在他所有作品的背后,感觉到废墟的大全景图正落下阴影。

采访者向我提出了以下这个问题:

"我会见了以都市问题为专业的东京都的专家们,他们中的大部分人告诉我,在今后十年内,东京都具有直下型震源,发生震度为七级的地震的概率非常之大。你也是因为对此感到不安,才挂上这幅废墟照片的吧?尽管广岛是你终生的主题。这一次,我也察看了东京,觉得这个大都市引发地震灾害的可能性极大。尽管你幼小时惧怕峡谷间河流里的洪水,可你为什么要离开森林居住到东京这座城市来呢?你考虑过带上孩子回归森林吗?"

的确,我是家族里第一个离开祖祖辈辈生活过来的四国那座森林来到东京的人。而且,是因为希望向一个学者学习而来到东京的。现在回想起来还觉得不可思议,当时之所以下了这么大的决心,只是因为被先生文章(以法国文艺复兴为专长的渡边一夫教授的书)中下面这一段内容所吸引。

> 人将会灭亡。情况或许会这样。但是,为何不在抵抗中走向灭亡?而且,即便虚无是为我们而保留,你也不要视其为终将导向正确结果。

这是渡边一夫翻译法国早期浪漫派作家塞南柯尔(Senacour)的一段话。至于我在十七八岁时是否认真考虑过人将会灭亡之事,现在已经难以言说了。但是,我的内心确实被在抵抗中走向灭亡,即便抵抗也不要视其为终将导向正确结果这个号召所打动,于是我来到东京,开始跟随先生学习,作为这种学习的进一步展开,我一直以文学工作为载体,持续贯彻着这种精神。

　　我就这样住在了东京,经常被震度为七级的直下型地震这种具有现实性的噩梦所威胁,这是事实,每当我想象着与身患智力障碍和身体残疾的儿子四处乱窜的情景时,便会为之茫然。坦率地说,那便是我的一个侧面。

　　不过,我所具有的另一个侧面也很分明。在那种思维方式中,这个侧面与那位在我的人生中同样非常重要的人物、思想家爱德华·萨义德密切相关。但是,那不是出自于萨义德所作著述中的话语,而是五年前,当萨义德因白血病而迎向死亡时,在他身边的友人所说的证言。据说,萨义德对巴勒斯坦问题的困难感同身受,虽然也知道在不远的将来没有什么希望,却持有一种乐观主义的态度,那个乐观主义,我认为就是意志的行为。这个证言中的话语,向着至今已七十三岁的我已持有五十五年的、刚才提到过的塞南柯尔的话语投射着强烈光芒。

　　我必须尽快结束我的发言了。关于居住在东京的人谁都惧怕的那个震度为七级的直下型大地震,当时我是这样答复那位采访者的:倘若被这场灾害所袭击,并且能够幸存下来的话,我想学习萨义德那种作为意志行为的乐观主义。尤其对我来说,那更是一个信念——人是可以恢复的。在此基础之上,我还想运用文学工作者所能拥有的方法,抵抗或许会因那场灾害而在国家层面上被唤醒的、走向新出现的国家主义的大合唱。倘若以那场注定到来的大灾害为分水岭,这个国家的文化朝向复活大规模的、超国家主义的方向扭曲,朝向我们的祖先,甚至孩童时代的我们自己都曾经历过其悲惨的大规模的、超国家主义的方向扭曲,我们的下一代,以及下一代的下一代,都将不会再有希望。

　　至于我为什么要将地震之类的大灾害与国家主义的异常凸显联系起来,那是因为我联想到发生于一九二三年的、震度为六级的关东大地震中,发生了屠杀朝鲜人事件①、龟户事件②、甘粕事件③等,以及其后十年、二十年在这个国家出现的超国家主义的历史。至于战后长达六十三年的日本的民主主义,我所寄予希望的,惟有反复强调要从根本上改变这个国家以及国人的新一代。

在这个论坛上,我还想学习大家的发言。谢谢大家!

(许金龙 译)

---

① 日本关东地区于一九二三年九月一日发生大地震后,日本军方散布"朝鲜人试图趁地震之乱发起暴动"和"往水井里投毒"等谣言,随即以此为借口成立戒严司令部,由军警使用武器大量杀害当时生活在日本的朝鲜人。

② 一九二三年九月二日,借关东大地震后的混乱局面,东京府龟户警察署在东京府葛饰郡龟户町逮捕川合义狼、平泽计七等十名社会主义者,并于同月四日至五日,交由习志野骑兵第十三联队刺杀而死。

③ 甘粕正彦大尉当时为东京宪兵队涩谷分队长兼麴町分队长,戒严期间以"担心无政府主义者趁大地震之乱制造混乱,以图颠覆政府"为由,决定杀害无政府主义者主要人物大杉荣及其妻子伊藤野枝,一九二三年九月十六日在其家附近将大杉夫妻及其六岁儿子一并绑架至麴町宪兵队,于当夜将三人杀害并投入古井中灭迹。

真正的小说是写给我们的一封亲密的信

——大江健三郎二〇〇九年北京大学演讲

1

这已经是我第六次访问中国了。而且,我每次来中国,都有机会跟年轻人讲话。回到日本之后,我把跟中国的年轻人说过的话,再讲一遍给日本的年轻人听。这就是我一直以来所做的事情。而在我心里,一直以来都有这样一个梦想。

我梦想有一个共同的场所,让那些在中国听我讲话的人和中国的年轻人,还有那些在日本听我讲话的人和日本的年轻人,能够进行交流与对话。因为我觉得,如果有一个中国青年听过我的讲话,在某地遇到了另一个人,也听过我的讲话,然后,他们发现对方都听过我讲话,就会开始交谈,会询问:你对大江的讲话有什么看法和感受?从日本来到中国的人们和中国的年轻人之间,还有,从中国去日本的人们和日本的年轻人之间,有可能也会需要这样一个场所。除此之外,这个进行对话的场所可能会是在纽约、柏林,或者巴黎,因为在那里留学的各国青年因为某种机缘而成为朋友,他们也会需要这样一个场所。

随着网络在世界范围内的普及,我的这个梦想变得越来越真实。

今天,我在中国的北京大学所做的演讲,如果和去年或前年我在日本的东京大学所做的演讲在主题上有共同之处的话,那么,很快就会有很多人在网上,在北京和东京之间,围绕我的演讲自由地展开讨论。(今天晚上马上就会开始。)

实际上,网络刚开始普及的时候,我在东京还没联网呢,却来到北京和一百位中国青年通过网络进行了一次一对一百的对话。对话的地点是一个电台总部的大楼,电台的名字应该叫"FM365",它有很多渠道可以联网。

一百个青年向我提问,问题在很短的时间内被整理成一行行的文字,一百行文字排列在我面前的屏幕上,由我来逐个回答。然后,针对我的回答,他们再提出新的问题,我就接着回答。要问这么做有什么确实的成果,说实话,我到现在还是不得而知。不过,有一件事情我至今记忆犹新。当屏幕上放出我的照片,并提问说"你对这个日本人的印象如何?"的时候,网上的第一个回答是一个高中女生写的,我的发音不知道大家能否听懂,她的评价是:"大江先生很土。"

"Tu",写作汉字"土",就是"很乡下""很老土"的意思。就在这个回帖出来之后,网上紧接着就出现了很多表示赞成的跟帖。演播室的那个大屏幕有一大半都被"土"字给覆盖了。我心里很是失望,但依然觉得,如果通过这种方式,通过网络,能够让身处世界各地的年轻人拥有一个共同的广场,打开沟通的渠道展开自由讨论的话,就会出现一种前所未有的巨大的可能性。

我不知道这种可能性如今已经发展到何种程度,因为正如我刚才所说,我的生活重心并不是上网,而是看书。今天聚集到此的年轻人中,是否有很多人,虽然身在中国却能自由跨越国境,在网上(比如和东京的学生们)谈论发生在巴勒斯坦加沙地带的事情。

就在我来北京的前一天,也就是十四日,星期四,有人提出倡议,号召世界各地的知识分子在纽约建立联络点,通过电子邮件进行联系。我响应了这一号召,并回信表示自己也要加入其中。然后,我又把这份倡议书转发给了几位朋友,他们身处世界各地,其中有好几位都是因为获诺贝尔文学奖而结识的朋友。这场小规模运动的发起者是一位优秀的钢琴家兼指挥家——丹尼尔·巴伦博伊姆。倡议书的内容就是抗议以军对加沙地带进行空袭和地面攻击。尽管巴伦博伊姆是个犹太人(对他而言,也许正是出于这个原因),却一直在抗议以色列压迫巴勒斯坦。他和一位始终站在巴勒斯坦人一边,并为此奋斗不止的美国文学理论家爱德华·萨义德(已于五年前去世)曾经一起合作组织过一场运动,引起了我的共鸣。(大概有很多人都知道这件事情。他们俩曾经把阿拉伯和以色列的青年人,把双方的音乐家们聚在一起,以歌德的诗集《西东合集》为名,创建了一个管弦乐团,并在以色列和巴勒斯坦两地举办演奏会。说起来,萨义德还是我相交多年的好友。)

巴伦博伊姆的这份倡议书想必已经在世界各地召集到了不少的响应者,如果我明天回到东京的话,这件事情的前后经过也应该都发送到我那里了。对于利用电子邮件和网络的快捷将世界连接在一起的这种新的传递方式之下"语言"的运动,我充满了期待。

2

此次我来中国,是来参加由各位所熟知的人民文学出版社主办的一个文学奖项①的颁奖活动。更确切地说,是因为我信赖这个文

---

① 这里的奖项是指由人民文学出版社与中国外国文学学会共同举办的"二十一世纪年度最佳外国小说奖",大江健三郎是这个奖项二〇〇八年获得者。

学奖项的评委会,因为我多年的好友都参加了这一活动,我期待着和他们的会面而来到了中国。不过,由于这个文学奖的决定来得过于突然,我还没有为此次的中国之行做好充分的准备。再加上,到这个月底我就将成为一个七十四岁的老人,所以我想这也许是我最后一次的中国之行。于是,我就提出要求,希望能让我做两件事情,他们满口答应,促成了这次短暂的中国之行。

两件事情中的其中一件,就是让我去鲁迅博物馆看一看,看看那些一直以来我都怀疑自己是否有资格亲眼看到的东西。而另外一件,也许是给在座的各位添了不少麻烦,就是我想直接和北京大学的年轻人讲话。但是,正如我刚才所说,我几乎没有时间做准备,所以,我决定还是来谈一谈自己从青年时代开始直到进入老年之后一直以来所做的事情。我这一生的工作,就是文学,就是写小说。在这个过程中。"何谓小说?"成了我一生最重要的主题,当然,现在这个题目可能很"土",很不流行,不过我还是决定把它当作我今天演讲的主题。

而且,我多年的夙愿也已实现,我刚刚访问了北京的鲁迅博物馆,并深受感动,所以,我要从鲁迅开始讲起。对我而言,我这一生都在思考鲁迅,换言之,在我思考文学的时候我总是会想到鲁迅,所以,我要从这里开始讲起。

我第一次听到鲁迅这个大作家的名字,大概是九岁到十岁的样子,当时我还在国民学校上小学四五年级。现在想来,那是一本叫做岩波文库的小书,里面翻译并收录了鲁迅创作于北京时期的中短篇小说,包括从《呐喊》到《野草》等作品。母亲很爱看这本书,并把它送给了我,还嘱咐我读一读其中一篇名为《孔乙己》的短篇小说。

看样子我从国民学校毕业之后,母亲是打算把我送到隔壁镇子的一个商店里去当住店的学徒了(当时叫"奉公")。所以我觉得她之所以让我看这篇小说,就是为了让我了解小孩子是如何在大人社会里做事的。这篇小说通过一个在酒店做事的少年的视角来描写店里的大人,其中就有一位叫做"孔乙己"的老人。我看得津津有味,还想着自己也要成为一个细心观察大人的人。

然而,就在我十岁那年,在一九三七年发动侵华战争后又发动了太平洋战争的日本,战败了。接下来的两年,日本的体制发生了根本性的转变。日本人有了和平主义和民主主义的新宪法,教育制度也改革了。于是,在我生长的地方,在那个四国岛上被森林包围着的小村庄里,有了一所新制度下的中学。于是,我就不用像《孔乙己》里那个讲故事的少年一样去"奉公"了。

上中学的时候,我一直都很喜欢看那本母亲送给我的鲁迅的短篇小说集。后来,我升学进了我们当地中心城市的一所高中,就在那时,母亲对我说:你去读一读鲁迅的《故乡》!(母亲的原话是"鲁迅老师的")里面写了他村里的小伙伴,还有快乐的时光。不过,那些离开村子接受了高等教育的孩子所过的生活,跟好朋友"闰土"的可大不一样,特别没意思。看你的样子,高中毕业后是打算上大学的吧,等你大学毕业了,就马上给我回村里来,跟你现在这群好朋友一起做事,一起建一个新村子。这一点你可千万不能忘!——这就是母亲对我的嘱托。

我也打算按母亲说的去做,于是,就用铅笔把《故乡》结尾那段广为人知的话抄在了笔记本上。

"我想:希望是本无所谓有,无所谓无的。这正如地上的路,其实地上本没有路,走的人多了,也便成了路。"

3

然后,我考上了大学的法国文学系,其实,在那一刻,我就已经违背了和母亲之间的约定。即便我成了一个法语专家,我们村里也没有任何法语老师的教职;即便在我们县里的大学,当时也没有开设法语讲座,所以,别说和四国森林里的伙伴们一起做事了,我就连在四国的地方城市大学里找到工作的希望都没有。不过,作为一名二十三岁的东京的大学生,我已经开始写小说了。我在东京大学的报纸上发表了一篇短篇小说,叫做《奇妙的工作》。

在这篇小说里,我把自己描写成一个生活在痛苦中的年轻人——从外地来到东京,学习法语,将来却没有任何希望能找到一份固定的工作。而且,我一直都在看母亲教给我的小说家鲁迅的短篇小说,所以,就在鲁迅作品的直接影响下,我虚构了这个青年的内心世界。故事说的是,从前有一个男子,一直努力做学问,想通过国家考试谋个好职位,结果一再落榜,绝望之余,他就把最后的希望都寄托在了挖宝上。晚上,他就不停地挖屋里地面上发光的地方。最后,他想出城去外头挖山坡上那块发光的地方。听到这里,想必很多人已经知道我所讲的这个故事了,那就是鲁迅短篇集《呐喊》里的《白光》中的一段。他想要到城外去,但已是深夜,城门紧闭,男子为了叫人来开门,就用"含着大希望的恐怖的悲声"(此处引用原文)在那里叫喊。我在小说中构思的这个青年,他的内心也像是要立刻发出"含着大希望的恐怖的悲声"。我觉得写小说的自己就是那样一个青年。如今,再次重读这个短篇,我觉得我描写的那个青年就是在战争结束不到十三年,战后日本社会还没有出现任何明确希望的时候,试图对自己的未来抱有一线希望的一个形象。

这个青年,和另一个年龄相仿的女学生,还有另外一个学生,三个人一起去大学医院打工。医院里养了很多"实验用犬",因为数量不断增加,造成了一些麻烦,需要处理,也就是杀掉它们。他们就在专业屠夫的指导下开始了杀狗的工作。这份工很苦很累,还有可能拿不到报酬——就在这矛盾冲突最激烈的时候,"故事"结束了。

当今日本,正笼罩在这次全球性经济危机的阴影之下,越来越多的年轻人想要工作却找不到就职的地方(饱受失业之苦的不只是年轻人),于是,"贫困"问题也受到了年轻人的关注。从文学上讲,就是有很多人又开始读小林多喜二的《蟹工船》。这部小说描写了在极端恶劣条件下工作的贫困的劳动者。小林多喜二生于一九〇三年,一九三三年的时候,在国家权力的迫害之下,他被残酷杀害。

我二十岁时(当时还是一个在大学里学习法国文学的大学生)写的第一篇小说并不像小林多喜二的作品那样,深刻而敏锐地反映了当时的社会现状,并对其展开强烈的批判。不过,在我的小说里,在男学生和女学生之间展开的下面这段对话里,包含了虽然幼稚却也是对我们所处的那个时代和社会的观察与批判。

> 大家都沉默了。我感到伤口逐渐地痛起来,还悄悄地肿起来。
>
> "一共杀了多少只?"女学生问。
>
> "七十只。"
>
> "还有八十只。"
>
> "我们怎么办?"私立大学的学生说。
>
> "回家呗!"屠夫不高兴地说着就进木板围子取工具。
>
> 我们开始向林荫路走去。女学生凑过来问我:
>
> "喂,你疼吗?"
>
> "疼啊! 听说还得打针。"
>
> "挺严重的!"我说。
>
> 天边早已被晚霞染成一片红色。一只狗高声地叫起来。
>
> "说是让我们来杀狗的吧?"我的声音听起来有些模糊,"可挨宰的却是我们这些人呐!"

女学生皱了皱眉,干笑了几声。我也已经筋疲力尽,跟着笑了笑。

"狗被杀了,倒在地上,皮也给剥掉了。我们虽然挨了宰,却仍在四处徘徊。"

"但是,我们的皮可都已经被剥掉了啊。"女学生说。

所有的狗都叫起来。嘈杂的犬吠声似乎要穿透黄昏的天空,接下来的两个小时里,这叫声应该会响彻云霄。

我的短篇小说就这么结束了。这是一篇阴暗的小说。但是,当这篇小说登在大学报纸上,当我第一次拿到稿费的时候,我的心里却感到了无比的喜悦。老实说,我觉得自己已经成了一个真正的小说家,并决心今后要靠写小说为生。之前,我还靠做家教、打零工来维持自己在东京的生活。我回到离开几年的四国的森林,把登有这篇小说的报纸给母亲看。我相信,母亲一定会为我感到高兴的。

然而,母亲却是万分失望。"你说要去东京上大学的时候,我叫你好好读读鲁迅老师《故乡》里面的最后一段话,你还把它抄在笔记本上了。我隐约觉得你会走上文学的道路,再也不会回到这个森林里来了。但我还是希望你能成为像鲁迅老师那样的小说家,能写出像《故乡》的结尾那样漂亮的文章来。你这算是怎么回事?怎么连一个希望的碎片都没有?"

是的,我想,您说的完全正确。但是,二十二岁写下这篇小说,二十三岁发表在大学报纸上,正在兴头上的我怎么接受得了母亲的批评?

我辩解道:"母亲,鲁迅不只在《故乡》里用了'希望'这个词。他的《野草》里有一篇小说叫《白光》,我就是发现了里头的一行文字,想到它,才写出了这篇小说的。"话音刚落,我就看到母亲的眼睛里流露出可怕的轻蔑的神情,那种轻蔑的眼神我至今记忆犹新。

母亲说道:"我没上过东京的大学,也没什么学问,我只是一个住在森林里的老太婆。但是,鲁迅老师的小说,我全都会反复地去读。你也不给我写信,我现在也没什么朋友,所以,鲁迅老师的小说就像是最重要的朋友从远方写来的信,每天晚上我都会反复地读。你要是看了《野草》,就应该知道里头有篇小说叫《希望》吧。你看过《希望》了吗?"

我坦白说,我没有看过。那天晚上,我坐公共汽车,又换火车,连夜回到了东京。我实在羞于继续待在母亲的身边。这一次,我拿着母亲给我的书,里面有《野草》全篇,在夜行的火车上读了起来。我感到羞愧难当。我想,接下来我要重新开始,我要写母亲说的那种小说,像母亲一样的远方的读者们会把它当作是一个重要朋友写来的信。《野草》中的《希望》这篇小说真是精彩极了,而我的自信却已经碎成了齑粉……

4

这次来到北京,我终于做了一件一直想做却始终没有勇气完成的事情。如今,我已经七十三岁,从那个在夜行火车上看《野草》时身心得到巨大震撼的晚上到现在,五十年的光阴,转瞬即逝。我来到了鲁迅创作《希望》的地方,来到了鲁迅博物馆。《希望》中引用的那首诗的作者,那位诗人的铜像也在那里。我想要在那个翠竹掩映的庭院里,在心里默默朗诵一遍牢记于心的《希望》的全文。前天,我就这么做了。周围的人,包括我的朋友,还有摄影师,当我从他们跟前偷偷消失,然后又红着脸出现的时候,他们肯定觉得我很奇怪吧。

下面这段引文比较长,但请允许我把它念完。中间我会跳过一段,缩短一些。竹内好的译文我已经背下来了,他是鲁迅作品最出色的日文译者。

我的心分外地寂寞。

然而我的心很平安：没有爱憎，没有哀乐，也没有颜色和声音。

我大概老了。我的头发已经苍白，不是很明白的事么？我的手颤抖着，不是很明白的事么？那么，我的灵魂的手一定也颤抖着，头发也一定苍白了。

然而这是许多年前的事了。

这以前，我的心也曾充满过血腥的歌声：血和铁，火焰和毒，恢复和报仇。而忽而这些都空虚了，但有时故意地填以没奈何的自欺的希望。希望、希望，用希望的盾，抗拒那空虚中的暗夜的袭来，虽然盾后面也依然是空虚中的暗夜。然而就是如此，陆续地耗尽了我的青春。

我早先岂不知道我的青春已经逝去了？但以为身外的青春固在：星，月光，僵坠的蝴蝶，暗中的花，猫头鹰的不祥之言，杜鹃的啼血，笑的渺茫，爱的翔舞。……虽然是悲凉缥缈的青春罢，然而究竟是青春。

然而现在何以如此寂寞？难道连身外的青春也都逝去，世上的青年也多衰老了么？

写完这段之后，作者"我"又想起了刚才提到的裴多菲·山陀尔的诗《希望》，紧接着就引用了那句名言。

绝望之为虚妄，正与希望相同。

倘使我还得偷生在不明不暗的这"虚妄"中，我就还要寻求那逝去的悲凉缥缈的青春，但不妨在我的身外。因为身外的青春倘一消灭，我身中的迟暮也即凋零了。

　　然而现在没有星和月光，没有僵坠的蝴蝶以至笑的渺茫，爱的翔舞。然而青年们很平安。

　　我只得由我来肉薄着空虚中的暗夜了，纵使寻不到身外的青春，也总得自己来一掷我身中的迟暮。但暗夜又在哪里呢？现在没有星，没有月光以至笑的渺茫和爱的翔舞；青年们很平安，而我的面前又竟至于并且没有真的暗夜。

　　绝望之为虚妄，正与希望相同。

老实说，我到现在还没有完全领会这段话的意思，不过，在我的老年生活还将继续的这段时间里，我想我还是会和鲁迅的文章在一起。从鲁迅博物馆回来的路上，我再次认识到了这一点。至少我现在能够理解，为什么母亲对年轻的我所用的敷衍的、廉价的"绝望""恐惧"等词汇会流露出失望的神情，她没有简单地为我提供希望的线索，反倒是让我去读一读《野草》里的《希望》。隔着五十年的光阴，我终于明白了母亲的苦心。

5

　　刚才我花了很多时间，一直跟大家讲我的母亲，还有鲁迅在北京时期所写的小说。我希望在座的各位能够花很多的时间去读一读鲁迅，他的文章包含着深邃而复杂的思想，然后把它们当作是自己的一部分，一直读下去。接下来，我会抓紧时间，尽快结束这次演讲。

　　刚才我跟大家介绍了母亲说的那番话，她把小说当作是来自重要朋友的一封信。而我在学习法国文学和法国哲学的过程中，发现法国哲学家也说过一样的话。这位哲学家生于一八八四年，卒于一九六二年，名叫加斯东·巴什拉。巴什拉在《天空与梦想》中用一种独特的方式解释了"想象力"如如何发挥作用的，这对我产生了很大的影响。简单地说,想象力创造出来的意象,从文学上讲,就是小说的语言所创造的意象。当然,这并不只是通过阅读,传递静态的、固定的东西,比如美丽的风景或是人物的表情。当我们通过阅读小说所获得的意象在我们的内心逐渐变得生动起来的时候,就是这个意象的,也就是想象力借由小说真正发挥作用的时候。下面我要引用的内容非常重要。

> 这些意象活在语言灵动的生命之中。人们通过刷新隐藏在灵魂和精神之中的暗号,在鲜活的抒情性里体验这些意象。它们——这些文学性意象——给感情以希望,给努力做人的我们的意志以某种特别的韧性,给我们的肉体性生命带来紧张。包含了这种意象的书籍,突然间变成了一封封写给我们的亲密的信。

这些句子一时半会儿可能不太好理解,下面我将用我的亲身体验来加以说明。想必各位都知道,以色列军队已经对巴勒斯坦人所生活的狭小的自治区展开了空袭和地面攻击,死者过千。这些巴勒斯坦人,和从他们手中抢走土地建立国家的以色列及以色列人之间的争端可谓旷日持久,很多人都对此提出了抗议,或者说是批评。而且,悲惨的状态持续至今,现在甚至还造成了前所未有的惨烈场面。

看到这样的报道,浮现在我脑海里的是我相交二十年,五年前因白血病辞世的一位好友。他是一个美籍巴勒斯坦人,一个文艺理论家,他的名字叫做爱德华·萨义德。相信有很多人读过他的大作。

我经常跟他直接交谈,还在他收山之作的封面上题词,而我对待他的著作,就像是他给我的信和电话一样,把它们看作是他写给我的亲密的信。他还没有看到巴勒斯坦问题出现任何解决的征兆,就发现自己身患重症——白血病。就在他辞世前不久,他身边的人给我写了很多的信。这些信讲述了萨义德临终前的情况。而且，每封信都会提到萨义德使用的一个词，叫做"作为意志行为的乐观主义"（Optimism as an act of will）。

萨义德并没有预测巴勒斯坦问题会在近期内得到解决。而且，在他人生的最后阶段，作为清楚表明自己意志的行为，他说，巴勒斯坦问题终将得到解决，因为这是人制造的问题，也是现在人正在做着的事情，所以，以色列人和巴勒斯坦人，最终，双方会一起来解决这个问题。

这番话在我耳边回响，使我想起鲁迅先生说的"绝望之为虚妄，正如同希望"。身患重病，又面临异常绝望的时代现状，鲁迅却说，我绝对不会陷入绝望。而且，我也绝不会用敷衍的、廉价的绝望去蒙蔽自己或他人的眼睛。因为那才是虚妄。作为一种意志性行为，我要站在希望这一边——即便这也是一种虚妄。

关于巴勒斯坦所面临的困难局面，我所能做的只有响应巴伦博依姆的号召，参加他通过电子邮件发起的这次的抗议活动。这位钢琴家兼指挥家，曾经和萨义德联手组织过一场运动。现在，我一边做着这件事情，一边怀着同样的心情在写小说，它应该是我人生中的最后一部作品。我相信，总会有一小部分人，会在世界的各个地方，来看这部小说，并把它当作是写给自己的一封亲密的信。

谢谢大家。

（翁家慧　译）

来自"晚期工作"之现场

——在"国际视野中的大江健三郎学术研讨会"上的演讲

　　对于一名生活在当代世界的知识分子而言,今天能够参加由文学哲学研究所与中国社会科学院外国文学研究所共同举办的学术研讨会,我深感荣幸。我曾经收到此次大会筹备工作人员的一封信,信中言及中国大陆与台湾、海峡两岸的文学研究者们将齐聚一堂,展开讨论和交流,其中"两岸的文学家、文学研究者们"的提法,令我深受感动。

　　而且,入选此次学术研讨会主题的是一名日本作家。请允许我重复一遍,中国大陆与台湾、海峡两岸的专家们将以"国际视野中的大江健三郎学术研讨会"为主题对一位日本作家的文学展开研讨。我已经七十四岁,走过了五十年的文学路。我既惊讶又欣喜地认识到,此次台湾之旅将成为我漫长生涯中最为光荣和自豪的经历。

　　最近五年来,我是一起诉讼案件的被告,这起诉讼源于第二次世界大战即将结束之际——借用我刚才使用过的表述,位于中国大陆与台湾、海峡两岸的东方——日本两座小岛上发生的岛民被强制集体自杀的悲惨事件。我在三十九年前的文章①中对强制岛民集体自

①　大江健三郎曾于一九七〇年发表随笔《文学家的冲绳责任》,同年由岩波书店出版《冲绳札记》。

杀的日本军进行了批判。对此,惨案发生时的守备队长,以及另一位已故队长的亲属提起了诉讼。这起事件导致渡嘉敷岛的三百二十九名岛民,以及座间味岛的一百七十七名岛民被强制集体自杀死亡。

但是,一些人士图谋复活日本的超国家主义,策划了一系列的事件,其中就包括本起诉讼,妄图把由日本军队强行制造的集体自杀惨剧美化成为国殉死的义举。日本文部科学省也被牵扯其中,他们从高中教科书中删除相关历史事实的图谋已经公开化。① 我正为此奋力抗争。

关于这起诉讼案的经纬,我今天没有足够的时间向各位报告,因此,仅就激发我对自身文学进行彻底反省的一点展开。它集中体现在一句话上面。对在座的两岸文学家、文学研究者中与我同辈的人士而言,这句话应该会直接唤起他们沉重的回忆;即使对比较年轻的人来说,借助通读现代史,也应该会产生类似的感受。

这句话就是:"天皇陛下万岁!"每当我阅读控辩双方为诉讼准备的书面材料时,它都会强烈地震撼着我。举个具体的例子,在刚才提到的渡嘉敷岛上的强制集体自杀现场,这句话便发挥了决定性作用。下面,我将尽可能简短地陈述当时的情况。

一九四五年三月二十七日,美军登陆渡嘉敷岛。当晚,岛内居民在接到日军守备部队发布的到日军转移阵地后的军营所在地——北山集合的军事命令后,人们开始涌入山谷。正当紧邻的日军军营正在遭受美军密集的炮火轰炸之时,军营来人向村长下达了命令。紧接着,村长高声三呼"天皇陛下万岁",聚集的村民也随声附和。手榴弹引爆后,幸存者使用扼首、痛殴的方法处死自己的亲人,死者共

---

① 二〇〇七年三月,日本文部省在审查高中教科书时删去了有关日军在冲绳之战中强制当地居民集体自杀的表述。在冲绳十一万民众于九月二十九日举行的大规模集会抗议后,仅仅将"强制"置换为"参与"这样极其暧昧的字眼。

计三百二十九人。此番强制集体自杀的行动是由"天皇陛下万岁"这句话引发的,这种情形令我感到异常恐惧。

因为,这句话当时也曾支配着我这个年仅十岁的日本山村少年的国家观、社会观和人类观。倘若我所在的村子也被强制命令集体自杀的话,它无疑将成为引导我走向死亡的话语。这句象征性的话语,对遭受侵略或殖民的亚洲人民来说,是为自身带来死亡威胁的侵略军的咆哮声。这句象征性的话语,我在人生的最初十年间也曾经呼喊过,如今是否依旧在我的内心深处具备威慑力呢?我将语言置于工作中心已经有五十年时间,目前正计划在或是我的最后一部小说中对此进行验证。

日本现代化伊始,夏目漱石便成为引导近现代文学文化(即便将范围延伸至当前,亦是如此)的先驱者之一。他在小说《心》中叙述了军人乃木希典在明治天皇去世,一个时代终结之际,与妻子共同殉死的事件。

《心》的主人公是一名知识分子,因为恋爱问题背叛朋友并导致其自杀,所以"下定决心过行尸走肉般的生活"。他断绝与社会的联系,与妻子二人过着离群索居的生活。然而,明治天皇驾崩后,他便感慨"明治精神由天皇而始,仿佛亦由天皇而终"。"我强烈地感受到,自身深受明治精神的影响,今后的生活终将落伍于时代。我对妻子直言不讳,妻子听后只是笑笑,未加理睬,却又像想起什么似的突然对我开玩笑说道:'要不就殉死吧。'"

数日后乃木大将为天皇殉死。主人公说自己几乎忘记了在明治以前的封建体制下,君主驾崩之际经常发生殉死事件。于是,他说要为"明治精神"殉死,而且也真的做到了。

我在青年时期阅读了《心》,文中对生活在明治时代却与社会疏离的知识分子为了"明治精神"(或曰"时代精神")殉死事件的描写令我感到非常不自然。因此,我排斥漱石。

如今,我是冲绳诉讼案中的被告。而且,这是一起由图谋复活超国家主义并且强暴干涉当今中等教育的人士策划的诉讼。超国家主义贯穿整个近代直至战败,把日本引向太平洋战争。在持续阅读由这些人士幕后指使的原告方的书面材料时,我开始思考自己的"时代精神"(相对于漱石的明治精神而言,可称为"昭和精神")究竟是什么?

一九四五年夏天之前,倘若我也在冲绳强制集体自杀的现场的话,无疑会是一名奋起响应"天皇陛下万岁"的号召并引爆手榴弹自决的少年。其后,日本战败。在被美军占领两年后,我成为一名热情支持民主主义宪法的年轻人,站在绝对天皇制的超国家主义的对立面。现在,我是由全国近八千个市民团体组成的宪法"九条会"的成员,坚持和平宪法中的反战、非武装思想。

因此,回顾自己生活的时代,必须说我是经历了两种"时代精神"的人。那么,我的文学又是如何表现这两种"时代精神"的呢?作为一名散文家、评论家(我以《广岛札记》和《冲绳札记》为出发点,《广岛札记》试图从原子弹爆炸亲历者的角度把握全世界范围内的核武器现状,《冲绳札记》则希望从冲绳之战中岛民牺牲的角度审视日本的现代化),民主主义与和平主义是我一贯坚持的立场。可是,我的小说又如何呢?

当然,我的小说大多描绘的是共同拥有战后民主主义这种"时代精神"的日本青年形象。而且,为了对现实进行逼真、批判性的描写,我更多地聚焦于负面现象,这是一个不争的事实。同时,我也批判性地描写了对另一种"时代精神"(截止到一九四五年的"昭和精神")尚且保持狂热的青年形象,其典型代表就是《十七岁》(因右翼势力的阻挠,它的第二部《政治少年之死》至今未能出版)。右翼势力之所以攻击我,是因为他们认为这两部小说都是以暗杀日本社会党领导人的少年为原型而创作的。事实上,作者的意图也的确如此。

作为小说的创作者,我现在重新阅读这些作品时,从中能够发掘出生活在战前"时代精神"中的自己。为这种"时代精神"("昭和精神")而死的少年、青年形象,每隔一段时间就会出现在我的小说中。例如,《亲自为我拭去泪水之日》。不过,我尚未发现直接针对该作品的否定评价,虽然右翼势力也未作正面评价。

在我为之斗争了五年的冲绳诉讼案中,除了我方律师们高水平的辩护之外,意外地引发了我兴趣的,是我在法庭作证之后接受原告方律师团反方询问的时候。对反方询问中所含的政治意图,我相信自己全都进行了成功的反击。另一方面,我也在思考如果让小说中热烈拥护"天皇陛下万岁"的角色们在法庭上作证的话,反方询问将如何进行? 如果作者被要求提供相关证言,那么在小说的后面又隐藏着什么呢?

当时的思考影响了我近五年来持续创作的两部长篇小说,第一部是我的最新长篇小说《优美的安娜贝尔·李 寒彻颤栗早逝去》,它已经在全世界范围内率先推出了中译本,对此我倍感光荣并深表谢意。

《优美的安娜贝尔·李 寒彻颤栗早逝去》描述了日本战败后被占领期间,一名日本少女遭到美军士兵的凌辱,该士兵后来成为平民,引导她走上自己的人生道路的故事。这个故事具有双重意义。在小说的后半部分,少女走上了美国人为她开辟的道路,成为一名具有国际影响力的电影女演员。她决心自己构思并制作一部电影,以此总结自己的演艺生涯。

　　女演员从日本四国森林村庄里传承下来的民间传说中，挖掘出了日本近代化以前当地发生的农民暴动（百姓起义）的故事。领导暴动并取得成功（尽管时间短暂，但毕竟降伏了封建政治体制下的基层组织）的是一名女性领导人，女演员扮演这名女性领导人，唱着催人奋起抗争的歌谣。她是上一次被镇压的暴动中的幸存者，遍尝人生艰辛后号召农村女性采用新的方式进行抗争。

　　少年时期，我在村里举办夏季祭祀（盂兰盆舞）时曾经亲耳聆听过颂扬暴动成功的歌谣。它经久不衰，一直流传下来。并且，我从阿婆和母亲那里听说了本地传承下来的暴动故事，也听她们唱过这首歌谣。六十五年后（二战期间农村的夏季祭祀因国家权力干预被迫中断。一九四五年战败后的五年是盂兰盆舞恢复后的全盛时期，我就是在此时记住的），我根据自己的记忆，对这首歌谣进行了复原。然后，我在小说中把它作为一首鼓励、号召女性参加农民暴动的歌谣。

　　　哈　　嗯呀——考拉呀

　　　朵、考伊　　锵锵考——拉呀

　　　出来参加暴动呀

　　　咱们女人呀　　出来参加暴动呀

　　　不要上当呀、不要上当呀

　　　哈　　嗯呀——考拉呀

　　　朵、考伊　　锵锵考——拉呀

　　小说甫一发表，我就收到了来自小说中的舞台，即我出生并成长的四国村庄寄来的好几封抗议信。信上说，在作为现代化分水岭的明治维新前后，当地的确发生了两次农民暴动，女领导人吟唱的盂兰盆舞歌谣也确实存在，但是它与你在小说中的描绘完全不同，你所复原的歌谣现在未见流传。

所言甚是。我将儿时从战争中解放出来的村庄祭祀中接受的"时代精神"创作成各种各样的故事，已经有六十五年时间。毋宁说以这种方式创作的小说整体构成了我的记忆。换言之，《优美的安娜贝尔·李　寒彻颤栗早逝去》体现了我所亲身经历过的战后"时代精神"。而且，这是一种与权力相抗争的民众精神。

这部小说刚刚完成，我便立即着手创作另外一部长篇小说，书名是《水死》。书中人物原型是家父，家父于战败前不久去世。我正在写作这部小说，小说共分三部，已经基本完成草稿。不过，作为一名会重新改写已定稿作品的作家，我在第一部结束后即将进入第二部时重读了一遍，发现已完成的部分与接下来的构思相互矛盾。我想对此进行梳理，因而在重新改写第一部之后继续创作第二部。然而，在改写第二部之后进入第三部时，我遇到了更大的问题。关于这一点，我将于稍后再作说明。对于我这种因"重写"而发现自我，进而创造新的自我的作家而言，"改写"本身意义重大。因此，我将持续不断地进行改写。

我想作家本人谈论正在创作中的作品第三部分的情况实属罕见，所以我计划在这个重要的学术研讨会上坦率地谈论它，回国之后定稿，再于十二月出版成书。换言之，我是在对全书进行改写和把握的阶段谈论它的。如此一来，在讨论成书的小说之前首先讨论"工作中的作家"，那么我在小说方法论上的问题也将清晰地显现出来。

或许，《水死》将成为我"晚期工作"中的最后一部长篇小说。我在写作小说的过程中获邀暂时离开书斋，来到这个东亚新开辟的重要场所，接受各位知性且充满善意的反方讯问。以这种方式总结我的整个文学生涯，正是我梦寐以求的事情。

那么，我为什么要在《优美的安娜贝尔·李　寒彻颤栗早逝去》之后即刻开始创作《水死》呢？因为，我决心思考上述两种"时代精神"的第一种，并且采用最能表现内心思考的形式——小说——进行。

提到我所经历的"时代精神"，即《优美的安娜贝尔·李　寒彻颤栗早逝去》中描绘的"时代精神"，从十岁那年战败直至七十四岁的今天，六十多年来我一直生活在其中。这种"时代精神"，在我们国家的宪法里表现得尤为突出，它是日本在战败后追求新生的精神。在日本战后最具严肃教育意义的五年间，我从十岁成长到十五岁，然后离开了生我养我的四国茂密森林。当时，我感觉自己走向的并非日本的中心东京，而是在走向世界。这就是我把学习英语、法语作为基本条件的理由。超国家主义的教育方针依旧渗透的时期，我在学校接受了初等教育；在家庭教育中，我从母亲那里真切领悟到鲁迅的伟大之处。尽管如此，我并没有选择中文作为外语，这也是自十八岁以来困扰我一生的根本性矛盾之一。

另一个长期以来一直困扰着我的根本性矛盾，是我自孩提时代起便积极接受战后的"时代精神"。尽管年岁已高，但我仍然在为宪法"九条会"活动。长期以来我不得不面临一个尴尬的事实，即自己的国家一方面在宪法中宣誓非战、非武装，另一方面则从战后起就一直把冲绳租借给美国作为军事基地，躲在美国的核保护伞后面。

为了描写自己在十岁前经历的"时代精神"，我将家父作为《水死》主人公的原型。虽然我认为家父与《水死》中描写的父亲在思想上存在交集，但是《水死》的主人公死于战败当年，家父则死于战败前一年，死前的境况与我在小说中的描述基本吻合。首先，我将在此列举一些我小说中的表现手法,至少它们是我在后半期文学创作中一贯采用的。对此,既有评论家高度评价,认为是我创造出来的新方法;也有评论家嗤之以鼻,认为是我毕生都无法改进的不足与缺陷。坦率地说,我认为以上两种言论各有道理。尽管我已经有所自觉,但毕竟上了年纪,注定此生都终将无法放弃现在使用的小说方法和技巧吧。记得有一个汉字词唤作"宿痾",用以形容自孩提时起就预感将来一定会直面某种恐惧的毛病,我想这个词正好可以形容自身目前的境况。闲言少叙,现将本人小说中的表现手法列举如下。

一、与本人作家生涯后半期的几乎所有作品一样,《水死》仍然选择四国森林中的峡谷村庄作为小说的场景,因为家父生于斯死于斯。一条河流穿越峡谷村庄,家父在河水泛滥之日驾船外出时不幸丧生。与其说这种选择非常自然,毋宁说自从我的长篇小说《同时代的游戏》将峡谷村庄命名为"村庄=国家=小宇宙"以来,它就成为我所有小说场景的原型。我认为对作家而言,创作小说就是创作人类与世界的模型。然而,我也非常清楚小说场景在理论上的单一化就意味着放弃小说本身所具有的特质,即一种由全新的未知场景营造出的、为作家和读者共享的真实感。无论是对于批判者还是对于我自身,我都固执地主张以该场景为原型于我而言非常必要。

二、这部小说中的叙事者"我"①,与小说的创作者(至少在表面上)可以被视为同一个人。可能会有人提出这样的批评:这不就是采用了长久以来(不过,是现代小说在日本诞生以后的事情)日本文学特有的私小说——作家本人作为小说的叙事者,仅限于描写叙事者"我"在现实生活中的亲身体验——这一反动手法吗?事实上,读

---

① 日语中的"私(watashi)"表示第一人称主语时可译作"我"。大江健三郎长久以来坚持批判日本文学特有的"私小说"形式,本文亦如此。

者可以认为该小说描述的是作家"我"所追忆的父亲的形象。但是，如果要使用"私小说"这一日本文学术语来说的话，倒不如说这部以"我"作为叙事者的小说是一部企图破坏"私小说"之"私我"的"反私小说"，对此我深信不疑。无论是作为小说叙事者的"我"，还是小说主人公"我"父亲的"我"，都是我对"私我"本身进行根本性批判而采用的写作手法。

可是，如果有人这样批评：在目前的"晚期工作"阶段，采用该手法将进一步限制我小说中的人物与情节，以及想象力的自由飞跃。的确如此。不过，相对于那种想象力的自由，我也拥有了追求新的想象力的自由，我想如此回应。当然，回应的前提是我对这种手法对自身文学制约的自觉。

三、使用这种手法就意味着不能让叙事者死亡。换言之，本人的小说永远只能在叙事者"我"活着的情况下展开。采用客观叙事方法的小说，具备突破作者自身死亡制约的气势，对比之下，你的手法难道不具有致命的缺陷吗？举个例子来说，漱石在《心》中把遗书的作者设定为叙事者"我"，对比之下，你小说中的叙事者"我"显然受到了制约。为什么你身为一名作家，不具备突破自身现实生活框架的束缚、拓宽小说范围的勇气呢？

我接受这种批判。坦白地说，这也是我回顾自己整个作家生涯所抱有的遗憾。既然如此，为什么在有可能成为我最后一部小说的《水死》中，我仍然坚持采用这种手法呢？

因此，我想围绕《水死》对"创作中的作家"展开自白。在二战即将结束之际，作家长江古义人的父亲与军官们建立了联系，邀请他们来到村里的家中做客。作家长江古义人对因获得日本即将战败的信息而心事重重的青年，以及日复一日的酒宴仍然记忆犹新。父亲后来脱离这个团体，决心发起恐怖行动，在洪水肆虐的河面上独自驾船外出,不幸溺水身亡。作家长江的夙愿就是将此事件构思写成小说,在获得一些资料后,他开始动笔。但是,作家试图从叙事者"我"的角度描述事件始末的尝试未能获得成功,因而不得不放弃"水死小说"的构思。不过,在此期间各种证言显示"我"父亲的超国家主义思想——高呼着"天皇陛下万岁"慷慨赴死的思想——实质,却逐渐清晰起来。叙事者"我"放弃"水死小说",转而追溯这种思想的源头,重新直面战败时年仅十岁的自己的"时代精神"。"我"真切地意识到高呼"天皇陛下万岁"的"时代精神",已经深深植入自己的内心。为此,"我"不断地展开思考。

在不远的将来(那将是"我"体验晚年死亡的时期),"我"是否还能够抵抗"天皇陛下万岁"的"时代精神"的再次来袭呢?又,它是否将复活为撼动"我"老年内心世界的"时代精神"呢?此刻我不再是小说的叙事者,而是正在对各位发表讲话的我自己,那么是否可以断言我并非小说中的作家长江古义人呢?在小说中作家长江古义人希望创作一部"水死小说",借以刻画父亲的形象,最终又不得已放弃该构思。"我"不就是创造和实践一种让小说中的"我"无限接近现实自我手法的人吗?

回到分析小说手法的思考上来,按顺序的话接下来应该是第四点。《水死》(并非小说中放弃的"水死小说",而是"我"在思考第三部如何定稿过程中,前来台北旅行时放入旅行包中的未定稿小说)难道不正是这样一部小说吗?它将"我"推出来直面上述一系列疑问,是为了摸索在日本这个充满矛盾的国家支撑着自己生活了七十四年并走向死亡的"时代精神"。而且,它之所以能够成功,难道不正是因为作者并未设定第三人称的人物来推动故事情节的展开吗?

我现在(上文刚提到的"我")所作的基调演讲,是正在创作的小说《水死》的叙事者,同时也是小说的作者,对自身在定稿过程中心路历程的完全披露。它与"我"小说的负面评价一样晦涩难懂,我想在座的各位应该已经有所体会。如果有人因此感到激愤难平愤然退出本次研讨会的话,我在此谨表歉意。不过,对于持续关心"我"的人士,我还想多说几句。

在接下来将要进行的研讨会中,应该会出现针对"我"所做的证言的反方询问吧。对此,我将有所回应,并尽可能地超越这些批判。然后我将返回东京,重新潜入书斋完成《水死》的定稿(在本次研讨会结束后,倘若"我"和"水死小说"中的"我"放弃"水死小说"一样,完全放弃《水死》这部作品的话,那可就麻烦了)。对于我本人决意如何为自身"时代精神"殉死的问题,我想如果《水死》能够于十二月顺利发表的话,各位在阅读后应该能够从中解读出答案,而这正是"我"目前最真切的期望。

在此演讲接近尾声之际,我要谈一谈本人小说的另一个创作手法。长期以来,我将英文、法文或其他语言的诗歌,同优秀的日语译文进行对照阅读,并将其中出现的和音与不协调和音写进小说。我希望通过这种手法把自身小说所表现的东西,甚至是小说的文体都提升到更高的层次。下面,我就列举自己的一部作品进行说明。按照前面的顺序,以下是第五点。

我正在创作的小说《水死》中蕴含多个意象群,其中之一就是T.S.艾略特的名诗《荒原》(*The Waste Land*),不少人仅从《水死》的题目本身就会自然联想起该诗第四章"*Death By Water*"吧。在《水死》的第三部中,我引用了《荒原》临近结尾处的一行作为题词。

These fragments I have shored against my ruins.

我从年轻时起就爱读的英国文学研究家深濑基宽①的译文,在此一并附上。

我用这些支离破碎的片段来支撑我的崩溃

众所周知,这是诗中的叙事者在经历漫长苦旅并引用但丁和奈瓦尔等诗人的诗句后所说的话。深濑将"fragments"翻译成"支离破碎的片段",在日语中有种轻蔑的语感……

言归正传,我长年阅读艾略特的这首长诗,若要对深濑的翻译进行补充的话,我是这样理解的,"这些诗句拯救我于崩溃之际,而今,我身处另一种境地"。这首伟大的诗引用了某一部《奥义书》(Upanisad)作为结束,日文译作"舍予、同情、克制。平安 平安 平安"。

换言之,我的理解是,如果把艰难的人生喻作航海,我总算没有沉船失事,努力支撑到现在,而且,多亏了这些诗句,我终将不会崩溃。其实,如果要说对原诗的理解在文法上哪一种更为准确的话,我自身并不具备这种英文水平。不过,我认为深濑基宽的翻译似乎支持我的理解。

现在,正当我为尚未完成的《水死》最后一章延宕不决之时,我开始认为自己对作为题词而引用的艾略特的那一行诗进行了正确的解读,即这首诗的叙事者认为自己尚未摆脱自我崩溃的危机,现在那些诗句正支撑着自己直面自我的崩溃。

我正日益衰老,进而对已不堪一击的自我崩溃甚感忧虑。可是,正如深濑的译文"这些支离破碎的片段"一样,我一直以创作来支撑自己。今后,我还将继续"晚年的工作",以此遏制自我的崩溃……

---

① 深濑基宽(1895—1966),日本英国文学专家、翻译家、随笔家,著有《艾略特的艺术论》等,译有《奥登诗集》《艾略特》。

在此,谨向海峡两岸从事文学工作的各位,表达我最衷心的
谢意。

（熊淑娥 译）

中日作家、学者四人谈^①

"我是中国文学的读者"

大江健三郎(以下简称大江)：我初次见到林林先生是二十五岁，当时先生多大年龄？

唐月梅：林林先生今年九十岁。

林林：我现在九十整，明天就是我的生日。

大江：当时林林先生应该是五十岁，负责接待我们。我们代表团的团长是野间宏先生，他与林林先生同岁，如果野间先生在世，今年也该九十岁了。

林林：先生此次来访将对中国文艺界、文化界产生影响，并将获得更多的中国读者。

大江：中国的新文学始于一九二○年，也可以说始于一九一八年

---

① 本文原载于《环球时报》二○○○年九月二十九日第二十版。此次对谈的时间为二○○○年九月二十六日，地点为北京贵宾楼饭店大江健三郎下榻处的房间。出席者有日本著名作家、一九九四年度诺贝尔文学奖获得者大江健三郎(以下简称大江)，中国作家协会顾问、中日友协副会长林林，中国社会科学院日本所研究员叶渭渠，中国社会科学院外文所研究员唐月梅。

至一九二〇年之间。我于一九六〇年访问中国,一九二〇年至一九六〇年是四十年,这四十年间的中国文学,我读了许多,比如我见过的茅盾、老舍、郭沫若、巴金的作品。我也读了鲁迅、郁达夫的作品,所以我对这四十年的作品比较了解。现在,我又来到中国,这期间又经过了四十年,即一九六〇年至二〇〇〇年。我对这四十年间的中国新作家也很关心。我是中国文学的读者。我感叹八十年以来,就是这些作家们创造了中国现当代文学。

林林:鲁迅时代的日本文学给予中国文学很大的影响,比如夏目漱石、厨川白村等。我认为此后四十年间的中国作家在文化功底及外语等方面不如前四十年的作家们。

大江:我却认为这前后四十年的作品都很有趣。我经常想,如果"五四"时期,日本作家能向中国作家学习,那么日本文学将呈现另外一个面貌。比如,芥川龙之介于一九二一年访问中国并见到了胡适,他们用英语进行了交谈。另外,当时鲁迅正翻译发表芥川龙之介的小说《罗生门》。茅盾也很关心日本文学。但是,日本人是从中国古典学习中国文学,却没有向同时代的中国作家学习,这很遗憾。我经常提到莫言,他属于最近二十年的作家。近二十年来,许多未曾翻成日语的中国作品也被翻成日语了。例如,给我留下深刻印象的是钱钟书的《围城》,它在大约十年前被翻成了日语。我以前不知道《围城》,但读过这部作品后,我受到很大的震撼,中国竟有如此优秀的作家!《围城》中的人物是富于知性的。读过《围城》,我觉得日本人很野蛮,是侵略了中国的野蛮人。

既表现美的事物,也表现战斗

唐月梅:我每次在小说或随笔中读到您写的有关您对令公子光

的关怀与体贴的文字,特别是通过幼小的光听到林间鸟声,第一次用人类的语言说出"这是水鸟",您看到希望的描写,作为一个女性,一个母亲,我的心受到极大的震撼。您作为光的父亲和作家,将这种切身的生活体验,通过文学把它提升到对人之生存的关怀,并以一种纯粹日本式的感受性表现出来,在这里我想请教您是如何将吸收西方存在主义的理念和技法,融入这种纯日本伦理观念、纯日本式的思考方法中的?

大江:在我的作品中,想象力是最重要的。我认为萨特对此有非常深刻的理解,我从他那里接受了许多影响。什么是想象力呢?即将小我与大社会、大世界联系起来,这是最关键的,因此我思考广岛问题、核武器问题。同时,我也思考我的孩子。我的文学重点,是将这二者联系起来,也就是说,我的文学始于存在主义。我不敢肯定我是否具有日本特质,但我希望描写新日本人的思想,将个人与世界联系起来表现新日本人,即不再重蹈南方大屠杀覆辙的日本人,与有生理障碍的孩子一同生活的日本人。我想,这样的日本人不会去杀人,去制造核武器。

叶渭渠:先生的视野非常广泛,从生活中的残疾儿体验到原子弹受难者的生活体验,并把它们紧密地结合在一起,林林先生经常对我谈及这个问题。也就是说,先生发扬了积极的人道主义精神。

大江:德国作家托马斯·曼是一位人道主义作家,法国的纪德也是。可是,他们无法反抗纳粹战争。所以,我们必须做战斗型的人道主义者。虽然我是存在主义者,但我是积极的存在主义者,是战斗型的人道主义者。日本的文学家擅长描写美,比如川端康成、谷崎润一郎等,他们再现了"美"。我也能表现美的事物,但我也表现斗争,这是我的生活方式。

批判地继承也需要想象力

叶渭渠:大江先生虽然受存在主义影响,但吸收存在主义理念是按照自己的思考方式来取舍与扬弃而加以日本化的。在这点上,我们注意到您强调"传统性在文学上的表现",以及重新发现传统文学《源氏物语》,并在创作实践中出色地解决本土与外来、传统与现代问题,从日本走向世界。

大江:我受外国文学影响,但我不是作为东京人进行创作,我主要描写边缘地区的人。我认为中国作家也是如此,比如莫言的《红高粱》等,我想它们受到了拉美文学和陀思妥耶夫斯基等人的影响,这些作品也不是以北京,而是以边缘地区为背景描写的,如毛泽东主席所说,发动游击战争,以农村包围城市。这是我与莫言等人的共通之处,但他们比我描绘得更有力度。中国的边缘地区及民众是中国文学的宝库。

唐月梅:我关注您对日本传统"私小说"的批判性继承,您运用私小说的第一人称和写人的真实,又舍弃私小说写身边琐事,引进存在主义的"介入文学",将笔触伸向日本战后存在的一些重大问题,请您谈谈这方面的创作体验。

大江:批判地继承也需要想象力。比如,威廉·布莱克说一粒沙中存有宇宙,一朵花中包含所有的美。在广岛发生了原子弹爆炸后,在日本人了解了南京大屠杀后,我认为我已无法再写身边琐事,无法再写"私小说"了。德国的阿多诺也说,当德国人了解纳粹暴行后,德国人还能创造艺术吗?

唐月梅:存在主义早在二十世纪初就已经传播到日本,但在当时日本社会文化环境下没有适合发展的土壤,战后经过众多作家的努力才得以再传播,尤其是在安部公房和大江先生等作家的创造性努力下,完成了存在主义的本土化。我想请您谈谈存在主义与日本文学邂逅的命运。

大江:存在主义之所以能在日本成长,我认为的确是经过众多作家的努力才得以再传播,安部公房和我也采取了积极态度。我们经历了二战,经历了广岛、长崎事件,另外还有南京大屠杀,把这些写入文学,这是存在主义的命运。我生了我的儿子,这也是命运。该如何担起自己的命运呢?把音乐教给患有脑功能障碍的儿子需要付出很大力气,我觉得这是我的命运,我担起了这个责任。

叶渭渠:存在主义本土化的一个很重要的因素,是语言和文体问题。有日本评论家说,只有少数日本作家使用纯日本文体和语言,大江先生便是其中之一。另外,我看大江先生近年创作了《燃烧的绿树》和《空翻》两部作品,把人类最最关心的邪教及其危害用文学加以表现,请您谈谈这方面的体验。

大江:首先,存在主义文学的特点是用头脑思考,并通过肉体书写。人既有理性,又有非理性的欲望,我想描写完整的人。"私小说"的作者们静静地描写自己的私事,这是可行的。但是,我想表现具有各种欲望的人,比如怀有强烈绝望与悲哀等情感的人,我创作时需要反复推敲,思考人的各种情感,于是创造了我的非常复杂的文体。有许多人认为我的文体不如三岛由纪夫的美,但我要继续我的文体,因为这是我经过长年反复推敲后的东西。另外,我将当今社会存在的诸多问题用文学形式表现出来,我认为这是文学家应该担负的责任。我认为,思考当今年轻人如何对待信仰、灵魂问题以及死亡、未来等问题非常重要,因为社会矛盾和个人矛盾都集中反映在新兴宗教中。作家不能因为奥姆真理教的错误而无视其存在,应该站在信仰者的立场上思考人之所以信仰它的原因,同时作家还应该告诉人们,这种宗教不可能真正拯救人类,不会真正地给人以希望。

唐月梅:谢谢先生今天的一番话。

（邱雅芬　翻译并整理）

大江健三郎、莫言、张艺谋三人对谈

大江·莫言

大江健三郎（以下简称大江）：我读莫言的作品是非常高兴的。当然，你也读过我的作品，对你的文学能为我做一个简要的描述么？

莫言：我是一九九四年知道了您在许多讲话里提到了我，后来我认真地看了您的书，发现我们俩的创作有许多类似的迹象。大家都认为大江喜欢莫言不是没有道理的。最重要的一点就是我们都是来自于偏远的农村，你是一个来自日本四国被森林包围的小山村，我是在中国山东高密东北乡，当时有许多草地的偏远的村落。当时这些地方的地理环境比较闭塞，老百姓的物质生活也比较贫困。我看到你的经历是十八岁的时候离开故乡去东京，而我在二十岁以前也没有离开我的那个县城，只有到了二十岁以后才离开了我的那个村庄。整个青少年这个美丽的时光都是在非常荒凉、非常闭塞的地方度过的。后来我走上了文学道路，这段农村的生活其实就是我创作的整个基础。我所写的故事和我塑造的人物，甚至我使用的语言都是有乡土风采的。早期作品里写的都是我的亲身经历，或者说有许多人物都是我的大爷、大娘、大婶子，我的小说语言里面也使用了大量的

135

高密东北乡的方言。这些方言土语非常能够表现生动活泼的景象，跟我们过去的书面用语有很大差别。如果我的小说有一个出发点的话，那就是从高密东北乡出发，当然它也是我的人生出发点，我在这个地方出生，长大成为青年，然后离开家乡。没有离开家乡以前，我没有感觉这个地方多么宝贵，甚至觉得它是一个令人厌烦的地方，所以我千方百计地想摆脱这个地方，哪怕一个月也想离开，离得越远越好。一九七六年我当兵应征入伍以后，就盼望坐上火车，开得越远越好，开到西藏啦、新疆啦、云南啦，远离我的小村庄。结果火车开了两个多小时，人家就说到了，我感到很失望。您的书里面也提到，二十世纪的作家摆脱故乡好像是他们的共同的情节，经过十几年的创作以后，我才意识到，作家只有摆脱了故乡才能认识他的故乡。

大江：我虽然比你大二十岁，日本的农村与中国的农村虽然又不一样，但我们确实有共同的地方。我出生在一个小山村里，我的母亲和祖母也给我讲述过山村里的许多传说，这跟你的爷爷奶奶给你讲故事是一样的。可是，这些传说这些故事不一定都是美丽而温馨的，我记得当时最让我震惊的是一个关于狗的传说。有一天，有一个专门屠杀狗的人来到了我的山村，他挨家挨户把狗都找出来，带到河的对岸凑在一起，我家的狗也被带走了。他从早到晚，一条条地杀，还扒它们的皮，然后把皮晒干，最终好像是为了卖这些狗皮。据说，他的狗皮都是销往中国的东北，当时日本正在侵略中国，这个传说对我刺激很大。我开始写短篇小说是在十八岁，那是我第一次坐夜行列车离开故乡的时候，后来考上了东京大学。当时在大学的报纸上，我发表了第一篇小说就是《奇妙的工作》。这让我想起了你的小说《白狗秋千架》，读这篇小说让我非常怀旧，尤其是小说一开头就讲，我的村子里已经没有白狗了。狗都是混血的，有的狗看上去是白色的，但总有哪个地方是发黑的等。这些描写，还有观察跟我非常近似。

我写《奇妙的工作》的时候就曾经想过,那个人那么凶残,杀那么多的狗,他怎么一丁点儿也不想让狗安乐死呢? 我们的共同点首先是从一个小村庄里来的,然后又是一个离开故乡,把思念寄存于故乡的过程,这些都成为我们的文学的内容,也是我们的文学起跑线。

莫言:关于狗的传说,我还可以说一段趣话。这是我听爷爷奶奶说的,当时大概是在一九三八年,八路军来到村子里掀起了一场打狗运动。狗到了夜间总是要叫的,狗一叫,八路军就担心暴露目标,因为他们的装备差。我爷爷说我们家当时有一只大狗,而且还是一只老狗,但它非常通人性,它知道外面在打狗,所以它夜里白天都是不出来的,饿了以后就悄悄地晚上溜回家,要了一个馒头以后就跑到菜园的草垛里面藏起来,一声不吭。这条狗都半年了,它没有叫一声。后来,八路军撤退了,这条狗在园子里狂叫了整整一个上午。这条狗好像在叫:我可憋坏啦! 我想在我们的青少年的时期,类似这样的故事应该是很多的。我读过你的作品,你曾经提到过一棵柿子树,让你突然感觉到大自然当中会有这么多树木、这么多的草、这么多的植物,而且它们都是拥有生命的。我想这个感悟对文学的创作是有重大意义的。童年时代,还有少年时代,我也有过类似的感悟。我十一岁就失学了,劳动么,又干不动大活儿。只能是一个人在草地上放牛放羊,那是很孤独的。每天早出晚归,饭就是带着的红薯在草地上吃。我当时就感觉到身边的树木、草,还有牛和羊都是跟人可以交流的,它们不但有生命,而且还有情感。我读到你对柿子树的描写,真是感到我们是心有灵犀。你家乡的那棵柿子树还在么?

大江:母亲去世的时候,我回到了故乡。可我家后面原来的那些树好像早就被砍掉了,唯有那棵柿子树还留着。我小的时候在树的上面做过一个小木屋,因为日本的农村比中国的农村规模小,而且小孩儿是没有自己的屋子的,当然我的家乡也不例外,它是一个坐落在山谷里的村落,所以我把树上的那个木屋叫作"我的图书馆"。对柿子树的观察让我领悟到这样的道理:所有的事物,哪怕是我的那棵柿子树上的一片树叶,还有你所描写的家乡的水塘里漂浮的荷花,总是在漂动的。无论是风刮起来了,还是风停了,树叶与荷花总是飘动的。尽管现在已经记不住儿时我们的耳朵的形状、嘴巴的张合,但面对所观察的事物却刻骨铭心,这是我们的文学的出发点。刚才说到人杀狗的故事,其实在我小的时候,就在我的眼前,狗被人杀了。人为了人的利益把狗屠杀了,我家当时有一条红色的狗也被杀了,杀完了狗,狗肉还被人吃了。当时我很悲伤,悲伤到把自己的指头塞进嘴巴,然后用嘴咬,一直咬到出血,自己都觉不出来。血流了出来,流到我身上的白色衬衫上,旁边的人惊呼:阿健,你怎么啦?后来,我的母亲告诉我,日本和中国的戏剧表现人非常悲伤的时候,常常用咬住自己的指头来表达这种情绪,为的是不让自己哭出来。母亲是了解我的,而且像这样的了解对我的文学起过非常重要的作用。儿时的记忆是珍贵的,而这种珍贵的记忆跟我们现在的文学又是紧密相连的,同时我对你的文学还有一个感兴趣的地方就是,莫言似乎跟我所走的文学道路很接近,我的文学有儿时乡村的记忆,还有青年立志文学的勇气。再有,就是我经常考虑日本人应该是什么样子?痛苦的一方和欢乐的一方都是我的所想所思,这些也是我不断写入文学的内容。起先,我写了许多受人欢迎的短篇小说,你也同样,写了大量的受人欢迎的短篇小说。作为作家,有的人从不间断地重复发展自己的初期作品,乃至成为一个大家,可我不是这样的。我几乎可以否定自己的初期作品,更关心的是现在这个时代。之所以如此,是因为时代急速的变化,而一个作家不应该回避他每天所生存的这个变化的空间。我觉得你也是这样,因为在你的作品里,经常可以看到作为中国人应该是什么样子,同时我也了解到你目前仍然继续在写当代题材的小说。

莫言：当我经过了一段创作以后，我发现作家是不能脱离社会的，即使作家千方百计地想逃避现实对你的影响，但现实会过来找你。这里有一个突出的例子，就是我写的《天堂蒜薹之歌》。写这部长篇的时候。原来计划是按照《红高粱》的系列写。可到了一九八七年，发生了一个重要的事件，一群种大蒜的农民因为当地官员的保守，以及工作中的官僚主义，造成了当地农民生产的几百万斤蒜薹卖不出去了，最后烂在田里。农民一怒之下就拖着他们的蒜薹，拉着蒜薹，扛着蒜薹，把县政府包围了。当时的媒体一方面批评了县政府的无能和官僚主义，另一方面指出农民不应该用非法的手段对抗，应受到法律的制裁。这个事件对我触动很大，直接叫我把写《红高粱》的笔放下了。作为一个农民的儿子，尽管我住在城市里好多年了，但农民的蒜薹卖得出去、卖不出去，对我的生活很有影响，因为我是农民出身的作家，有一颗农民的良心。所以我当时就找了一个地方用三十五天的时间完成了这部长篇小说。这个小说发表以后引起了反响，大家对我这种突然的转向似乎不可理解。本来红萝卜、红高粱已经很红了，我完全可以按照这个路线走下去，可这一转向却让我对现实社会进行了直接的干预。这样写眼前发生的事情是因为我的责任感和良心在起作用。这两年我工作的单位是《检察日报》社，它是中国人民检察院的一个机关报，报纸上每天都在披露全国各地的各种案例，可以说这份报纸提供给我的创作素材是源源不断的，而且我也跟各地的搞法律的人打交道。我的办公桌上老有许多信笺，都是要我帮他们打官司什么的。这两年有关法律题材的小说、电视剧都是热门，畅销书也有很多这样的题材。写这样的题材应该从人的角度考虑，从自我的内心考虑，在当前的社会机制下和法律的状况下，假如我变成了某一个部门的，或者某一个级别的官员的时候，我能不能保持我的清廉,我会不会也跟那些贪官一样变成了一个人民的罪人,这是我创作反腐败小说的出发点。

大江:我曾经在柏林自由大学做过教授,当时的学生里面有从台湾来的。我让这些学生讨论过《天堂蒜薹之歌》,当然大家阅读的是英文版,名字叫《愤怒的蒜薹》。大家对这部作品十分幽默的描写,比如把蒜薹踢来踢去这些滑稽的场面都十分欣赏,这里既有你对现实社会的批判,又有莫言独特的文学品位。作为读者,我们都感到了你对农民的坚强的信任,所以我对你的这类题材的小说也充满了好奇和期待。日本也有官僚的腐败,但你是从一些具体的个案入手的,而且有能写出这个主题的作品,对此我很有兴趣。昨天,我来到了北京,晚上跟中国的朋友一起吃饭,吃饭的地方在长安大戏院。正好在两年以前,我也去过这个戏院,当时那里挂的曲目好像是《水浒传》里一位英雄的故事。可昨天看到的却是另外一个曲目,好像是一个关于清官的故事。而且听朋友们说,目前的北京市民一般都喜欢看这样的曲目。在民众如此关心这类问题的时候,你又在考虑这样的题材,这是一件非常好的事情。民众与作家的关心不仅是接近的,而且应该是重叠的。人都是作为一个国家里的人而存在的,而一个人偏偏要追究,并且去揭露一个国家的阴暗自然是困难的。这不仅涉及作家的职责,而且还涉及一个作家的描写手段。比如你的小说《酒国》,其中也描写了官僚的腐败,但你采用的是富于挑战性的描写手段,这在世界文坛上也获得了赞同的声音。我觉得文学还是应该从人类的暗部去发现光明的一面,给人以力量。我今年六十七岁,直到今天我都顽强地认为小说写到最后,应该写给人一种光明,让人更信赖人。在你早期的短篇小说里,那种对原始生命的讴歌与赞美都表达了这样的主题。在日本有人批评我,他们说大江岁数已经大了。可我小的时候就想过,无论文学描写了多少人类的黑暗,一边写那可怕的深夜里流逝着河水清凉的声音,一边思索着写到最后,展现于人类面前的究竟应该是多大的欢乐,这些思考几乎就是我的文学核心。我一直有这样的想法,文学是对人类的希望,同时也是让人更信人的值得庆幸的存在。对此,你在小说里是怎么表达的呢?信人和表达人都是小说的写法,但同时它也是某一个社会中作家应该发挥的作用。

莫言:我是从乡村出发的,我也坚持写乡村中国,这看起来离中国当今的现实比较远,如果你突然写那些发生在眼前的生活,就会出现难题。如何把我在乡村小说中所描写的生命的感受延续到新的题材中来,因为我写的是小说,而不是写大批判的文章。后来我在《天堂蒜薹之歌》中找到了一个诀窍,这就是把我要写的内容全部移植到一半虚构、一半真实的高密东北乡来。《天堂蒜薹之歌》我把它放在我的家乡来写,这一下子让我找到了一个感受,儿时那种对生命的感受和对大自然的感受,在这种题材的小说中也得到了延续。作家应该扬长避短,我的长处就是对大自然和动植物的敏感,对生命的丰富的感受,比如我能嗅到别人嗅不到的气味,听到别人听不到的声音,发现比人家更加丰富的色彩,这些因素一旦移植到了我的小说中的话,那我的小说就会跟别人不一样。我写的这类小说还是植根于乡土的,它不是为了事件而事件,而是充满了一个作家对生命的深刻体验,有了这些东西就让我发现小说是有感觉的。如果小说不把作家对生命的感觉移植进去的话,即便你写了现实生活中确实发生的一件事,那也不会真实。关于你刚才说的作家应该发挥的作用,我是这样想的:中国的作家在五十年代和六十年代被捧到了一个非常高的地步,说作家是人类灵魂的工程师,是时代的代言人,是人民的喉舌,把作家捧到了无以复加的程度。这种对文学的估计和对作家的估计都是不切合实际的。科学越发展,社会越进步,老百姓的生活水平越是提高,作家的地位和文学的作用越会淡化。我觉得作家应该作为老百姓而写作。因为我本身就是老百姓,我感受的生活,我灵魂的痛苦是跟老百姓一样的。我写了我个人的痛苦,我写了我在社会生活中的遭遇,我写了我一个人的感受,那么很可能这就会具有普遍的意义,代表了很多的感受。中国有句话:"文章憎命达"。一个人如果在官场上春风得意,生活非常富裕,处处顺心,那就很难写出很好的东西来。有这样的例子,无锡有一个民间音乐人叫阿炳,他写了许多名曲,比如《二泉映月》已经成为中国音乐的经典。我们可以在许多音乐会上听到各种不同风格的演奏。可是在他创作《二泉映月》的时候,却是一个沿街乞讨的一个瞎子。他的妻子用手牵着他,一边拉,一边乞讨。他的贫困和内心的痛苦已经达到了极致,所以他才能写出直接触摸人的灵魂的音乐。

大江:我真心赞同莫言的观点。我也有一种强烈的感觉,觉得我跟山村是连带的,但同时,我也有担心,担心我能否写出那种真实的山村感受。目前我正写一部新的小说,大部分稿子已经写完了。我写了一个像我一样的在东京生活的知识分子,在母亲过世以后带着他的残疾的孩子回到山村生活了一年的故事。这个主人公的原型其实就是满面愁容的骑士堂吉诃德,他从树木成林的山村里走出来,来到大都市,后来为找回自我,他又要回到那个降生他的村落。我是六十七岁的老人,也是一个走向死亡的人,这跟你刚才的小说构想,那个面对执法人已经无力抵抗只能选择跪下的人几乎是一样的。我的主人公回到山村里是为了寻找他的真实,山村是他的根基。作为一个小说家,我觉得小说还有一个重要的作用,这就是对当代现实的同时记忆。当代社会的发展是飞快的,甚至是目不暇接的,比如我这次到北京跟我两年前见到的北京又是一大变化,社会就是这样往前变化的,作家之于社会的作用可以说是帮助人们的记忆。这些年我结识了你,作为扎根于本土的作家,你写出了很好的作品,可以说,你为我提供了观察中国的最好视角。

莫言:我们现实当中存在着各种各样的作家,每一个作家都有自己鲜明的风格,这不仅表明他个人的风格,也表明他所关注的社会生活层面和他所选择的生活素材上。所以才有我这样的作家,有阿城这样的作家,也有王蒙这样的作家,作家的多样性是由我们生活的多样性所决定的。作家个人经历的多样性同时也决定了作家的多样性,这是很正常的。如果大家都来关注同样的事物,用同样的方法来写作,那作家一个人就够了。作家应该直面人生,紧贴生活,中国既有紧贴生活、关注现实的作家,也可以有远离生活的作家,写清朝、写明朝、写元朝、写远古、写科幻,写科幻也是作家。中国目前流行一种文学样式,叫报告文学,它主要是对眼前事件的发生过程进行记录。法国的马杜拉也写过类似的东西。许多大作家也写过,不过我不觉得这是很好的文学样式。这实际上应该是报纸的通讯报道发挥的功能。任何一个小说家在记录社会发生的事件的时候,他毕竟要加东西进去,他不可能完全真实地再现生活,完全客观地再现一个事件,小说家一定拥有自己主观的视角,肯定要对所有的素材进行综合加工分析,而且他会在不觉当中学会虚构。所谓紧跟现实生活的说法恐怕是很难成立的,用小说完全记录一个时代的背景恐怕很难做到。但小说可以提供一种时代的精神,一群人的精神状态,至于记录一个事件,恐怕不应该是小说家的所为。

大江:我同意你的看法。所谓的报告文学与其说是跟小说近,不如说跟广告接近。作为小说家,我们记录的是现实,同时从这一现实中出发,不断扩大我们的想象。想象的目标是现实,它是对现实的不厌其烦的重复与置换,从这层意义上说,记录与报告提示了文学的方向性。去年在斯德哥尔摩召开了百年诺贝尔的纪念大会,有许多知名的作家参加了这个会。讨论的议题之一也是报告文学,大家普遍认为,报告文学是为现实提供证言的过程,这涉及想象力以及替别人有所发现等等。眼下,关于阿富汗的战争,我跟美国的学者爱德华·萨义德正在发表往复书信,其中也谈到证言与多样性的问题。在此意义上,报告文学应该为人们提供谁也不知道的现实与真实,清楚的证言叫人们有所认知。我写过日本的小小的山村,后来也写过都市,之所以这样写下来,因为我知道那里有需要证言的事实,同时也有需要想象的现实,这些更是我想让别人了解的内容。我读了你的作品,尤其是关于三十年代中国的农村,这些在日本鲜为人知的内容让我增加了新的认知。而且我也了解到中国的多样性,无疑,这也是文学发生了作用的结果。我们各自在自己的村落里经过了少年的体验,同时我们把这些体验写入了自己的文学,并面向世界,同时,我们还把世界上的事情和问题带回了自己的村落,通过笔下的主人公让人们所思所想。世界与村落的来往是我们的文学起点。

莫言:中国的社会近十年来发生了巨大的变化,这个变化是可以用眼睛看到的,比如眼前的高楼大厦和宽阔的大马路,当然这个变化还有精神上的,这是我们用眼睛看不见的。十年来,中国老百姓更成熟了,生活里的自由度比以前更大了。更重要的是,老百姓觉得心里有一种东西在起作用,这就是法律的力量已经深入人心。过去几十年以前,老百姓认为法律跟自己没有关系,现在可以用法律的手段维护个人的权利,因为个人生活中如果遇到不如意的事件,你就可以诉诸法律。这样的事情已经越来越多,我觉得这是一个巨大的进步。这就说明中国开始向法制社会迈进,老百姓内心里的法律意识已经苏醒,这对我们是一个巨大的进步。如果说中国这十来年有进步的话,老百姓法律意识的增强,法制逐渐地健全,是最深刻最重要的变化。还有一点就是个性意识,过去我们是集体主义,到了九十年代,个人意识、个性意识越来越强。八十年代拍《红高粱》的时候,在那个时代我要爱我所爱,恨我所恨,做我个人想做的事情。为什么《红高粱》在一九八七年引起那么大反响?就是因为老百姓的心灵突然获得了一种释放出来的快感。九十年代越是年轻的人,个人的意识越强。个人意识的觉醒对中国具有特别重要的意义。现在,你无论穿什么样的衣服,留什么样的发型,已经没有人说了,没有人来干涉。

大江健三郎·莫言·张艺谋

大江:我看过三遍电影《红高粱》。最初看到这部影片是跟我的妻子的哥哥一起,他叫伊丹十三,也是一位电影导演,不过他在几年前已经自杀了。他看过这部电影以后,当场就问我:"你说中国为什么会有这么好的电影?"我回答他:"因为这是中国拍的电影。"而且我反问他,你怎么拍不出这样的电影?伊丹不假思索地答道:"因为我是日本人。"第二次看电影《红高粱》是在西柏林,当时我在那里任客座教授,学生大约有四十多人,我是跟他们一起看的。当时这部电影荣获了柏林电影节金熊奖,许多电影院也在上映。离电影院不远的地方有一个希腊餐厅,我在那里为学生们做了报告,题目是我阅读的莫言原著和电影《红高粱》的比较,学生中有一个长得很漂亮、目中无人的女学生,她提出了问题。当然这也是因为我介绍了原著中的两个情节:一个是县官来的时候,小说中的奶奶为他下跪,但电影里面却没有这段描写。第二个是一个父亲叫他的女儿吃饭,但女儿不愿意,把饭碗一下子摔在地上,可电影里也没有这段描写。对此这个女学生问,张艺谋导演是不是不喜欢女权主义,或者说故意回避这个主题,使女人都表现得十分温柔。我当时无言以对,希望张艺谋导演将来能为她回答这个问题。第三次看《红高粱》是在日本,我买了录像带,看得很仔细。而且我发现了一个有趣的地方,大概莫言和张艺谋都没有发现。电影有一段写的是日本兵进村杀人,那些日本兵用日语高呼"突击""往里冲"之类的,中国观众可能不太注意,可日本观众一听就明白。可是在这些声音之间,电影忽然冒出了一句"bakabakashiyi",这个意思是"荒诞""没有条理",不知为什么会有这样的声音混进了电影,当然声音是轻轻的,不仔细听或许听不见。我觉得电影这一段拍得很好,尤其是在揭露日本兵侵略中国这一战争犯罪的事实上,而且又是用艺术的手段表达的,这是一部非常好的影片。究竟是什么动机让你下决心拍摄电影《红高粱》?

张艺谋:当时我是做摄影的,也是准备做电影导演的时期。读了莫言的小说就非常喜欢。现在想起来,对我印象最深的还是他小说里的画面色彩,实际上电影里面的色彩在小说里都写出来了。因为我是做摄影师出来的,所以对色彩特别熟,尤其是他对高粱的描写是非常写意的。还有因为我是北方人,所以很喜欢北方人的那种典型性格,故事很豪爽,很壮阔的一种感觉,很大的胸怀,人和人之间十分有力量,故事也有力量。那时我就找莫言联系,找莫言的时候相互也不了解。我也是刚刚从农村体验生活回来。当时莫言的小说出来时候很轰动,后来我才知道,莫言把小说改编成电影的权利给了我,是因为他看我当时很像生产大队的队长,可能我更像人民公社的社员。说起来很有意思,莫言看我像农民,一直到现在,许多人都说我是农民导演。不过我还是很遗憾,因为电影只有两个小时,远远没有把他小说那种忠诚和纯洁表达出来,小说的描写给人的感觉更强烈。无论我们再怎么做,也无法达到小说所描写的那个场面那个震撼。迄今为止,许多中国老百姓很多观众还认为《红高粱》是我最好的作品。现在人家见了我还说,啊呀,我最喜欢《红高粱》。所以我觉得这还是小说的水平高,尽管我们改了很多故事情节,但电影里的神韵,还有面对生命力所释放出的感觉,其实完全是小说的。说起来很奇怪,自从拍完了《红高粱》以后,我的每一部电影至今也没有拍过那种对生命很张扬的作品,从来没有过,也没有碰到过。我想重复也重复不了。我想我以后也拍不出来了。

大江:莫言从这部电影里有没有什么新的发现?

莫言:当然有了。我可以接着张艺谋的话题说说,我为什么说他像农民?因为所有的人都说我是农民作家,所以农民作家应该相信农民导演。找一个工人或者知识分子,大概搞不了这些作品。八十年代中期是中国文学的黄金时代,当然也是中国电影的黄金时代,各项艺术,比如音乐、美术等都是老百姓的关注对象。现在我特别怀念那段时光,那种冲破一切条条框框的精神。无论《红高粱》这部小说,还是电影,之所以能够在国内引起这么大的反响,引起这么大的轰动,就是因为长期以来中国老百姓受到的压抑,心里面好像总是沉甸甸的。而这部小说,还有电影却高举了张扬个性的旗帜,老百姓有了一个长长出了一口气的感觉。任何小说被改编成电影都是一个选择的艺术,一部长篇几十万字,改编成电影,时间的长度有限,它不可能把你所有的人物所有的情节全都放进来。电影《红高粱》画龙点睛,把小说中最精华的部分,也是我最下力写的部分选择了出来。我当时对张艺谋说过,我不是鲁迅,也不是茅盾,改编他们的作品需要忠实原著。改编我的作品,你愿意怎么改就怎么改。我的小说无非是为你提供了材料。激发了你创作的欲望。至于添加人物、添加情节,应该让导演放手大胆地干。电影的影响比小说大,小说写完了,无非是文学界的人知道,但到了一九八八年春天过后,我回北京的时候,走在路上,深夜里面也听到许多人大声唱《红高粱》里的歌曲。我觉得电影确实不得了。我的小说能碰上张艺谋导演,我感到很幸运。

大江:改革开放以来的文艺变化?

莫言:我觉得相比之下,八十年代那种文化的热闹是不正常的。八十年代的改革开放,一批作家成熟了,这时的老百姓对文化艺术有所期待。到了九十年代则是越来越商品化了,人们的日常生活也发生了翻天覆地的变化。八十年代家里有彩色电视机是不得了的,可现在的娱乐生活中,电影、话剧、音乐会这类老百姓打发业余时间的方法实在太多了。所以我觉得这是导致小说、诗歌的读者减少,人们不愿去电影院。这是因为物质方面的原因。

张艺谋:我也跟莫言一样怀念八十年代,现在的人不去电影院,什么电影他也不看。人们不是没有钱,有钱旅游、吃,花的钱远比电影院、戏院舞台多得多。人类有一个通病,当刚刚经历了一场灾难以后,人们特别愿意思考。像日本的二战以后,包括欧洲、美国,所有的苦难、战争结束的这段时期,可能是艺术特别有质量的时期。每一个人都很关心,想从中了解。现在是和平时代,丰衣足食,大部分时间都是消费,人们想轻松,其他的不想做。那种严肃的艺术就没有什么观众,剩下的就是好莱坞。其实我觉得在这个时代,做一个文学家是很幸运的,因为电影有不同类型,比如我现在做的是娱乐片,是动作片,严肃文学的读者则越来越少,很遗憾。当然这样也有一个好处,没人读你的小说,你可以随便写。

大江:张艺谋说得很好。我自己也不是一个被很多人阅读的作家。七十年代和八十年代有许多人阅读我的小说,当然现在并不多,所以也能随便写。莫言在艰苦的时代积累了自己的文学,我从他的身上似乎也获得了一种能量,决心完成晚年的文学创作。

莫言:作家之间互相是影响的,我读大江先生的《小说的方法》,每读两行就会想半天,我想我也能顺着你的思路发展下来,比如你讲到《圣经》,麦尔维尔的《白鲸》也引用过的一句话,我是惟一一个逃出来向你报信的人,你说这是你小说创作的最基本的准则,我觉得这太有意义了。无论搞小说也好,搞电影也好,完全可以用这种自信的口吻来叙述,这是作家叙事的一种态度,我想怎么说就怎么说,我是唯一一个从阵营里逃出来向你报信的。有远大理想的作家也好,导演也好,应该拥有这种开天辟地的勇气,或者有这种唯一一个报信的勇气。说不说是我的问题,读不读是你的问题,拍不拍是你的问题,看不看是他的问题。我要按照我的想法来做,哪怕只有一个观众,哪怕只有一个读者,我也要建立这种唯一向你报信的态度。

张艺谋:我是到现在也当不了作家,我觉得最难的就是眼前放一张纸,拿一支笔,要不然放一台电脑,从零开始,这对我根本做不到。所以我就是特别佩服作家,他怎么能拿一张白纸就写出那么多故事来? 这不是一般人能做的事。我佩服作家,还佩服诗人。

大江:张艺谋也许只是一个人为自己不能成为作家感到非常遗憾,可因为你不能成为作家而高兴的有我,也有莫言,还有许多的电影观众。十二年以后你又拍了《幸福的时光》,请谈谈。

张艺谋:我一直在读莫言的小说,而且也发现他的作品有些改变,比如关注现实,这当然跟我们的生活环境有关,我十分关心小人物。后来读到了莫言的《师傅越来越幽默》,当时我只是读到了标题,觉得特别有意思,就把它放在桌子上作为重点阅读。当天晚上一口气读完了。我觉得非常好,而且非常表达时代,写人的命运,于是我下决心把它改编成电影,但最大的难题是小说主人公的身份不能轻易改编。莫言小说里的人物是一个从人民公社时代走过来的人,一个劳动模范,在生活观念、方式一切都发生变化以后,就产生了一个幽默而荒诞的故事。后来我跟莫言说,咱们只能把他改成一个退休的工人、一个下岗的人。我力图从莫言的作品里想保持莫言那种独特的幽默,折射出一个时代的景象。还有,让我们的目光始终去关注普通人的生活,这也是我想尝试的题材。这部电影是现实主义的,限制很多。《红高粱》得到了莫言的真传。

莫言:这个电影确实像艺谋说的那样,拍摄的时候有许多限制。中国过去有这样的说法,艺术家是戴着镣铐在跳舞,看来他的镣铐很沉重。如果这个电影有某种遗憾的话,就是它的题材性,你非要拍,就会遇到许多的障碍。所以你只能曲折地表现,而不能像《红高粱》那样直接吼出来。看了这部电影,我当然会有许多会意的地方,不过一般的观众也许会忘掉我的小说的初衷。不可否认,这部电影的尝试是非常有价值的,任何一个导演,在他的创作中都会有起伏,也是应该富有挑战性的。这是一个好的艺术家往上攀登的表现。

张艺谋:我从来没有认真地问过自己,你为什么想拍电影?这有点像逛商店,走在里面,突然就会被某种东西吸引,你也说不出为什么,但就是喜欢,于是就想得到它。对我来说,这可能是一个视觉上的东西,再说《红高粱》,那视觉上的印象叫我迷恋。

莫言:作家很难控制自己,自己做不了主,写这一篇的时候,突然会想到另一篇。但不管你写什么,都应该写原创的。

大江:我只要写好,是不会撕的,但在最初的稿子上会不断地修改,或者说重复,一般这个过程需要五次左右。

大江·莫言(故居·车上谈话)

大江:对我来说,洪水是小说里的一个重要主题。你的早期作品《秋水》有一句描写,好像把河水比喻为"像马头一样跑过来",起先我以为你说的是河水的高度,读起来多少有些怀疑,可今天在你的老房子里,当我看见你打开后墙的那扇黑窗户,远望高高在上的河堤,我的眼前忽然浮现出你在少年的时候眼望洪水滚滚,一浪一浪打过来,从我们的眼前横空而去的时候,我顿时理解了你对马头的描写。显然,泛滥的洪水不是一个马头,而是一个接一个,河水就像无数脱缰的野马一样往前奔涌。其实,我的第一部长篇小说描写了一场洪水把一个村庄从另一个村庄分离开来,而孩子们又是怎么生活的呢?对此我没有太多想洪水的作用。不过通过跟莫言的谈话,我发现当时在我眼前咆哮的洪水,或许就是对我少年时代所体验的战争的某种象征,因为这种象征与我对洪水的恐怖是重叠的,战争是一个重大的主题,洪水当然也是如此。不过,在我少年幼小的记忆中,洪水喷涌而泻的具体场面却是非常鲜明的。战争时期,粮食短缺,我们都靠吃淀粉干儿度日,当时我的祖父和母亲还建了一个小工厂,把藕磨成面,然后再晒,放在用瓦片搭成的缸里,我小的时候,大概是深夜,一猛子就扎到河里,为的是多搭一些缸,可河水里带刺儿的水藻刺痛了我的全身。类似这样的记忆一直在我的身体里延续着,乃至于走进我的文学。少年痛苦的体验演变成一种为了文学而提供的印象,于是,我从山村走出来,最终成为一个作家。不过,我似乎又无法客观地面对我的少年时代,因为在小说中我用"我"这个人称塑造了一个人物,可是莫言的文学,比如你的《透明的红萝卜》却是一个黑孩子,而不是"我"。

莫言:文学跟河的关系实际上是一种叛逆性,刚才讲到河水像马头一样冲过来。在我小的时候,人们叫河水头。每年秋天,到了八月份,河的上游地区下了很大的暴雨,然后过半天一天,山洪就冲进了我们的河道。这时我们从很遥远的地方就听见轰轰的响声,孩子们喊:快去看河水头呀!河水从天边滚滚而来,河水头比河面高出一块,就像扬着鬃毛的烈马一样冲过来,所以我们说河水像马头。河水头一过,河水会一下子涨得很高很高,然后再冲过一阵河水,河堤就会崩掉。河水是混浊的,它把上流的泥沙都冲下来了。河水冲下来的时候是孩子们欢天喜地的时候,有些水性好的孩子就站在河堤上看,有时看见河里漂过一棵树来,也许是一棵果树。我记得小时候,有一次看见了一个西瓜在河里滚来滚去,孩子们就争先恐后地跳下河去抢西瓜。有河的地方是产生文明的地方,也是产生文学的地方,我的文学受到河水的影响很大。

（毛丹青 译）

大江健三郎文学的创作及其结合点^①

—— 大江健三郎与叶渭渠对谈

叶渭渠：首先祝贺大江先生获得"二十一世纪年度最佳小说奖"。对于您的获奖,我从心底感到高兴。众所周知,在改革开放以来的中国,有非常多的日本文学作品被翻译成中文出版,其中,大江先生的作品占有重要的地位。特别是最近几年,在许金龙等学者和编辑的努力下,您的新作均得以快速与中国读者见面。

我们与先生之间,已经建立了读者与作者之间的"书缘"! 正是在这种"书缘"和您的支持下,我从十几年前开始着手,已经编辑了两套您的作品专辑。更加可贵的是,二〇〇〇年九月,我和林林先生曾与您进行学者与作家之间的深入对谈。一次次心灵之间的交融,给我留下深刻的印象。今天,我感到特别美好的是,能够在我曾经工作过的令人怀念的日本研究所与先生再次面对面地交流,真是感慨万千。

最近几年,您的八部作品在中国翻译出版,我拜读了您的全部最新作品。从中感受到您的创作系列是基于您丰厚的人生体验,您的

---

① 本次对谈时间为二〇〇九年一月十八日上午,地点为中国社会科学院日本研究所。

153

作品具有半自传性特色。您的创作体现了对您个人生活的体验、对整个日本社会的体验，乃至对新时代的世界及其历史的体验和关怀。这些体验连接为一个整体，形成一个系列。因此，我非常希望了解的是，您的这些体验的结合点是什么。

大江健三郎：谢谢叶先生。我这次是为了领取文学奖来到中国的，很高兴得到您的祝贺，向您表示感谢。获奖的纪念品是一个金属景泰蓝花瓶，我不知道如何体现它的价值，因为从不曾关注过这样的艺术品。我要说的是，其实对我来说，最大的愉悦是到北京能够见到老朋友，比如见到迅速而高质量地将我的作品翻译成中文的许金龙先生，见到社科院外文所的陈众议先生等等。

我本人并不是学者，但我当年是抱着成为学者的愿望而走出日本四国的小山村的，然而最终却没能成为学者，而是当了作家。

刚才，叶先生谈到对我的作品的研究，我非常感谢。叶先生还说到今天非常高兴，您是用日文表达这一语义的。我想，对于先生这样的大学者来说，可能在心里只有母语中文才能更加充分地体现出您丰富的思想，用日文说出来的时候，应当是经过了一个内心翻译的过程。不过有意思的是，您刚才使用了"美しい思い"（感到美好的）这样一个表述，这个表述虽然在法文、英文和德文里也有，不过如果是我的话，我可能会在这种场合使用"懐かしい"（怀念）来表述。在日语中，"美しい"一般用于形容美丽的地方、美丽的情景、美丽的生活记忆，表达的是对美的状态的感受；而"懐かしい"表达的则是对过去情境的怀念。但是，您使我觉得，您在此使用"美しい"更为贴切，因为，您想表达的不仅仅是怀念，您在句子中不仅使用了"美しい"，而且使用了"懐かしい"，充分表达了您丰富的内心世界——那般地美好和令人怀念。今天，我也能在这个美好的、令人怀念的场所与大家见面，这让我非常高兴！

　　叶先生刚才提的问题是非常重要的,而且对于现今的我也是最重要的。我简单地回答您提出的问题。您认为我多年来的创作是"半自传"小说的创作,这个判断是准确的。"半自传小说"这种思考、概念、表述是充分具有日本特色的。我认为,在法国,比如让·卢梭看似自传性的作品都不是半自传性的;在美国,富兰克林的创作也不属于半自传性的作品创作。日本人所说的"半自传"小说是非常独特的。日本近代有所谓"私小说",是把自传的部分加以扩大的超越自传的创作。那么,在日本到底有没有自传小说呢? 这个问题是与对日本的近代理解相关联的,我认为是不存在的。我以为,应当做个尝试——创作一种既不属于完全的自传又区别于纯粹小说的、相当于"半自传"体这样一种新方法、新形式的小说体。二十年以来,我就是这样尝试的。

　　目前正在从事的最后的创作中,我遇到一个最困难的节点,已经为此考虑了很久,因而回答您提的问题,对于我自己来说也是十分重要的。您谈到我是从个人的体验开始创作,发展到对日本社会体验的自传性创作,进而努力于对新时代世界体验的自传性创作。是的,我确实是用这三种小说的写作手法,或者说分别在三个板块里进行创作的。但是,对于我来说,如何把这三个板块的创作结合起来? 如何找到它们的结合点? 这是非常重要的问题。如何将个人体验、日本人的体验和世界人的体验这三个角度的人之体验结合起来? 什么东西能够把这三个方式的小说加以连接呢? 这是您要问的,也是我正在思考的。

　　回答这个问题,必然要涉及我的讲述(narrative)。小说讲述"我"的体验以及"我"对体验的思考,这个"我"也可能是以一个名字出现的。我的叙述,是把我的体验和我的思考以自传加小说的方式进行的创作,内容的相当部分反映了我的体验和我的思考,而这时的我是以小说的主人公出现的。这样的小说与我连接，与社会连接，与过去和未来连接，而连接点却是单纯的，即"我"是这样体验的、是这样想的、希望这样生活等等。在这里，一个简单的"我"，把我的创作统一起来，这是我所有小说的共同之处，同时也是结合点。

昨天，我到故宫参观，有机会看到佛教的经卷珍品。管理人员说是不许触摸，我当然严守规矩，但是我得到特殊待遇，在那里足足观看了将近两个小时。那是一幅长达六公尺的佛经手抄本，字体非常工整，以至于我可以辨认其基本的意思。对这部长卷经文的阅读带给我一种类似阅读小说的兴奋感。经文开首部分写的是最根本性的内容，即人心与佛教思想的应接。其中使用的是最易于理解的比喻——在与佛经邂逅之前，人的心犹如未经鞣硝的牛皮，硬邦邦的，然而，当受到佛经哺育之后，便如同经历鞣硝的牛皮，变得柔软且富有弹性，可以应对世间的一切。经卷的最后部分写的是类似社会制度方面的内容，例如如何保持寺院和僧人制度的问题，如何开展佛教教育的问题等等，给人以很强的政治印象。那个经卷内容丰富，我站在那里解读了一个多小时，虽然很累，但是当天夜晚却难以入眠，整夜一直在回忆经卷的内容，其中有六个字给我的印象最为深刻。我的记忆力很特殊，上学的时候，我对教科书每一页只需看上十分钟便可记住，三天记忆一本书，平时并不认真上课，考试前重点阅读一小时，无论化学还是物理，成绩一直都很优秀。所以，当天夜晚我回忆起白天看到的经卷，眼前非常清楚地再现出那六个美丽的汉字——"过去""现在""未来"。这六个字似乎是以与我们现在同样的感受撰写的，又给人一种犹如八世纪末九世纪初空海和尚来中国学习时的感觉。如此端庄地被写在经卷上的那六个字，在我心里产生了很大的感应。

刚才叶先生讲到，我的小说是分别从个人的体验、日本人的体验和新时代世界人的体验的角度创作的,那么它们的结合点在哪里呢?从叙述的角度看,我的这些创作都是以"我"为叙述主体,在写作手法上,均以"我"的体验、"我"的思考为结合点;从思想的角度看,这些创作都是以上述"过去""现在""未来"为结合点的,即我的创作所要表达的主题是与这六个字相一致的。这就是我的文学。正因为如此,我对昨天的经卷内容才会有如此深刻的感应,对今天叶先生切中核心问题的提问感到莫大的欣慰。

（李薇　译）

"我在小说里想要表现的确实不是绝望"①（节选）

……

大江健三郎（以下简称大江）：是关于我的文学的说明和介绍吧？我很高兴接受这样的采访。

许金龙：谢谢您大江先生。说到大江文学与政治和社会的关系，我倒是想起九年前，您在北大附中讲演时曾这样告诫在场的中国学生和不在场的日本学生："与我这样的老人不同，你们必须一直朝向未来生活下去。假如那个未来充满黑暗、恐怖和非人性，那么，在那个未来世界里必须承受最大苦难的，只能是年轻的你们。因此，你们必须在当下的现在创造出明亮、生动、确实体现出人的尊严的未来，而非前面说到的那个充满黑暗、恐怖和非人性的未来。我憧憬着这一切，确信这个憧憬将得以实现。"

大江：这是针对日本的年轻人而言……

许金龙：不，我认为这个告诫对于两国的年轻人同样有效。尤其是现在，中日两国的年轻人如果不通过相互交流来加深了解、理解从而达到和解，而是任由误解不断堆积的话，结果将只能是悲剧性的。

---

① 本次对谈的时间为二〇一五年八月八日下午，地点为东京都世田谷区成城大江健三郎宅邸。

大江：这一点非常重要，我目前仍然这么认为，与那次讲演时所说的观点完全相同。

许金龙：那么，先生您现在需要对中国的年轻人说点儿期望吗？

大江：不，我没有那个权力，好在你已经把我此前所说的话语和写下的文章不断翻译介绍到中国去了，就请你把我目前所说的和所写的内容继续翻译介绍到中国去，无论什么内容都可以。

许金龙：好的，谢谢您的信任，其实我正在翻译您的最新长篇小说《晚年样式集》。在这部小说的开首部分，您写到自己的分身"长江古义人"前往医院探望"在与白血病搏斗的同时从事宏大工作（并不限于执笔活动）后亡故的友人"爱德华·萨义德先生时的情景，模仿萨义德在病床上创作的最后一部著作《论晚期风格》这个书名，创作了很可能是您最后一部长篇小说的《晚年样式集》。您富有深意地为这部小说附加了一个英文书名"*In Late Style*"，这与萨义德先生的"*On Late Style*"只有一字之别，相对于萨义德先生的"论晚期风格"，您更强调"在晚期风格之中"，从中可以轻而易举地发现这两部作品之间的内在联系。在您的《定义集》中发表于二〇〇九年二月的一篇文章里，您也曾写道："……其时恰逢以色列军队对加沙的攻击越发激烈的高潮。二〇〇三年死去的文化理论家爱德华·萨义德置身于巴勒斯坦一方是如何预见了这个确实绝望的状况的呢？躺在临终前的病床上，他没有接受虚妄的、希望性观测，然而，却是如何持续怀有被称为'作为意志行为的乐观主义'这个观念啊！我还将萨义德的生活态度与执笔于《野草》期间以及其后的鲁迅作了比较。"而在更早的二〇〇八年二月二十二日的一次讲演中，您在东京面对包括莫言先生和刘震云先生在内的诸多听众，同样提到了萨义德："萨义德对巴勒斯坦问题的困难感同身受，虽然也知道在不远的将来没有什么希望，却持有一种乐观主义的态度，那个乐观主义，我认为就是意志的行为。"

我想说的是,在写作《晚年样式集》(英文题名为"*In Late Style*")之前,您在许多场合说过和写过有关萨义德的"作为意志行为的乐观主义",然后您就创作了那部长篇小说,强调在面对巨大的自然灾害和人为灾难之时,无论前景多么令人绝望,也要持有"作为意志行为的乐观主义"精神,也要相信无论多么困难的问题,最终终究是能够解决的,因此不能任由自己沉沦到绝望的深渊里去。

大江:对,那确实是萨义德的观点,我也是这么认为的。比如有人说日本目前与中国的关系不好……不过,我倒认为日本民众并没有忘记曾对中国发动的那场战争,尤其像我这样年岁的人更没有忘记。在我来说,从不曾忘记鲁迅先生是个多么伟大的人物……比如说,日本和中国之间即便目前存在岛屿争端问题,我仍然认为这个问题终将能够解决。目前,日本人最为惧怕的事,是日本在亚洲、在东亚处于孤立境地。日本紧紧追随美国巨大的军事力量,存在于美国的军事力量之下,然后紧紧追随。我认为,日本人必须决定身在亚洲的日本所应有的独特姿态。

现在的日本政府在不断追随美国的各项军事政策,我觉得这种状态将会逐步得到改变。如果说目前日本社会存在着反中国的氛围的话,那也是出自于日本政府,也就是自民党的宣传,但是我本人并不认为存在反中国的氛围。细说起来,在战后这七十年间,日本人拥有和平宪法,不进行战争,在亚洲内部坚定地走和平发展的道路,也就是说,在战后这七十年里,我们一直在维护这部民主主义与和平主义的宪法。其中最大的一个要素,就是有必要深刻反省日本如何存在于亚洲内部,包括反省那场战争,然后是面向和平……在战后这七十年里,日本没有发动战争,关于这一点,日本人即便得到积极评价也是可以理解的。我认为,日本人绝没有考虑在亚洲再度发动战争,无论对于朝鲜,还是对于韩国,抑或针对中国。其实,日本人并没有忘记曾因发动战争、发动侵略战争而给亚洲带来了怎样的苦难,也给日本人本身带来了怎样的苦难,所以在这七十年里,日本人一直在维护和平,在维护民主主义的宪法,……对于不断思考世界之中的日本和亚洲之中的日本、战后七十年以来一直在不断维护并将继续维护和平宪法的日本,我希望能够得到正面评价,我也为此而感到自豪,我就是这样的人,就是这样的人生。昨天发行的冲绳《琉球新报》上发表了我写的一篇长文,我在文章里写了这样的内容。报纸送来后,我马上送给你一份。说到目前日本社会上存在反中国的风潮,也确实有一帮人在那么宣传,但是我认为那是完全错误的,并不是日本民众的主流民意。说是日本将中国视为敌人,那是不可能的。

许金龙:是啊,比如说,我这次来东京,仍然住在老朋友矢野玲子女士的家里,感受到的是一如既往的热情和友好,丝毫没有觉察到所谓敌意。

大江:我能够感受到这种友情,反中国的氛围,其实在市民中并不存在。

许金龙:可是,据中国日报社和日本言论 NPO 于二〇一四年共同实施的"中日关系舆论调查"表明,有多达百分之九十三的日本民众对中国印象"不好"或"相对不好"。日本内阁府在二〇一四年也曾对一千八百名二十岁以上的日本民众进行调查,对中国"无亲近感"的比率也达到了百分之八十三点一。

大江:我认为绝对不会有那么高的比率,绝对不会那样!我不知道日本的媒体是如何进行调查的,但是我知道在市民层面上,全然不存在所谓的反中国的风潮。该怎么说呢?因为日本人并没有没有忘记日本曾经侵略过中国,杀害过中国人。

许金龙:没有忘记当时日本是加害者……

大江：当然是这样！……我认为，位于亚洲的日本在考虑未来以及和平，在过去这七十年里，我们一直在不断维护和平宪法，这就是证据，而且，我们还会把和平宪法继续维护下去，对于这一点，我深信不疑。至于媒体报道有百分之九十三的日本人反对中国，我可不相信。

许金龙：我听明白了您的意思，回到中国后，我会把您的结论转告给您的中国读者们。

大江：……那个混账的舆论调查，都是日本哪些媒体调查的呀？当然，《产经新闻》就不去说它了，《读卖新闻》却是认真的报纸，《每日新闻》更加认真，《朝日新闻》更是不会做那样的事。……如果真有百分之九十三以上的日本人在内心里反对中国的话，我这里可就有问题了，我就会遭受到攻击……

许金龙：哈哈哈，是因为您与中国友好，是亲华派的缘故吗？

大江：可实际上迄今为止，我从不曾因此而受到攻击，这是事实。那种认为在日本国内反对中国的风气正在越来越盛的说法是错误的。尽管存在着如此宣传的人，存在着如此宣传的政府，但是这种宣传并不能反映日本民众的民意，因为日本民众在这七十年以来一直在维护宪法与和平，他们反对此前发动的那场战争，绝对没有忘记那场战争，没有忘记对那场战争负有的责任。因此，我想恳请中国人民相信这一点。这就是我在这里正思考着的问题，而且，我从未改变过自己的这个想法。

许金龙：先生您曾于二○○○年九月访问过中国，当时您去了网站，借助因特网与中国的年轻人进行了一场网络对话，在对话中您也曾谈到这一点，其后在您离开北京市区前往机场的公路上，网站打来电话让我转告您，说是刚刚与您对谈的青年们得出了结论：如果是大江健三郎这样的日本人，我们是可以信任的。您还记得这段往事吗？

当时莫言先生和王中忱先生就坐在您的身旁。

　　大江:我记得当时的情形,我从未改变过自己对于中国的那种看法,今后也不会改变那种看法,我希望能够将这一切传达给年轻人,今后我还将坚持自己的那些看法。……我觉得日本人需要考虑未来。

　　许金龙:这是因为日本的民众不愿意日本再度成为可以发动战争的国家吗?

　　大江:当然是这样!假设日本要发动战争的话,是要对哪个国家发动战争呢?难道要对中国发动战争吗?这是一个愚蠢的问题。

　　许金龙:再过一个星期就是八月十五日,战争结束就整整七十周年了,自从我于八月一日到达东京以后,无论在报纸上,尤其在电视节目上,每天都可以读到和看到日本民众对于那场战争的回忆,很多人在回忆战争期间那些凄惨的往事,人们并没有忘记那场战争,认为不能再度发动战争,反战的呼声非常之高,这也从另一个角度印证了先生您刚才所说的话语。

　　大江:在当下的亚洲,日本能够对哪个国家发动战争呢?!日本发动战争之后,还能够存续下来吗?!当然是不可能存续下来的……所以日本要坚持走和平之路。……你也知道,很多女性正在国会前面示威,举行示威活动,除了女性示威者外,大学生群体也在举行示威。人们在国会前面举行大规模示威,说明他们不能允许日本在亚洲发动战争。与此相反,目前在日本,作为市民运动,认为必须在亚洲发动战争的右翼势力却没有举行示威,没人说是想要发动战争从而上街示威游行。而在国会前示威的那些女性,她们决心继续维护亚洲的和平,这才是日本人真正的声音。因为除此之外,日本就无法在亚洲存续下去。

　　总之,我确信日本是不会改变和平宪法的,确信我们终将能够捍卫宪法第九条。我现在已经八十岁了,战争是在我十岁那年结束的,一年后的一九四六年制定了这部和平宪法,稍后还于一九四七年制定了教育基本法,给我们带来了希望。也就是说,一九四五年日本战败,一九四六年制定了宪法,一九四七年又制定了教育基本法,由于宪法需要一年的过渡期,所以是在一九四七年正式实施的,而教育基本法则于一九四七年制定出来后立即就实施了,因此宪法和教育基本法作为日本的法律是同时生效的。我们是在宪法和教育基本法的影响下生活过来的,在至今为止的这七十年间,我的观点从不曾有过变化。日本人拥有那场战争的体验,清楚地知道当时没有考虑过亚洲的和平,我认为必须把这样的日本告诉下一代的孩子们。

我还认为,日本应该彻底关停核电站,成为没有核电站的日本、七十年来持续维护和平宪法的日本。目前,日本为什么没有随同美国发动新的战争呢?这是因为在这七十年间我们日本人一直在维护着和平宪法,我想恳请大家相信这一点,恳请亚洲相信这一点。另外,日本的民众必须在政治上更为清晰地表明自己的民主主义观念,必须清晰地表明这种立场……此前七十年间一直在维护着宪法、维护着宪法第九条的日本人,将会继续把这部宪法和其中第九条维护下去。

估计我还会活上五年左右吧,在我还活着的期间,将会继续捍卫宪法第九条,如果出现毁损宪法第九条的情况,我一定会每天都去示威,而不去写小说了。其实我现在基本上已经不写小说了。

许金龙:我理解先生继续维护宪法第九条的决心,可是保守势力也是要竭力修改宪法第九条呀。

大江:他们绝不可能得逞!我坚信这一点!有个政治家为修改宪法,说是日本人知道宪法第九条,同时也畏惧这个第九条。可是不管他如何蒙骗,知道宪法第九条的日本民众是绝对不会支持他的。

在战后这七十年间,日本人一直在追求民主主义与和平主义,这不是谎言。在这七十年里,日本国内从未生活在战争之中,自日本进入现代化进程以来,这还是第一次。说是日本人知道宪法却也畏惧宪法,想要成为可以发动战争的国家,其实他们为追随美国并重新发动战争而正在立法,试图不断通过一个个小的立法,也就是小步快走,再聚合起来积累成巨大的力量,从而最终修改宪法,然而他们是不会得逞的,绝对不可能得逞的,我们也绝对不允许他们得逞,这也是我们最为根本的思想,对于这一点,我坚信不疑。

许金龙:今年也是第二次世界大战结束七十周年……

大江:也是日本不再战争、追求和平、持续维护和平地存在于世界的第一个七十周年。……我相信,在我离开这个世界之前,日本是无法修改宪法的。

许金龙:因为这是以先生您为首的九条会的诸多成员在竭力捍卫宪法第九条……

大江:当然,九条会并不是一个很大的组织,维护和平宪法是大家所面临的共同问题,所以大家就怀着这个相同的信念聚合到一起来了。

许金龙:我想换一个话题:最近我总在思考一个问题,那就是大江文学中的道德和伦理的源泉在哪里?

大江:我将道德称之为 moral,也就是日本人的道德和伦理。更准确地说,是作为人要如何生活下去的态度。我觉得自己的最大源泉在于和平宪法。少儿时期,我曾想要参加战争,要为天皇而死,这就是我当时的认识。后来和平宪法被制定出来,从那时起,我从不曾想过要舍弃这部宪法,日本人从不曾舍弃这部宪法,我希望亚洲和全世界都能认可这一点,我就是一直怀有这种想法度过自己人生的。所谓 moral,就是人们对待人生的态度,而处于我的人生态度最核心位置的,就是现在的宪法,也就是我们在这七十年间一直维护过来的和平宪法。……因此,我相信,也恳请大家相信这七十年以来在亚洲持续维护宪法的日本和日本人。这就是我现在的想法。

许金龙:好的,我明白了。下面我还是想把话题转回到我正在翻译的您的最新长篇小说《晚年样式集》上来。在这部小说里,您最先说到了爱德华·萨义德和他的《论晚期风格》,然后说到了但丁和他的《神曲》,担心日本的未来之门是否已被关闭,其后您又说到鲁迅和他的小说。具体说来,就是三一一东日本大地震、大海啸和福岛核电站大泄漏之后,您的分身长江古义人这位老作家整日不分昼夜地坐在电视机旁观看相关电视报道。这一天深夜也是如此,在电视节目里目睹核泄漏造成的悲惨状态后,古义人突然理解了从大学时代以来一直未能理解的、《神曲》第一卷中的一段诗句,随后"停步于楼梯中段用于转弯的小平台处,像孩童时期借助译文记住的鲁迅短篇小说中那样,'发出呜呜的声音哭了起来'。"……

这里所说的"鲁迅的短篇小说",无疑是鲁迅创作于一九二五年十月十七日的《孤独者》,"发出呜呜的声音哭了起来"这段译文,应是译自《孤独者》中"地下忽然有人呜呜的哭起来了"那段话语,说的是"出外游学"而后归国的知识分子魏连殳在绝望的社会中以沉沦对抗绝望并死去,而"我"却只能"像一匹受伤的狼,当深夜在狂野中嗥叫,惨伤里夹杂着愤怒和悲哀"。我想要请教的问题是,您这段译文该不是您本人翻译的吧?因为我前往鲁迅博物馆调阅曾翻译这段文字的井上红梅和佐藤春夫等四位译者的四篇译文,发现您没有采用他们任何人的译文。

大江:这段文字确实是我自己翻译的,因为我觉得他们的译文都没能很好地表现出原文的意蕴,就根据自己的解读翻译出来并引用到小说里去了。

许金龙：在这个小说文本里，若是只从字面上看，大江先生您在借助萨义德、但丁和鲁迅以及他们各自的作品，来表明自己的巨大绝望，尤其在三一一之后那个令人绝望的时刻。不过，作为大江文学的研究者和译者，我知道在这些绝望的文字底里，其实蕴含着您的希望，甚或是大希望。二〇〇九年十月，您在台北的"大江健三郎文学研讨会"上谈到自己对鲁迅的解读时曾表示，"六十岁以后，直到现在七十多岁，我才得以理解，在恐怖和绝望的呐喊中蕴含着巨大的希望。这是非常重要的。年轻的时候，我就在鲁迅的作品中读到发出'含着大希望的恐怖的悲声'。随着年龄的增长，我渐渐体会到，其实自己的一生都在发出'含着恐怖的悲声'，同时又抱着很大的希望。而后我发现，这两件事情其实是一样的。十五六岁的时候，我非常真实地发出了'含着大希望的恐怖的悲声'，但并不是抱有很大的希望。到了现在这个年纪才发现，其实这种悲声本身就蕴含着巨大的希望。"也就是说，在《晚年样式集》这个文本里随处可见的、看似绝望的末日图景中，其实凝练着巨大能量，毁灭式的小说叙事间，蕴含着超越个人生命的希望，如同您在这个小说文本里一再提及的那首诗歌里的诗句一般，"我无法重新活上一遍。/可是，咱们却能重新活上一遍。"

不过，大江先生，在文本外的现实中，您当时真的哭了吗？或者那只是虚构的情节？

大江：呵呵，是啊，目睹那般令人绝望的场面，确实想要哭出来，只是有生以来，我还没怎么哭过。当时，我怀着特别痛苦的心情，内心非常痛苦，确实有想要呜呜哭出来的冲动，确实眼看就要哭出来了，这不是谎言，而是真实。只是，现在我必须要坚定地为日本的未来而抱持希望，我不认为日本的未来没有希望。估计我还能活上五年左右，我认为只要日本人能够继续把这部和平宪法维护下去，那么日本就会有希望。所以呀,如果目前信奉民主主义的日本人和信奉宪法的日本人也开始认为和平宪法不合时宜的话,日本可就真没希望了,在亚洲可就真没希望了。所以,我认为日本人还是能够把和平宪法继续维护下去的,能够把这项和平运动持续下去的。所以,我在小说里想要表现的确实不是绝望。

许金龙:这就让我想起了刚才说到的萨义德在临终前的病床上说过的一段话语:要秉持"作为意志行为的乐观主义"这个观念。

大江:是啊,日本人正处于非常糟糕和痛苦的状态之中,如果进行舆论调查的话,就会发现,认为日本必须终止和平宪法、日本在亚洲必须发动战争的日本人将会超过百分之三,甚至超过百分之五,我认为日本的报纸会更加认真地进行这项舆论调查。在你们看来,在中国人看来,如果日本的报纸发表了这项舆论调查的话,恐怕不敢相信这个结果吧?……

许金龙:是啊,不过我也不大相信百分之九十三的日本人嫌弃中国,因为这次来到东京后,我所见到的日本朋友都一如既往且非常友好地招待我,全然看不出任何敌视的迹象。

大江:当然会是这样!

许金龙:假如真有百分之九十三的日本人嫌弃中国的话,我这个中国人来到日本,恐怕就得不到这样热情的招待了吧。

大江先生,知道您于六月二十日在冲绳的边野古病倒之后,铁凝先生、莫言先生、陈众议先生等等,我们大家都很挂念您,我原本是来探望您的,却和您谈了这么长时间,影响了您的休息,恐怕我们不能再谈下去了,感谢您接受我的采访。

大江:不用客气,我送你们父女俩去车站吧,在路上我们还可以再聊聊。

许金龙:再次感谢您,大江先生!

文学与重生[①]

——大江健三郎采访录

（一）"卡创造了一个灵魂,并思索着诗歌……"

——聆听大江健三郎讲述奥尔罕·帕慕克及其文学世界

许若文:大江先生,非常感谢您邀请我来您家里做客。其实,自从您在北大附中演讲并出席我们学校文学社的座谈会以来,很多同学都很挂念您。这是我写的一篇文章,是关于帕慕克长篇小说《雪》的小论文,希望能够就其中的内容向您请教。

大江健三郎(以下简称大江):哦?这是你写的论文吗?是关于帕慕克小说的论文吗?帕慕克是我的朋友,他的小说非常了不起!

许若文:是啊,帕慕克先生于今年五月也到我们学校做了演讲,当时我担任他的翻译,也送了他一本这一期的杂志。

大江:帕慕克给你签名了吗?

许若文:是的,还很特别呢,我觉得非常荣幸。他用刻有自己中、

---

① 本文是大江健三郎与中国年轻学者许若文的两次文学对谈。时间分别为二〇〇八年七月三十日与二〇一三年八月十九日。

英文名字的中国式印章,在我事先准备好的《雪》的扉页上盖了章,遗憾的是那本书早已被我翻阅得破烂不堪,不大能映衬出他的印章来。

大江:真的吗?今年五月我和帕慕克在名古屋见了面,他的英语讲得非常清晰易懂。他是个很有趣的人。

许若文:是的,他的英语很标准,听说他在美国生活了很多年。

大江:你知道吗?其实十七年前我就和他有过一面之缘,当时爱德华·萨义德也在场。那时,他的第一部被翻译为英语的小说《白色城堡》刚刚在美国出版。所以今年应该是我们的第二次见面,也算是老朋友了。你读过他的哪些作品?

许若文:我读过《我的名字叫红》《伊斯坦布尔》《黑书》和《雪》。我最喜欢《雪》。上学期,我们年级的论文课刚好布置学生写小论文,我就围绕《雪》的相关内容写了这篇文章。

大江:哦,请等一等,我去取《雪》(起身去楼上的书房,稍后回到客厅并坐在他的沙发椅上)。这是英文版的《雪》和《伊斯坦布尔》。你有英文版的《伊斯坦布尔》吗?

许若文:没有。

大江:那么这本书就送给你。你可以翻阅一下,英文版的翻译也许会给你带来新的发现。

许若文:那就谢谢您了。

大江:我也读了《雪》,还在书上做了各种颜色的记号,你看(指点书中各处记号)。这是一本好书。另外,小说的结尾是这样写的:

> ……我坐了下来。铁路沿线的人家里橙黄色的灯光、看电视的破房间、从房顶上的矮烟囱里冒出来的袅袅炊烟,这一切在漫天飞舞的雪花中依稀可见。我看着这些,开始哭了起来。

在这里,卡的朋友,也就是小说的叙述者帕慕克,他为什么哭了?在《雪》中,土耳其小镇卡尔斯出现了多起少女自杀事件。卡发现,这些穆斯林女孩之所以自杀,是因为政府要求土耳其女学生摘下头巾,而这是违背她们的伊斯兰信仰的。小说以政治事件开头,可实际上演变成了卡的爱情故事。然而你看,帕慕克想要表达的是,在今天的土耳其,改宪是有悖于宪法的。那些女孩还是不被允许戴着头巾去上学,她们至死不愿摘下头巾,因此,尽管今天宪法已经被改变,帕慕克的写作还是不能直截了当地反对政府或某位伊斯兰教徒,所以这部小说的结尾变得非常模糊。

许若文:哦,的确如此。我还没有从这个角度考虑过。今后重读这部作品的时候我会重点思考这个问题。

大江:你的小论文的题目是什么?

许若文:这篇小论文题为《〈雪〉隐秘对称性的谜面与谜底》。

大江:嗯。

许若文:《我的名字叫红》是我阅读的帕慕克的第一部作品,我认为作者把"我的名字叫红"那一章放在小说的正中间是在表现一种结构的对称性,我怀疑这与建筑的对称性有关。后来我在《伊斯坦布尔》"宗教"一章里第一次发现"隐秘的对称性"这种说法。作者大抵是在说:为了不破坏此书的隐秘的对称性,我且不谈论国家的军事政变或政治伊斯兰。尽管这种表述在全书只出现一次,但这使我确信帕慕克小说中存在普遍的对称性。后来在读《雪》的时候,文中又多次出现"隐秘的对称性",《黑书》中也有一些,甚至在他接受诺贝尔文学奖的演讲词中,帕慕克先生都提及了这种说法。我觉得这是个非常值得思考的问题,就开始了研究。

大江:嗯。你的这篇文章有多少字?

许若文:中文大概一万两千字吧。

大江：这篇小论文可不小。文章中你是怎么想的？

许若文：在小说里，卡把他写的所有诗都放在一枚大雪花上，这枚雪花由三条轴线组成，分别是逻辑轴、幻想轴和记忆轴。我对诗与诗之间、诗与轴之间的关系作了梳理，试图找出它们之间隐藏的对称性。不过，我同时也意识到，作者所提出的隐秘对称性并不只局限在诗歌之间，还应该体现在小说本身的结构和寓意上，甚至辐射在更为广泛的范畴之内。为了寻找广义的隐秘对称性，我一遍又一遍地阅读，可还是有很多隐藏的内容无法解读出来，这使我愈发困惑，小说的内容也显得更加神秘、模糊。

大江：对，这些诗歌都很重要。卡在卡尔斯的三天里写下的所有诗并没有具体诗文，因为对于作者帕慕克来说，他在当下的政治压力之下，不能明确地进行写作，当然，这样的情况有时对我也是一样（笑）。好，我们来看看你的文章。

许若文：实际上，帕慕克在我们学校演讲后被问到政治压力时，他也像您这样笑了。嗯，论文首段是对作者帕慕克的简介。

大江：在这里，你提到他是建筑系的学生，对几何比较敏感。

许若文：是的，然后是对小说内容的概括。写了卡在卡尔斯的三天中，被卷入了伊斯兰政教徒和世俗政权的斗争，并且和伊佩珂开始了恋爱。

大江：还写下了十九首诗。

许若文：是啊，您看得懂很多中文啊！

大江：是的，我很多时候要靠查阅大字典来阅读中文小说。

许若文：在这一段落里我表示，在十九首诗歌中，卡把"我，卡"放在雪花图案的中心，象征个人控制着逻辑轴、幻想轴和记忆轴，同时也受这三条轴线的控制。我联想到另一位作家纳博科夫，他认为"诗歌都是有关位置的，试图表达一个人相对于被意识拥抱的宇宙的位置"。

大江:嗯,那是他的"宇宙位置"。

许若文:对,"宇宙位置"。这里是我根据轴线所代表的内容,对这十九首诗所作的分析。作者并没有写出全诗的具体诗文,我只能根据小说情节的发展和意境去理解、分析。紧接着的是它们的对称关系,在这篇小论文里,我还注意到帕慕克在他的作品里提到西方世界的观念总是作为人类观念的代表而出现……

大江:这表明,在当下欧美以外的世界中,很多社会都在面对追求现代化、西化与维护母文化之间无法避免的尴尬和矛盾,这也是你在探讨的问题。不过在你的这篇文章里,就你的观点而言,《雪》中最重要的问题还是隐秘的对称性。

许若文:对。我最后分析的是逻辑轴上的"隐秘的对称性"和"雪",这也是全文的核心。在分析"隐秘的对称性"时,也涉及了个人的存在与信仰的问题,我围绕卡和安拉的关系进行了探讨。在最后的部分,我尝试着分析了与其对应的"雪"。

大江:"雪"是所有诗歌中最重要的一首。

许若文:我也认为"雪"是最特别的一首诗。它是卡唯一未完成的诗。此外,卡丢失的记录着所有灵感和诗歌的绿皮本,似乎也在暗示无法得到的谜底,而人们只能隐约看到谜面。文章就这样结束了。

大江:我已经看到了你读书的成果,这是一篇非常、非常好的文章。听起来非常不错。

许若文:谢谢您的鼓励。

大江:我去拿一本书来,那是一本解释《雪》的书,里面有卡全部的诗。

许若文:好,真是麻烦您了。

大江:(起身去楼上的书房,稍后回到客厅并坐在他的沙发椅上)《雪》的日译本有时不能淋漓尽致地传达原文的意境,所以帕慕克来访时,我还要求他为我讲解这本书,因此这些小说的土耳其文版本尤为重要,但是我都看不懂(笑)。不管怎么说,我们正在讨论它。这些诗是按照卡创作的先后顺序排列的(按顺序念了十九首诗)。"雪"排在第一,是全文本最重要的诗。

许若文:但是这些诗没有具体的诗文,只能通过它们所处的位置来摸索它们之间的关系。

大江:是啊。在那种情形下,首先,卡创造了一个灵魂,并思索着诗歌,但作者并没有给出具体诗文。在小说中,除了丢失的这十九首诗,卡的朋友帕慕克,阅读了卡记录下的解释诗歌的所有文字。我们根本无法想象,诗歌的美是如何穿越帕慕克的脑海的,这就好比一种双重结构。这里是这本书不错的一处。

许若文:是啊。我也曾注意到作品中的隐含结构,但是没有找到确切答案,现在却被您一语道破。我也读过柯尔律治的一些诗,发现一些诗歌在头尾处会出现类似的意境,我认为那也是一种对称性。

大江:哦,我对柯尔律治也很感兴趣。他在一首诗中提到了"中毒",这首诗对我很重要。"依赖是一种中毒",他这样说(笑),他就开始中毒般地依赖了。它对我来说很重要。

许若文:是啊,帕慕克先生在《雪》中曾提到柯尔律治的《忽必烈汗》,那是非常辉煌的一首诗。

大江:啊,"忽必烈汗"也是柯尔律治的一首美丽的诗。

许若文:另外,帕慕克先生在我们学校的演讲中也说到过《雪》和《忽必烈汗》。他说自己很多时候都希望灵感能够降临,如同它光顾卡和柯尔律治那样。

大江:哦。我的确很想知道他在你们学校都讲了些什么。

许若文:嗯,演讲的题目是"隐含作者",内容非常有趣。他讲了小说对自己的意义,以及自己是如何创作小说的。他说只有成为能够创作自己梦想之书的隐含作者,才可能写出好的作品。回到北京后,我会尽快把帕慕克先生在我们学校的英文演讲稿转送给您。

大江:哦,那一定很有趣,我很期待能拜读他这篇演讲稿(笑)。你认为他是个怎样的人?

许若文:嗯,可能如他自己所述,他渴望以孩子的天真,看穿每栋楼房、每辆汽车、每艘轮船,喜欢和他的主人公们一起乘坐巴士环游伊斯坦布尔。而且他还谈到,自己小时候常常很投入地和一只空瓶子对话,惹得家人哈哈大笑。我想,写小说的他在内心深处也许还是那个和空瓶子对话的孩子吧?

大江:(笑)是啊。他身上总是有一种童真的气息。

许若文:另外他也说,自己在像孩子一样游戏的同时,也承担着很深重的责任。

大江:他真的这么说(笑)?可我听说这次应中国社会科学院外文所的邀请访问中国时,他可没少逃跑!

许若文:这可能是他童真的另一种表现吧(笑)。不过,大约两年前您也去了中国,您那时对中国的作家感受如何?

大江:那时我见到了一些了不起的中国作家,比如莫言,不久后在东京又见到了铁凝。我真的非常高兴。我一直很喜欢伟大的莫言、伟大的铁凝。

许若文:他们都是中国最优秀的作家,我一直希望能有时间多读些他们的作品。实际上,我想,您应该是铁凝女士最敬佩、最爱戴的作家了。

大江:最近我读了她写的一篇文章,写得很好,我是对照着大字典一点儿一点儿读的。她很了不起,不是么?

许若文:我先前读过一篇文章,说是在您的文学研讨会上,铁凝女士发现身旁的王蒙先生的新西服上还贴着商标,就示意他摘下。也许王蒙先生一时没听清楚,她就表情急迫地示意了一番,于是王蒙先生便转身揪下商标,并微笑着表达了谢意。您当时恰巧远远看到,误以为这是年轻女作家在对前辈作家直率地表达自己的见解,而前辈作家则报以宽厚的微笑。这真是一个美好的误会。不过,铁凝女士的气质确实很动人。听说帕慕克先生在和铁凝女士见面时,也曾被她的气质深深打动。

大江:如果帕慕克热爱铁凝,他就也应当热爱莫言。

许若文:我想是这样的。因为,我听说他和莫言在一次宴会上谈得非常愉快和融洽。

大江:那他为什么要从莫言参加的研讨会上逃跑(笑)?他为什么没有全程参加莫言也出席的那个会议?

许若文:报纸上说,帕慕克先生可能是担心同行的德赛小姐独自待在饭店里会感到寂寞,于是陪她去王府井逛街了。

大江:可恶的帕慕克(右手握拳笑做连续捶打状)!他可真是个孩子,这是你刚刚告诉我的!帕慕克是个可爱的家伙!可是你(帕慕克)也不能(在开会的时候)去逛街啊!

许若文:可能大家都这么认为。

大江:不过诚实地说,莫言比帕慕克更伟大,这非常显而易见。帕慕克是位优秀的作家,非常勤奋,也非常有才华。他发现了非常重大的课题,比如在《我的名字叫红》一类作品里所涉及的。在土耳其的现状下,他在《雪》里的小镇卡尔斯中,在他的《伊斯坦布尔》中,以及在土耳其的伊斯坦布尔中,这所有的故事都很精彩、深刻。但是,莫言是在中国非常复杂的情况下进行创作的,他拥有十部优秀的小说。

许若文:比帕慕克先生的中文版作品还多三部呢(笑)。您和莫言先生是亲近的朋友吧？

大江：我想我并没有和他非常亲近，但是我很钦佩他。作为一个作家，能够成为莫言的朋友，我感到很骄傲。

许若文：我也知道，莫言先生非常敬重您和您的文学，他最近在一篇文章里说，自己是大江文学的爱好者，也是您伟大人格的崇拜者，是把您当作师长来敬重的。

……

大江：……我和帕慕克在名古屋进行了讨论，我们进行了讨论、对问和回答问题。我们从下午三点谈到晚上八点，对谈持续了五个小时。在帕慕克去京都、我回东京之前，当晚帕慕克、我，还有他漂亮的女朋友德赛共进了非常丰盛的晚餐。他的女朋友看着葡萄酒菜单说："天哪！天哪！天哪！"我问她："哪瓶酒使你连说了三个'天哪'？"她说："第一瓶，第二瓶，还有第三瓶。"然后，你知道吗？我把那三瓶酒都点了，而签单的是一家报社。他们（帕慕克和德赛）很高兴，我也很高兴。我们的对谈很成功。也许，《读卖新闻》也很高兴（笑）。那三瓶葡萄酒可真是够贵的（笑）！

许若文：我听说是《读卖新闻》主办了那次论坛，那么这家报纸应该有理由高兴啊。

大江：幸亏帕慕克和德赛那次没有临阵逃跑（笑）。帕慕克和你谈话使用的是英语吗？

许若文：是的。

大江：他说得可真是深沉动人，但是说完这些后，他笑了，哈哈哈（模仿帕慕克独特的笑声），神态很怪异。一个爱笑的小子！他居然笑了，哈哈哈……（惟妙惟肖地模仿、大笑）！

许若文：他来北京的时候，我也发现他会边说严肃的事边笑，当时我就想，这位获得诺贝尔文学奖的作家果真是不同凡响（笑）。

大江：他用笑声背叛了自己。多风趣的笑啊！不过帕慕克很英俊。他是个天才，我爱他（笑）！

许若文：是啊。帕慕克先生不仅是个写作的天才，还是个色彩的天才。这使他的小说视角非常独特，也使他的文字呈现出特有的缤纷色彩。

大江：帕慕克来京都的时候，发现了很多非常古老、灿烂的色彩，特别是红色。我相信，在中国伟大的艺术作品上、在那些古老的绘画中，如果他看到了红色，或许会找到土耳其、印度、日本、中国的红色之间共通的灵魂。

许若文：我听说，帕慕克先生访问北京时，曾在故宫博物院和颐和园中流连忘返。他对中国建筑如此着迷，不仅因为其美轮美奂的建筑造型，也因为建筑体上绚丽的色彩和鲜活的画面。他的作品里经常会出现波斯的细密画元素，也可以看到欧洲的油画元素，却鲜有中国的传统绘画元素。我认为，无论对于帕慕克先生还是帕慕克文学，这都是一个很大的遗憾。后来，帕慕克先生在北京的琉璃厂购买了大量中国传统绘画画册和轴画。我想，不论建筑上的画面，还是中国传统画册和轴画，其中都会出现很多生动的红色。希望如您所述，帕慕克先生能够进一步发掘红的精髓。

大江：今天，我妻子买来三盆白色的茉莉花，是从中国移植来的，就摆在客厅的中央。花开得非常可爱，经常传来阵阵幽香。我想起自己二十五岁的时候，中国领导人在上海接见了我。我记得自己在见到毛主席和周总理之前，前方有一条狭长的曲廊，曲廊两旁开满了洁白的小花。花朵的浓郁幽香从两侧沁入鼻腔（用左、右手的食指分别指向两个鼻孔），我们就沿着茉莉花曲曲折折地向前深入。曲廊的尽头就是毛泽东主席、周恩来总理、陈毅副总理，还有当时的上海市负责人柯庆施。在我的记忆中，毛泽东主席、周恩来总理、陈毅副总理,还有茉莉花,都是紧紧联系在一起的。这就是亚洲伟大的人物给我留下的最美好的记忆。我和帕慕克见面时,经常对他说:"帕慕克,你记着,我是毛泽东主席的一位朋友!"(大笑起来)其实也不能算朋友,但我见过他!

许若文:那么我也愿意向别人炫耀,我是大江先生的朋友!我今晚不但又一次见到了您,而且向您请教了帕慕克文学,听到这么多关于您和帕慕克先生的趣闻。能够得到您的教诲,对我而言是荣幸之极的事……您为我上了一堂非常生动、深刻的世界文学课。今后我恐怕需要用很多时间来回味您今晚的教诲,也会在闲暇时更仔细地阅读帕慕克先生的作品,并认真思索您就《雪》中的内容给我的极大启示。再次感谢您的邀请,您也为我留下了特别的文学记忆。

(二)小说地形学与"自己的树"

——大江健三郎解析来自威廉·布莱克的文学影响

许若文:大江先生,您多次在虚构和自传性的作品中谈到与英国诗人威廉·布莱克的"宿命般的偶遇",并描述了布莱克诗画中的"幻视"主题在个人日常体验中的隐现,如以布莱克的诗歌为题创作的短篇小说集《新人啊,醒来吧!》,也有以《同时代的游戏》为代表的作品,结合了布莱克的诗学意象,构造出以四国森林为中心的小说地形学。您能否从作者的角度,谈一谈大江文学中的布莱克呢?

大江:你提到了大江小说中的特殊意象,尤其是受到诗人威廉·布莱克影响的这种小说形象,当然也谈到了大江独自创造的许多意象如何与布莱克的意象产生关联。确实,我对布莱克宏大地形学的思考正是这两者关系的核心。布莱克在建构具有浓重宗教色彩或基督教色彩的地形学的同时,融入了独创性的思考。基督教思想界一直坚持将布莱克视为异端,但是通过布莱克对人类、世界和人性等等一切构造出的地形学意象可以看出,他表达了非常宗教化和基督教化的内涵。正是布莱克充满宗教意味的地形学深深影响了我的创作。我并非基督教徒,而是作为一个日本人在写作,我的想象遨游在四国岛的森林及其他一切之上。与此同时,因智障而无法自由表达,甚至无法自由行动的儿子,也在努力用他的肢体表达情感。他不会运用话语,却可以通过肢体动作比画出一棵大树或是小树,甚至能表达月亮、星辰乃至其他许多事物。他用肢体语言和音乐表现这个世界,他的音乐很具象,同时也很有宗教感。虽然儿子现在和我一起生活,但他已经是一个独立的作曲家了。他的音乐也深深影响了我的创作。所以我总是在写与森林相关的意象,对我而言,儿子的肢体和音乐也形成了一种地形学。

许若文:大江先生,在您的小说集《新人啊,醒来吧!》里,有一段描述儿子通过主人公的脚与他沟通的片段。这也让我想到《被偷换的孩子》中您提到的爱达故事的插画,有趣的是,画家莫里森绘本中的女主人公爱达也有着一双健硕的脚,这双脚被您描绘为"树根一般牢牢抓住地面"的脚。同时,小说中也提到了主人公妻子年少时悬在树杈上的大脚。我认为脚的意象在您的小说中形成了非常独特的象征。如果说上部肢体是人类活动的中心,那么脚就处于人体"领地"的边缘,但它同时也是与大地相接的根须、与人沟通的媒介。如果我们可以把人的肢体视为一种地形,那么是否可以将您塑造的脚的意象看作您身体地形学叙事的关键呢?

大江:是的,脚和根是一样的。这些意象都来自森林,也就是日语中的森(もり),这是我作品最重要的关键词之一。当我还是个孩子时,有人告诉我,在欧洲的拉丁语中,もり(mori)的发音有"记忆"的意思,这个词同"死亡"也有关系。因此,从童年开始,我就感觉到森林和死亡是紧密连接的,也从拉丁语的モリ一词感觉到了欧洲人对世界的理解。无论如何,我作品中提到的绘画、音乐有时甚至是建筑,都是围绕森林这个意象展开的。所以也可以说,我的文学就是森林的地形学,我儿子的音乐亦然。在我的最新作品里,我和儿子、妻子就一同居住在森林的小屋中。

许若文:大江先生,在您的作品中,森林总是作为与回忆相关的神秘场所而存在,特别是在《同时代的游戏》里,森林简直就是一座时空的迷宫。当然,在您的小说中,峡谷也是一个很重要的场域,见证着生命的诞生,同时,也正如布莱克所言,诞生(于峡谷)也就意味着从永恒中死去。

大江:没错,森林的内部构造是极为复杂的。虽然每棵树看起来都很简单,它们同时又是相互独立的,共同构成了一座神圣的迷宫。就峡谷而言,我们通过峡谷诞生,在峡谷中走向死亡,我们在峡谷中重新获得生命,在这一点上,森林和峡谷的意象是具有共性的。

许若文:我还留意到在您的小说《同时代的游戏》结尾处,几近昏迷的主人公在幻觉中看到身旁升起许多玻璃球,又从这些玻璃球中看到他的妹妹甚至其他神话人物,这个玻璃球的意象是不是与布莱克在长诗《耶路撒冷》里提到的生命树相关? 或者直接来源于您童年时代写的那首讲述了每个晶莹的水滴都是世界缩影的短诗?

大江:透过叶片上小小的水滴,我们能窥见世界的万事万物。小时候,我母亲曾经对我说,科学家能从一滴血液中获取人体的所有信息,那时我还不太相信。但现在,科学已经证实了这个观点。树也一样,如果你在树上划出一个切口,它也会流出汁液,流出它的"血液"。我认为悬在叶片上的水滴就像它的血液一样,从中可以看到整个世界。这是我幼年时代的执念,直到现在我仍然坚信。这让我想到在布莱克的《天真与经验之歌》中,人们生而纯真,虽然在成长中必然会发生改变,但通过种种经验,人们最终会领悟到真正的纯真。布莱克塑造了一个美丽而神圣的纯真世界,经验的世界则总是复杂而黑暗的,但天真之歌和经验之歌却形成了一种对称,两者的同质性是解读这些诗歌的核心。我的儿子是带着残障来到这个世界的,他在五十岁的人生中已经积累了许多经验,现在还如儿童一般纯真。我自己在这七十八岁的生命中已经积攒了许多经验,也创作出了许多结构复杂的小说,这些经验也是人类在二十到二十一世纪的经验。不过,在我生命行将结束的时候,我想写下一些特别简单的诗句。将近十年前,我写过一首长诗,十年后的今天,在我生命即将终结时,我把这首诗放在了小说的最后。在我离开世界的时候,我的灵魂会上升并找到那棵"自己的树"。在一段时间后,灵魂又将回到峡谷,进入一个新生儿的体内,实现一次轮回。我记得战争刚结束的时候,我们小学的校长在最后一次讲座中谈道:"我们无法重塑自己的命运,现在我们战败了,我们的生活也不可能重新开始了。"可是我母亲却对我说,这种看法是错误的,于是我将母亲的话记在这首诗中,放在小说的最后:"我无法重新活一遍",也就是说,一个人无法修正其生命的轨迹,"但是,咱们却可以重新活上一遍"。日本的核问题正在恶化,我想引用这句诗来向年轻人传达这样的讯息:我个人的生命无法重新来过,但我可以在你们身上实现自己的重生。日本也无法改变其七十年前在中国的行径,但咱们,尤其是年轻人,可以去创造新的生活,这就是希望和未来之所在。在最后的作品里,我会为诗句附上曲调。我的儿子正在尝试把它改编为音乐剧,大概二十至三十分钟左右。我现在正在策划这出音乐短剧的演出,我和我的儿子要带着它在日本的各个中小学中巡演,这就是我在做的事。

许若文:大江先生,感谢您透过布莱克的作品与日本的现实,从作者的角度解析了从森林宇宙观所出发的、来自边缘的抗衡,并向这个星球上同时代的"新人们"传达了饱含希望的讯息。作为年轻读者,深为您面向重生的文学观和社会活动所感动,也更加期待您在后续的创作中,以四国神话为底色、以世界文学为版图的大江文学地形学,将以何种变幻来为危机中的日本和世界提示希望之所在。

悼念巴金先生

从今天早晨的报纸上惊悉巴金先生去世的噩耗,在感到深深悲哀的同时,对巴金先生再度产生了巨大的敬意。我以为,《家》《春》《秋》是亚洲最为宏大的三部曲。目前,我也完成了自己的三部曲①,越发感受到先生的伟大。先生的《随想录》树立了一个永恒的典范——在时代的大潮中,作家、知识分子应当如何生活。我会对照这个典范来反观自身。

我还感受到另一个悲哀,那就是小泉首相参拜靖国神社。日本的政治家不断背叛广大中国人民的善意,我为日本政治家的这种卑劣行径感到羞耻。

大江健三郎(印鉴)

二〇〇五年十月十八日

(许金龙 译)

---

① 唁函中提到的"自己的三部曲",是指大江健三郎近年相继发表的《被偷换的孩子》《愁容童子》和《别了,我的书!》三部长篇小说。

谨向"日中青年作家会议二〇一〇"
表示祝贺并寄以期待

  我从东京的小小书斋里,谨向"日中青年作家会议二〇一〇"在北京的开幕式表示祝贺之意并寄以期待之情。

  我所敬爱的一些作家好像作为嘉宾也参加了这个会议,他们对青年作家们同样怀着祝贺之意和期待之情。很长时间以来,莫言先生一直是我予以高度评价的、世界文学的同时代作家。莫言先生在给东京的、我的朋友们写信时,附带了写给我的问候,其中就有包括"老"字的"老爷子"这个称谓,表现了汉语这种确实丰富的语言的一个侧面,是一种愉快的、含有敬爱之意的,甚至还有说笑成分的、包含着若干习惯性称呼的称谓。如果把这个称谓置换为日语的话,我想,那就是"年老的大江""大江老爷爷""大江老头儿"了,现在把这些日语称谓再翻译成汉语的话,恐怕大家一定会发出笑声吧,这笑声是一种善意且评论式的表现。在向从中国来的客人请教了这些称谓的汉语发音后,我的妻子和女儿便开始用这些称谓来称呼了。

  我对此也感到很有趣,不过,在内心的一角却也存有这么一种想法:莫言先生是我长期以来一直阅读其优秀作品,确实与我同时代的那位作家吗?他如此使用冠以"老"字的而且含有多样性的"老爷子"来称呼我这位前辈,这有什么不合适吗?为了慎重起见,我查阅了《大英百科全书》，于是知道莫言先生出生于一九五六年，甚至比我年轻了二十岁。毋宁说，我能够将这位正从事着巨大工作且非常年轻的作家，作为确实与自己同时代的作家，作为我敬之爱之的朋友，更让我强烈地感受到了幸运。于是我决定，即便莫言先生用"老"呀、"爷子"呀这种包含着多样性的称谓来形容我，我也不再为之介意。

对于今天也一定会出席这个会议的铁凝女士所从事的工作，我怀有强烈的兴趣。我还知道铁凝女士出生于一九五七年或一九五八年，联想到莫言先生出生于一九五六年，我不由得想到，对于中国文学来说，这三年间是多么丰饶的时期呀！而且，倘若这为数众多的中国当代文学作品被翻译为日文的话，我们将会长久被其所压倒吧。

其实，我是二〇〇四年阅读铁凝女士的《大浴女》的。从那时起，这位作家便同样作为世界文学的、与我同时代的作家而硕大、猛烈和深刻地镌刻在了我的内心。我不便借这个机会展开自己的文学批评，只能怀着感佩之情告诉大家，这位作家都从正面迎向各自生活过来的历史所包蕴的世界、社会以及人的课题，她所从事的写作工作及其技巧，使得她踏入了世界文学当下最为前卫的、未经开拓的领域。

在这些优秀的前辈作家也作为嘉宾参加的会议上，日本和中国的青年作家们在感受到巨大紧张并为自己的新锐而强烈自负的同时，相互间将进行讨论，这种讨论的成果一定会异常显著。与此同时，我在考虑，假设自己作为一位日本青年作家参加这个会议的话，将会感到多么不安啊?!

二十二岁时，我第一次面对一定数量的读者（在我曾就学的那所大学的校报上阅读了我这篇作品的读者，都是与我年龄大致相同的学生）写了一部短篇小说，历经五十多年后，我现在重新阅读这部作品。

"我"这位小说叙述者也是故事的主人公,是一位贫穷的学生,在大学的布告栏看到招募打工者的广告,说是需要宰杀大学附属医院为用于试验而饲养的一百五十条狗,便应征参加了这项工作。当工作进展到一半的时候,其违规行为被发现,杀狗工作便被中止。"我"在先前的工作中遭到狗咬,为防止狂犬病只得注射疫苗。这是非常痛苦的注射,于是在"我"和一同工作、一同失去打工机会的女大学生之间,便有了下面这一段对话,短篇小说至此结束。

> "我们本来是打算杀狗的吧,"我用含糊不清的声音说,"可被宰的却是我们。"
>
> 女学生皱皱眉头,仅是出声地笑。我也疲惫地笑了笑。
>
> "狗被棒杀倒下,然后被剥皮。我们既要被杀害,还要来回跑。""可是,我觉得应该是正被剥皮呢。"女学生说。
>
> 所有的狗都开始叫起来。那狗吠不断涌向晚霞映红的天空,然后升向更高处。在此后的两个小时的时间里,狗儿们都在不停地吠着。

我就是写下构造如此简单的短篇小说的青年作家,却也能相应感受到断面处的鲜明度。不过,这位二十二岁的青年现在携着刚才引用了的那部短篇出现在我的面前,如此表现着世界、社会以及自己身为一个青年的状态。而且,这位青年希望作为小说家生活下去,向我询问这个希望能否实现,我却认为自己无法做出回答。

在大学里,我是法国文学专业的学生,一直在阅读着法语小说和英语诗歌,即便现在,这一切仍然深深地印刻在我的内心。然而,在二十世纪的世界文学领域内,我认为最为伟大的人物却是鲁迅。而且,鲁迅还是写下这么一部短篇小说的那位青年的文学背景之全部。

现在我能够说的,是下面这段话语:从那时起,这位青年五十多年来一直在写着小说。目前我正在写的小说,便是当时自己关于世界、关于社会、关于人而作的思考之延续。我一直在持续思考着关于表现的手法。我还作为个人而不断积累着经验。此外,作为这样的小说家,目前生活于晚年的时光之中。在那个二十二岁的青年作家和现在这个七十五岁的老人作家之间,存在着连续性。那就是我这个人,也是至今接连不断地表现着的所有一切……

对于出席"日中青年作家会议二〇一〇"的、业已运用日文和中文创作出确切表现的各位作家来说,刚才我所讲述的内容恐怕难以形成任何具体的方针吧。不过,我相信你们将渐渐成就各自的创作表现,成为理想之人并不断前行。五十年前的我确实孤独,如同那部短篇小说中的"我"一般。即便如此,仍不断往自己的创作表现中注入力量,从不曾怀疑自己拥有身为个人的持续性。

大家都已经来到能够如此交流的现场,这就是我作为老作家向青年作家的你们表示祝愿和期待的、具有积极意义的根据。

谨祝会议圆满成功。

(许金龙 译)

敬祝中国作家协会第八届代表大会

　　谨向中国作家协会第八届代表大会表示衷心之敬意和祝贺。少年时期,我曾在母亲的教导下学习鲁迅,及至已入老境的现在,仍然一如既往地将鲁迅这个名字视为引导我前行的星星。以邂逅莫言先生的作品为契机,我开始和"同时代的世界文学"的铁凝女士等中国作家们直接交往,这与我和陈众议先生及其身边的文学研究者们的交往一道,共同延展和加深了我的文学世界,也与我对海外的中文作家以及其他文学者们的敬意相接相连。

　　铁凝女士主持的这次大会,将使我们进一步认识各种各样的作家。现在,我们正处于苦难之中(同时意识到这次核电站事故污染了亚洲的大气和海洋),中国的作家们则向身陷困境的我们送来了鼓励,谨向你们表示感谢,同时再度表示祝贺之意。

大江健三郎(印鉴)

二〇一一年于东京

(许金龙　译)

大江健三郎：一个伟大的人道主义者

陈众议

　　用诗的力量创造了一个想象的世界，并在这个想象的世界中将生命和神话凝聚在一起，刻画了当代人的困惑和不安。

　　这是瑞典学院对大江先生的评价。但是，我们在越秀外国语学院宝地重读大江、讨论大江，却不是因为瑞典学院的评价，也不是因为他获得过诺贝尔文学奖，而是因为他始终是全世界一切和平人士的朋友。

　　在几个场合（两次，还是三次？我记不清了），我当着大江先生的面，说他是爱国主义者。理由很简单：他和我们一样，认为日本只有同中国交好才能获得更好的发展。而大江先生不遗余力，甚至奋不顾身地投入到反军国主义的斗争和写作，难道不是因为爱日本，而且爱得彻底？譬如鲁迅先生对我国旧体制和国民性的批判。

　　但是，大江先生对爱国主义这样的评价不以为然。他甚至有些嗔怪。据我理解，他的不以为然和他的嗔怪大抵基于以下几点：一、爱国主义无法涵括他的情怀和境界；二、日本的现实实在让他失望；三、反战是一切人道主义者的基本精神。

好吧,我尊重先生的意愿,改称他为人道主义者。那么大江先生的人道主义又是怎样体现的呢?

一是行为方式。从青年时代参加学生运动到和加藤周一等文化名人共同缔造"九条会",等等。

二是创作理念。从《愁容童子》和《小说的方法》等众多著述可以看出,大江先生执着地用想象抵消和颠覆丑陋的现实。他在《小说的方法》等学术著作中多处谈到想象力问题,他援引布莱克关于"想象力是人类生存本身"的观点,对巴尔扎克、贡布罗维奇、格拉斯、勒克莱齐奥等作家的想象进行了分析。他将想象力与陌生化结合起来,认为勒克莱齐奥把亚当变成老鼠,实际上只是"一只差不多移居到亚当意识世界中的老鼠……"这只老鼠本身是想象,同时具有唤醒(读者)想象力的功能,"表现出作为物的坚固特征。这是只'陌生化'了的老鼠"。① 当然,这是极而言之。

在我看来,大江先生笔下的想象其实就是虚构,甚至幻想。而想象或虚构或幻想问题始终是文学创作的一个关键问题。大江先生对于这个问题的独特认知不仅体现于他的上述观点,而且更为丰富地表现于他的小说创作。简要地说,他的小说基本上是在真实与虚构的平行以及后者对前者的颠覆和覆盖中进行的。

许金龙教授一直认为大江先生是东西方现代文学的集大成者。这是很有道理的。东方文学主要指大江先生熟识的日本文学、中国文学和印度文学等,而西方文学则是他老人家的专业:首先是法国文学,继而是英国文学、德国文学、西班牙文学;此外,还有俄苏文等。

鉴于接下来还有学术研讨,我这里就点到为止。作为开幕词,我

---

① 大江健三郎:《小说的方法》,王成等译,石家庄:河北教育出版社,二〇〇一年,第43—57页。

想最重要的还是要感谢越秀外国语学院的各位领导和师生对此次会议的慷慨支持。前面说过,大江先生不仅是文学家,他还是中国人民的好朋友、好邻居,也是大先生鲁迅的忠实读者和研究家。因此,大江先生不仅能给予我们文学的滋养,还可以助益我们反观本国文学,尤其是当前我国作家和读者的认知和审美维度。

说到想象。我的考证是上世纪五六十年代恰逢幻想美学在法国兴起,同时也是存在主义或存在主义的人道主义在法国盛行。大江先生正是在那个时期学习法文,专修法国文学的。

史忠义教授在梳理中西文化关乎虚构或想象问题时,从本体论出发,认为中西方在虚构问题上的初始认知并不一样:原因之一是《诗经》中的"风""雅""颂"都是当时真实社会风貌的反映,人们丝毫没有怀疑其内容的真实性。原因之二是老庄信奉自然,所谓道法自然,这种观念也不怀疑大自然的真实性……西方则不同。由于《荷马史诗》和雅典悲剧或颂扬奥林匹斯山诸神,或以传奇中的英雄人物为对象,与眼前的真实相去甚远,故而人们对艺术内容的真实性甚为疑惑。[1] 这当然不无道理。

但问题是,一、中国除了《诗经》和老庄,也有源远流长的神话传说,还有墨子的"天志"思想(这与柏拉图的"理念"说颇为接近),甚至还有《易》的"以无为本"思想,等等,且不说植被丰厚的民间传说或谓"野史";二、古希腊也不尽是"理念"本体论,早期有巴门尼德的存在本体论,后期有亚里士多德的综合本体论,有学者于是将古希腊本原思想归纳为范畴本体论和宇宙本体论[2];三是双方关于文学虚

---

[1] 史忠义:《中西比较诗学新探》,郑州:河南大学出版社,二〇〇八年,第185—189页。
[2] 寇鹏飞:《古希腊哲学本体论探寻》,《黑龙江教育学院学报》,二〇〇六年第一期,第20页。

构或想象的讨论差不多都是从十六世纪开始的。西方有塞万提斯和锡德尼爵士，中国有谢肇淛"凡为小说及杂剧戏文，须是虚实相半，方为游戏三昧之笔"，①袁于令"文不幻，不文；幻不极，不幻"云云。②如此等等，不一而足。

这就扯远了。既然在绍兴，我想说的是，大江先生和大先生鲁迅的相似性。大江先生将自己等同于愁容童子，也即当今的堂吉诃德。而大先生鲁迅虽然从未将自己同堂吉诃德画等号，却被"创造社"和"太阳社"的左翼作家讥嘲为中国的堂吉诃德。

一、大江先生的小说时常虚虚实实、虚实相生。但他的不同或高明之处在于其创作往往更为丰富地以想象填充真实、改变真实。这是时代及大江本身赋予小说的制高点。早在一九七九年，大江先生就在借鉴诺曼·米勒的"政治想象力"等观念的同时，还从与之相对应的日本民俗学创始人柳田国男的"民众集体想象力"得到了启发，把政治想象力和民众想象力联系起来，为他的"中心—边缘"理论奠定了基础。③

大江先生的政治想象力至少包含着两大维度。其一是作为创作者的他，对政治，尤其是日本政治的把握与想象；其二是政治本身的想象力，即对象化了的想象力。前者在许多介入文学中司空见惯，而后者才是大江先生对日本乃至世界文学的贡献。

大江的小说常常发乎"想象"，又指向"真实"，或者相反。譬如他的早期作品《十七岁》（1961）和《政治少年之死》（1961），双双取

① 谢肇淛：《五杂俎·十五事部》（上海：上海书店出版社，二〇〇一年版），第312页。
② 袁于令：《西游记题词》，朱一玄编《明清小说资料选编》，济南：齐鲁书社，一九八九年版，第493页。
③ 王琢：《边缘化：民众共同的想象力——大江健三郎政治想象力论》，《国外文学》二〇〇三年第四期，第65页。

材于日本社会党委员长浅沼稻次郎暗杀事件。杀人犯"我"是年仅十七岁的右翼少年山口二矢。小说对其心路历程的想象具有新闻报道般的逼真。内向、孤僻的山口少年经常耽溺于自慰,并在黑暗中幻想着杀死"敌人";但他在现实生活中充满了自卑感。一次偶然的机会使他与右翼团体"皇道派"结缘,从此接受极端的国家主义训练,终使脱胎换骨。他全身心地感觉到自己"已经成了天皇这棵永恒的大树上的一片嫩叶",并确信自己是天皇之子。他于是克服了死亡的恐怖,成为"皇道派"最年轻的一员。他勇猛果敢、无所畏惧,最终将刺刀对准了正在讲演的浅沼委员长:一刀! 一刀! 再一刀!

同样,在他的作品中,代表草根文化的"民间想象力"既是方法,也是对象,而且是大江文学创作的最为重要的对象之一。大江先生的早期代表作《万延元年的Football》便是围绕"森林峡谷的山村"所代表的百年(1860—1960)"土著性"所展开的,它就充分体现了柳田民众共同想象力(或谓集体无意识)。这种集体无意识与拉美魔幻现实主义所体现的集体无意识非常接近,而魔幻现实主义从塞万提斯那儿得到的最大恩惠便是将想象或想象力对象化。在此,大江先生同他日后心仪的鲁尔福、加西亚·马尔克斯等拉美魔幻现实主义作家殊途同归,借对象化了的民间想象力与中心(政治)话语即"现代性"相对抗。

许金龙教授认为,"在《万延元年的Football》和《同时代的游戏》以前的作品中,森林是相对于都市文明、现代和人工而存在的民俗文化、历史和自然的象征,发生在那里的现代神话故事或流传的民间传说张扬的是人道主义意义上的治疗、救赎、净化和再生精神",但《万延元年的Football》却是边缘抵抗中央的见证。此后,在《同时代的游戏》《M/T与森林中不可思议的故事》《致令人眷念之年的信》《燃烧的绿树》《空翻》《被偷换的孩子》《愁容童子》和《二百年的孩子》

等长篇小说中,大江先生有意放大故乡的神话/传说以"还原历史的真实,进而与官方书写或改写的不真实历史相抗衡"。①

其中《愁容童子》是大江先生借想象以抗衡"真实"的力作之一。书中写道:"我的主人公为什么不愿继续住在东京这个中心地,而要到边缘地区的森林中去呢?也算是我的身份的这位主人公,是想要重新验证他自己创作出的作品世界中的根本性主题系列,更具体地说,就是乡愁中的每一部分。尤其想要弄清楚有关'童子'的一些问题。存在于本地民间传说中的这种'童子',总是作为少年生活于森林深处,每当本地人遭遇危机之际,'童子'就会超越时间出现在现场,拯救那里的人们。"②《愁容童子》中的主人公长江古义人如是说。古义人要写自传体小说,一部"童子"小说,或谓关乎"童子"的小说,而他的朋友罗兹则一直热衷于研究《堂吉诃德》。于是,古义人和堂吉诃德开始交织在一起,以至于最终二而一、一而二,难分难解。于是,我也不由得想起热衷于幻想美学研究的罗兹们和凯卢瓦们。

然而,古义人和堂吉诃德原本就是同一类人。按照罗兹的说法,"每当我阅读《堂吉诃德》时,我感受最深的,就是那位乡绅年过五十还保持着那么强壮的体魄……而且,不论遭受多大的挫折,他都能在很短期间内恢复过来……古义人也是,一回到森林里就负了两次严重的外伤,却又很好地恢复过来,虽说受伤后改变了形状的耳朵恢复不了原先的模样……堂吉诃德也曾在三次冒险之旅中受伤,恢复不到原先状态的身体部分……有被削去的半边耳朵,还有几根肋

---

① 许金龙:《译序:愁容童子——森林中的孤独骑士》,载大江健三郎著、许金龙译《愁容童子》。
② 大江健三郎:《愁容童子》,许金龙译。

骨。"①事实上古义人也一直在思考同样的问题:"我是 DQ 类型的少年吗? 答案是 No! 古义人是 DQ 类型的幼儿,所以他能够成为飞往森林的'童子'。"②于是,在古义人—堂吉诃德—童子之间出现了一种必然的联系,或者更确切地说是大江—古义人—鲁迅—堂吉诃德—童子之间出现了一种必然的联系。

这种联系在小说中反复出现,并逐渐升华为主旋律。

二、鲁迅同《堂吉诃德》也是颇有渊源的。首先,他笔下的阿 Q 完全是堂吉诃德的影子,一个毫无理想主义色彩的精神胜利者,而且名字的首字母都是一个 Q;其次,鲁迅先生早在一九二四年前就已收集了好几种《堂吉诃德》日译本。后来还约请郁达夫翻译了屠格涅夫的《哈姆雷特与堂吉诃德》(1928),并和瞿秋白一起翻译了卢那察尔斯基的《解放了的堂吉诃德》(1933)。因此,当"创造社"和"太阳社"拿"中国的堂吉诃德"攻击鲁迅时,鲁迅给予了严正的还击,中共中央也曾派遣李立三前去劝阻。一场论战方才结束。同时,关于鲁迅和《堂吉诃德》的学术讨论至今没有停止。而大江先生的加入,又让我们更加有理由相信堂吉诃德的重要。

三、温陵居士李贽视童心为本真之源,谓童心失,则本真失。盖因"童心者,心之初也"。"然童心胡然而遽失也。盖方其始也,有闻见从耳目而入,而以为主于其内,而童心失。其长也,有道理从闻见而入,而以为主其内,而童心失。其久也,道理闻见,日以益多,则所知所觉,日以益发广,于是焉又知美名之可好也,而务欲以扬之,而童心失。知不美之名之可丑也,而务欲以掩之,而童心失。夫道理闻见,皆自多读书识义理而来也……"

---

① 大江健三郎:《愁容童子》,许金龙译。
② 同上。

"夫心之初,曷可失也?"但古今圣贤又有哪个不是读书识理的呢?这不同样是一对矛盾、一种悖论吗?于是李贽的劝诱是"纵多读书,亦以护此童心而使之勿失焉耳"。

安徒生从西班牙作家马努埃尔那里借来《皇帝的新装》,却把戳穿谎言的任务交给了一名儿童,而非原先的奴隶。这样一来,安徒生便为李贽的童心本真说提供了极妙的佐证。

美则美矣,然而它实在只是李贽的一厢情愿、想入非非罢了。因为人是无论如何都不能留住自己、留住童年的。这的确是一种遗憾。

好在童心之真未必等于世界之真,人道(无论是非)也未必等于天道(自然之道)。由于认识观和价值观的差异,真假是非的相对性无所不在,其情其状犹如人各其面。倒是李贽那"天下之至文,未有不出于童心焉者也"的感叹,使我不能不回到文艺家什克洛夫斯基的陌生说。

古义人显然也是他这个时代的"童子",一个以天真对抗世俗的愁容童子。而这种童心内化成了大江先生的想象,同时又外化成为他的人品和文品:人道主义。

这有点像福柯不经意间重复的李贽式悖论:话语(道理)使人异化,但若没有话语(道理),人又怎能成其为人?这样的悖论将永远激荡在文学当中,徘徊于真实与想象的临界或边际。而这正是文学存在的一个极其重要的理由:童心。只有儿童不把文学当文学,也不把游戏当游戏。而大江先生何尝不是这个时代最纯粹的儿童呢?!他的纯粹使得他的人道主义与现实产生了类似于量子纠缠的奇妙关系。

作者单位:中国社会科学院外国文学研究所

.